봄이 사라진 세계

余命一年と宣告された僕が、余命半年の君と出会った話

봄이
사라진
세계

리리타 아오 지음
김윤경 옮김

차례

시한부 1년을 선고받은 내가
시한부 반년인 너와 만난 이야기

시한부의 사랑

문득 고개를 들자 유리창에 빗방울이 맺혀 있다. 고요한 병실에서 그림을 그리고 있었을 뿐인데 빗소리를 전혀 알아차리지 못했다. 적어도 퇴원하는 날은 활짝 개면 좋을 텐데, 하고 살짝 한숨을 뱉고 다시 시선을 아래로 떨어뜨렸다.

오른손에 쥔 연필을 고쳐잡고 침대 탁자에 펼쳐놓은 스케치북에 경쾌한 터치로 가느다란 선을 그어나갔다.

나는 홀로 이 작은 병실에서 쓸쓸히 커다란 날개를 휘릭 펼쳐 넓은 하늘을 힘차고 자유롭게 날아가는 새를 그리고 있다.

일주일간의 검사 입원도 드디어 끝이 났고, 봄방학도 오늘로 마지막이다.

내일부터 나는 고등학교 2학년이 된다. 아니, 정확하게는 될 수 있었다고 해야 할지도 모르겠다. 내겐 3학년이 될 수 있다는 보장도 없다. 한번 더 한숨을 내뱉고 옆 탁자 위에 놓인 탁상시계로 눈을 돌린다. 엄마와 여동생이 데리러 오겠다고 한 시각까지 이제 10분밖에 남지 않았다. 나는 서둘러 연필을 놀렸다. 그리고 10분 후 마침내 그림이 완성되었고, 나는 완성된 새 그림을 바라보며 고개를 끄덕였다.

스스로 86점 정도 되려나, 하고 후한 점수를 줬다. 요즘은 내가 그린 그림에 점수를 매기는 데 재미를 붙였다. 입원해 있는 동안 그린 여러 장의 그림 가운데 이 새 그림이 최고 점수다. 만족스러워하며 그림을 들여다보고 있는데 노크 소리가 났다. 그러더니 내가 미처 대답하기도 전에 병실 문이 벌컥 열렸다.

"오빠! 나 왔어."

얼굴을 내밀며 들어온 사람은 여동생 나쓰미다.

"아키토, 몸은 좀 어떠니? 짐은 다 챙겼고?"

나쓰미의 뒤를 따라 병실로 들어선 어머니가 걱정스러운 듯이 물었다.

"응, 괜찮아요. 짐도 다 챙겼으니까 바로 나가면 돼."

옷가지가 들어 있는 종이봉투와 스케치북, 만화책으로 가득 찬 종이봉투를 양손에 들고 병실을 나섰다. 오른손에 든 종이봉투가 꽤 무겁다. 손잡이가 끊어지는 건 아닐까 불안하다.

"오늘은 스시 먹으러 가자. 아키토가 스시 좋아하잖아."

"뭐, 아무거나 상관없어."

나는 무뚝뚝하게 대답했다.

"스-시! 스-시!"

나쓰미가 좋아라고 스시를 연발한다. '아, 진짜 창피하게!'라고 생각하며 피식 웃었다.

그때였다. 엘리베이터를 타려고 복도를 걸어가는데 앞쪽에서 한 소녀가 나타났다. 환자복을 입고 있는 걸 보니 아마도 이 병원에 입원해 있는 모양이다. 그녀는 윤기 나는 길고 검은 머리칼을 찰랑거리며 꼿꼿하게 걸어가고 있었다. 하얀 피부에 맑은 눈동자가 인상적이어서 나도 모르게 시선을 빼앗겼다. 그녀의 촉촉한 눈동자는 어딘가 먼 곳을 응시하는 듯했다.

스쳐 지나가는 순간, 그녀와 눈이 마주쳤다. 한순간이었지만 시간이 천천히 흐르는 듯한 느낌에 빠져들었다. 눈이 마주친 것은 단 몇 초였다. 그런데 그 사이에 몇 분 동안이나 마주보고 있는 것처럼, 이제껏 경험한 적이 없는 신기한 감각에 사로잡혔다. 눈을 깜빡이자 다시 시간이 흐르기 시작했고 그녀가 내 곁을 스쳐 지나갔다. 뭐라고 말할 수 없는 기묘한 만남이었다.

그녀는 옆구리에 스케치북을 끼고 있었다. 나는 뒤돌아보며 눈으로 그녀를 좇았다. 그녀는 휴게실 창가 자리에 앉았다. 그리고 스케치북을 펼치더니 무언가 그림을 그리기 시작했다.

"오빠! 엘리베이터 왔어!"

복도 끝에서 나쓰미가 손짓으로 나를 불렀다.

"어어, 지금 가."

그렇게 대답하고 나쓰미 쪽으로 향했다. 모퉁이를 돌기 전에 한번 더 뒤돌아보니 그녀는 졸린 건지 입을 살짝 벌리고 하품을 하고 있었다. 입원 환자가 대부분 중년 이상이어서 내 또래 아이가 있을 줄은 몰랐다. 그녀는 왜 입원한 걸까.

집으로 가는 차 안에서 나는 이름도 모르는 그 소녀를 생각했다. 왜 그런지는 나도 잘 모른다. 충격적인 만남이었던 것도 아니지만 그날부터 나는 그림을 그릴 때마다 그녀가 떠올랐다.

최근 창밖을 멍하니 바라보는 일이 늘어났다. 특별히 뭔가를 보고 있는 게 아니라 바람에 흔들리는 나뭇잎이나 경쾌하게 하늘을 날아다니는 새들을 그냥 바라보고 있다. 그러면 괴로운 일도 다 잊고 아무 생각 없이 있을 수 있다. 나는 천천히 흐르는 그 시간이 좋았다.

"거기, 하야사카! 딴 데 보지 말고 수업에 집중해!"

"……네, 죄송합니다."

창밖에 두고 있던 시선을 거두어 칠판을 바라본다. 그제야 지금이 수학 시간이라는 사실이 떠올랐다. 수학 담당인 야마사키 선생님이 나를 노려보고 있다. 하지만 그런 건 아무래도 상관없다. 내게는 미래가 없다. 그런 내가 수학 공부를 한다고 해서 아무런 도움도 되지 않을 테니까.

턱을 괴고 다시 창밖으로 시선을 돌렸다. 벚꽃잎이 허무하게 떨어져 내렸다.

"아키토, 바깥 쳐다보다가 또 혼날라."

"응. 알아."

한껏 낮춘 목소리로 내게 주의를 준 아이는 오른쪽 옆자리에 앉은 후지모토 에리다. 어릴 적부터 친구로 지내온 에리는 귀여운 표정으로 씽긋 웃어 보이더니 포니테일 스타일로 묶은 머리를 흔들며 칠판 쪽으로 돌아앉았다. 그러고는 수업 내용을 열심히 필기하고 있다. 노트에 빽빽하게 쓰여 있는 숫자가 무슨 암호처럼 보였다. 그에 비해 내 노트는 글씨 한 자 없는 백지다. 한 장 앞으로 넘기면 수업 시간에 시간을 때우려고 그린 에리의 옆얼굴이 있다. 67점을 줬을 정도로 형편없는 그림이다.

나는 이렇다 하고 내세울 만한 취미는 없지만 어릴 때부터 그림 그리기를 좋아했다. 창밖을 멍하니 바라볼 때처럼, 그림을 그리고 있는 동안에도 나쁜 일을 모두 잊을 수 있었다. 아무 생각 없이 묵묵히 많은 선을 그어가며 그림을 그려나간다. 그러는 동안에 시간이 흐르고 어느 사이엔가 수업이 끝난다. 내 노트는 이미 스케치북이 되어 있었다.

"자, 오늘은 여기까지다. 다음 달에는 쪽지 시험이 있으니까 오늘 배운 거 복습해두도록!"

야마사키 선생님이 말을 마치자 수업 종료를 알리는 종이 울리고 오늘 수업이 모두 끝났다. 조용했던 교실이 단번에 와자지껄해지면서 쏜살같이 교실에서 튀어나가는 아이도 있고 자리에 앉아 웃고 떠드는 무리도 있다. 다음 달 쪽지 시험이 어떻다느니, 지금 어딘가 놀러 가자느니 모두들 한창 신이 나 있다. 하지만 쪽지 시험이든 중간고사든 나하고는 아무 상관없는 일이다.

"아키토, 오늘도 동아리 안 갈 거야?"

에리가 걱정스러운 눈빛으로 물었다.

"응. 그냥 집에 갈래."

"······그래?"

"그럼 내일 봐!"

가방을 어깨에 걸치고 교실을 나가려는데 "아키토!" 하고 다시 에리가 내 발걸음을 멈춰 세웠다.

"요즘 너, 뭔가 좀 이상해. 고민이 있으면 뭐든 말해 봐. 내가 다 들어줄게."

에리가 걱정 어린 눈빛으로 나를 바라보며 말했다.

"고마워. 근데 그런 거 없어. 동아리 잘 하고 가라."

에리가 뭔가 하고 싶은 말이 있는 듯 입을 달싹이는 걸 모른 척하고 재빨리 교실을 빠져나왔다. 에리는 농구부고 나는 미술부다. 나는 요 몇 달 동안 동아리 활동에 나가지 않았다.

"어라? 아키토, 집으로 가는 거야? 오늘도 동아리 안 가나?"

교실을 나오자 이번에는 다른 반 무라이 쇼타가 말을 걸어와 다시 멈춰 섰다. 쇼타도 어릴 때부터 친구였고 우리 세 사람은 초, 중, 고를 계속 같은 학교에 함께 다니고 있다. 쇼타하고는 어린이집 때부터 붙어다녔다. 짧게 깎은 머리에 훈남인 쇼타는 아무 개성도 없는 나와 달리 여자애들한테 인기가 많았다. 게다가 축구부 에이스다.

"집에 갈 거야. 귀찮아서 동아리는 이제 그만두려고."

"그래? 너 요즘 계속 기운 없다고 에리가 걱정하던데. 무슨 일 있어?"

"……아니, 아무 일도. 자 그럼!"

쇼타도 뭔가 말하고 싶은 듯했지만 나는 돌아서서 걸어갔다.

내 고민은 너무 무겁다. 남에게 상담한다고 해결될 일 같았으면 벌써 상담하고도 남았다. 누군가에게 털어놓는다고 해서 어떻게 될 문제가 아니다. 분명 연민의 눈빛으로 날 바라보겠지. 그래서 절친이든 누가 되었든 얘기할 마음은 털끝만큼도 없다.

나는 그대로 정류장까지 걸어가 버스를 기다렸다.

하늘을 올려다보니 구름 한 점 없이 파란 하늘이 펼쳐져 있다. 하지만 기분은 하나도 좋지 않았다. 이럴 바에야 차라리 잔뜩 찌푸린 하늘이 더 나았겠다는 생각마저 들었다.

버스 정류장은 같은 학교 학생들이 잇달아 모여들어 시끌벅적했다. 멍청이처럼 웃는 그들을 보자 공연히 화가 치밀어 올랐다.

"시끄러, 죽을래!"

이 말에 나도 모르게 동요하고 말았다. 뒤돌아보니 3학년 선배들이 시시덕거리며 장난치고 있다. "'죽을래!' 같은 말, 가볍게 입에 올리지 말란 말야!" 하고 쏘아붙이고 싶었지만 말을 꿀꺽 삼켰다. 이렇게 말하는 나도 예전에는 곧잘 '죽어버려!', '죽을래?' 같은 말을 아무 생각 없이 툭툭 내뱉곤 했다. 친구와 싸울 때나 게임에서 적을 쓰러뜨릴 때도 수시로 그랬던 것 같다. 그 말이 돌고 돌아 내게 고스란히 되돌아온 건지도 모른다.

도착한 버스에 올라타 조용한 맨 앞자리로 가서 앉았다. 뒷자리는 항상 3학년 선배들이 차지하고 앉아서 시끄럽기 짝이 없다. 그래서 나는 언제나 운전기사 바로 뒷자리가 비어 있으면 거기에 앉는다. 오늘도 멍하니 차창 밖을 내다보았다. 여느 때와 다름없는 풍경이 흘러가고 있다.

아홉 번째 정류장에서 버스를 내려 10분쯤 걸어가면 낯익은 우리 집이 보인다. 오늘도 또 눈 깜짝할 사이에 하루가 지나갔다. 이제 내게 남은 시간은 얼마나 되는 걸까. 지금 나는 사형 집행을 기다리는 사형수나 다름없다. 머지않아 죽을 게 분명한데 그날이 언제인지는 알 수가 없다. 그게 답답하다.

시한부 1년. 고등학교를 졸업할 수 있을지 어떨지도 알 수 없다.

지금으로부터 약 두 달 전이던 고교 1학년 겨울, 나는 의사에게 시한부 인생을 선고받았다. 절망, 이 두 글자가 머릿속을 휘젓고 돌아다녔다. 생각해보면 나는 옛날부터 왠지 운이 나쁜 인간이었다. 이상하게도 불운한 쪽 패를 잘 뽑아들었다고 해야 하나.

초등학교 때는 내 급식 빵에만 바늘이 들어 있었던 적도 있고, 중학교 때는 좋아하던 뮤지션의 야외 콘서트에서 수많은 관객 중에서 하필 내 머리에만 새똥이 떨어지기도 했다.

게다가 고등학교 입시 때는 그 많은 수험생한테 나눠준 답안 용지 가운데 내 것만 인쇄가 되지 않은 백지였다. 그밖에도 일일이 얘기하자면 끝도 없다.

오미쿠지(절이나 신사 등에서 길흉을 점치기 위해 뽑는 제비)를 뽑으면 대부분 '흉(凶)' 아니면 '대흉(大凶)'이었고, 스마트폰 게임에서 카드나 아이템을 뽑을 때도 반드시라고 해도 좋을 정도로 꽝이 나왔다. 해적 통아저씨 게임만 해도 그렇다. 첫 번째로 내가 칼을 꽂으면 바로 해적이 튀어 올랐다. '너 이거 실화냐?' 하는 듯한 표정으로 공중을 뱅글뱅글 도는 해적 아저씨와 눈이 마주친 적이 한두 번이 아니다.

그리고 결정타는 고교 1학년 겨울이다. 내게 인생 최대의 불행이 닥쳤다. 지금까지는 죽는 건 아니었으니 뭐 어쩔 수 없지, 하고 대수롭지 않게 넘겼다. 하지만 이번만은 그럴 수가 없다. 나는 또다시 불운한 제비를 뽑아 들고 말았다.

아직 추위가 한창인 2월의 일이었다.

수업을 마치고 돌아가는 길에 자전거 페달을 밟고 있는데 갑자기 심장이 요란하게 고동치면서 호흡하기가 너무 괴로웠다. 자전거에서 내려 쭈그리고 앉아 있자니 마침 개를 산책시키던 아주머니가 지나갔다. 아주머니가 등을 쓸어주고 개가 짖어대자 어느새 주변에 사람들이 몰려들었다.

"학생, 괜찮아?"

"구급차 부를까?"

나는 손을 저어 그들을 말리고 간신히 일어나 자전거를 끌고 그 자리를 떠났다. 가까운 공원 벤치에 앉아 잠시 쉬었더니 진정되었다. 하지만 이런 적은 한 번도 없었기에 부모님에게 말했더니 혹시 모르는 일이라며 병원에 데려가셨다.

검사 결과, 심장에서 종양이 발견되었다. 매우 희귀한 병으로 진행 양상이나 종양의 위치가 까다로운 탓에 수술로 제거하기조차 어려울 정도라 손을 쓸 수 없다고 한다.

"만약 내가 병에 걸려서 살날이 얼마 남지 않았다고 한다면 그땐 감추지 말고 솔직히 말해 줘."

반년 전, 할머니가 암에 걸려 시한부 인생을 선고받았을 때 내가 부모님에게 한 말이다. 부모님이 할머니에게 그 사실을 알려야 할지 말지를 결정하지 못해 망설일 때, 나는 거침없이 그렇게 내뱉었다.

그때는 반드시 당사자에게 알려줘야 한다고 생각했다. 아무것도 모른 채 죽어가기보다는 미리 사실을 알고 있어야 마음의 준비도, 각오도 할 수 있다. 진심으로 그렇게 생각했다. 하지만 지금의 나는 그때 뱉은 말을 후회한다. 듣지 않는 게 나았고, 모르는 게 좋았다. 하지만 이제 와 후회해도 소용없다.

부모님은 조금도 주저하지 않고 나를 검사실로 불렀고, 담당의인 기쿠치 선생님은 차분한 목소리로 시한부를 알렸다.

처음에는 무슨 말을 하는 건지 몰랐다. 그 말이 내게 하는 이야기라는 걸 깨닫기까지는 한참 시간이 흘렀다. 마치 드라마나 영화를 보고 있는 것 같기도 했다.

시한부 1년이라고 선고를 받아도 실감이 날 리가 없다. 심장은 전혀 아프지 않았고 호흡도 그때 말고는 평소와 똑같았다. 일 년 후에 내가 죽는다니, 눈곱만큼도 상상이 가지 않았다.

죽음을 의식하는 건 몇십 년 후, 아주 먼 미래일 거라고 막연히 생각하고 있었다. 그런데 설마 열여섯 살에 죽음이라는 말을 마주하게 되다니, 조금도 믿어지지 않는다. 기쿠치 선생님은 시한부 1년이라고 해도 실제로는 1년 넘게 사는 사람이 있는가 하면 그 전에 죽는 사람도 있다고 알려주었다. 지금 내 상태로는 언제든 갑자기 죽을 수도 있는 것이다.

선생님은 예전에 나와 같은 병에 걸린 노인을 담당한 적이 있었는데 시한부 1개월이라고 선고했지만 2년을 살다가 세상을 떠났다고 한다. 선생님은 그런 사례도 있다며 나를 격려해주었지만, 내 병이 나을 거라고는 말해주지 않았다.

"아키토, 어서 와라."

조용히 집 안으로 들어서자 내 기척을 느낀 엄마가 맞아주었다.

"다녀왔어요."

나지막하게 중얼거리듯 대답했다. 내가 병에 걸렸다는 사실을 아는 사람은 아버지와 어머니뿐이다. 올봄에 중학생이 된 여동생에게는 말하지 않았다. 내가 죽어도 이 집에는 여동생 나쓰미가 있다. 그러니 부모님의 상실감은 덜하겠지.

"오빠! 수학 좀 가르쳐 줘. 모르는 게 있어."

계단을 올라 2층 내 방으로 들어가서 가방을 내려놓는데 나쓰미가 노크도 없이 쑥 들어오며 말했다.

"응, 그래."

집에서는 될 수 있으면 평소대로 행동하고 있다. 부모님은 내게 신경 써주느라 용돈을 듬뿍 주기도 하고 어디 가고 싶은 곳은 없는지를 물어보기도 하지만, 나는 "그딴 거 없는데" 하고 무뚝뚝하게 대답한다. 평소처럼 생활할 수 있다면 그걸로 됐다.

여동생의 공부를 봐주고 난 뒤 컴퓨터를 켰다.

'편하게 죽는 방법'

요즘은 이런 것만 검색한다.

닥쳐올 죽음의 공포에 떨기보다는 스스로 죽음을 선택하는 게 낫지 않을까. 두 달 동안 생각에 생각을 거듭한 결과, 나는 이 답에 이르렀다. 하지만 내게는 스스로 죽을 용기가 없다.

오늘이야말로 죽자. 아니, 역시 내일이 좋겠다. 그런 생각을 거듭하면서 시간이 흘렀다.

분명 내가 자살을 감행하기 전에 심장이 멈추겠지.

컴퓨터를 끄고 침대에 대자로 벌렁 누워 잠시 멍하니 천장을 바라본다.

나는 왜 이렇게도 불행한 인간인 걸까. 분명 이 세상에서 가장 불행한 고등학생일 것이다. 이런 생각이 들기 시작하면 멈춰지지를 않는다. 뭔가 하고 있지 않으면 염세적인 기분에 휩싸이고 만다.

책상에 앉아 스케치북을 펼쳤다. 며칠 전에 산 데생용 연필을 꺼내 들고 그리다 만 그림을 계속 그리기로 했다. 칠흑 같은 어둠 속에 달이 어슴푸레 떠 있고 그 아래로 강물이 흐르고 있다. 수면에 반사된 환상적인 달빛을 보면서 내가 그렸지만 참 잘 그렸네, 하고 스스로 칭찬했다. 그렇지만 아직 명암 표현은 약간 부족해서 여러 차례 선을 덧그리고 마무리 단계로 들어갔다.

이곳은 실제로 존재하는 장소가 아니라 내가 상상으로 그린 데생 작품이다. 정적으로 가득 찬 방 안에 쓱쓱 연필 소리만이 가만히 울렸다. 정말이지 기분 좋은 소리다. 이 소리를 듣는 것만으로도 마음이 편안해진다. 그림을 그리는 일은 지금 내게 더할 수 없을 정도로 필요한 시간이었다.

불현듯 한 소녀의 얼굴이 머리에 떠올라 손을 멈췄다. 병원 복도에서 우연히 마주쳤던 그 소녀다. 그녀도 지금쯤 혼자 쓸쓸하게 그림을 그리고 있을까. 나는 연필을 내려놓고 천장을 올려다보며 후 하고 크게 숨을 내쉬었다.

다음 날도 버스를 타고 학교로 갔다. 교실에 도착하자 에리가

"안녕! 좋은 아침이야" 하고 인사를 건네기에 "안녕" 하고 짧게 대답했다.

1교시 수업이 시작되고 나는 오늘도 멍하니 창밖을 바라본다. 그러다 질리면 노트에 그림을 그리기 시작한다. 뭘 그릴지는 딱히 정해놓지 않았다. 늘 그때그때 머릿속에 떠오른 것을 그린다. 오늘은 일안 리플렉스 카메라(single-lens reflex camera, 촬영 렌즈가 파인더용 렌즈를 겸한 카메라)가 퍼뜩 떠올랐다. 아버지가 취미로 사진을 찍어서 여러 번 본 적이 있다. 그 모양을 떠올리면서 세세한 부분까지 공들여 묘사했다.

다 그렸을 즈음에 수업이 끝났다. 이것을 여섯 번 되풀이하면 그날의 수업이 전부 끝나고, 나는 버스를 타고 집으로 돌아간다. 이렇게 똑같은 날이 매일 반복되었다.

"역시! 아키토, 진짜 그림 잘 그린다. 대학은 미대로 갈 거니?"

쉬는 시간에 에리가 내 노트를 들여다보며 말했다.

"안 가, 대학 같은 거. 넌 어쩔 건데?"

"안 간다고? ……난 아직 생각 중."

"그렇구나. 아직 2학년이니까 천천히 생각해도 되지 뭐."

"그래."

나는 안 가는 게 아니라 갈 수 없는 거다. 하지만 그렇다고는 말하지 못한 채 대화가 끝났다.

어느덧 오늘도 아무 일 없이 평화롭게 지나갔다. 내게 남은 시간이 얼마나 있는지 모른다. 그날이 올 때까지 그저 시간이 흐르기를 가만히 기다리는 수밖에 없다.

병원에 검사를 받으러 갈 예정이었기에 나는 수업이 끝나자 바로 학교를 나와 버스에 올랐다. 병원에 도착해 잠시 대기실에서 기다리고 있다가 이름이 불리자 검사실로 향했다. 늘 하던 대로 검사를 받고 다시 대기실 의자에 앉아 기다리고 있는데 내 눈앞을 지나간 소녀에게 잠시 시선을 빼앗겼다.

어깨까지 늘어진 검은 머리. 안색이 썩 좋아 보이진 않았지만 반듯하고 단정한 얼굴이었다. 연필처럼 가느다란 체격에 옅은 분홍색 환자복을 입은 소녀는 그날처럼 스케치북을 한 손에 들고 내 눈앞을 지나갔다.

나는 그녀를 알고 있다. 다만 이름과 나이, 그리고 왜 이 병원에 있는 건지는 전혀 모른다. 그녀를 보는 건 오늘로 두 번째다.

처음 본 그날부터 그림을 그릴 때마다 떠오르던 소녀가 설마 아직까지 입원해 있을 거라고는 생각하지 못했다. 한번 눈이 마주쳤을 뿐이라 분명 그녀는 나를 기억하지 못하겠지. 병원비 수납을 마치고 나서 나는 그녀의 뒤를 쫓아갔다.

4층 휴게실. 그녀가 분명 그곳에 있을 거라고 확신한 나는 엘리베이터를 타고 4층 버튼을 눌렀다. 엘리베이터가 천천히 올라

가자 심장이 두방망이질하기 시작했다. 심장병 때문에 오는 두근거림이 아닌 건 확실하다. 엘리베이터 문이 서서히 열리자 나는 휴게실로 발걸음을 옮겼다.

햇볕이 비쳐드는 환한 휴게실에 그녀가 있었다. 창가 의자에 앉아 열심히 그림을 그리고 있다. 나는 긴장한 탓에 그 자리에서 한참을 움직일 수 없었다. 그녀는 내 시선을 알아차리지 못하고 오로지 연필을 움직이고 있다.

이대로 돌아갈까, 아니면 말을 걸어볼까. 망설인 끝에 나는 마음을 정하고 그녀에게 다가가 말을 꺼냈다.

"저……."

갈라진 목소리가 나왔다. 내 목소리에도 그녀는 돌아보지 않았다. 나는 다시 한번 말을 걸었다.

"저기……, 무슨 그림 그려요?"

이번에는 확실히 말했다. 그녀는 고개만 돌리고 그 큰 눈을 깜빡이면서 의아한 표정으로 나를 바라보았다. 비슷한 나이일 거라고 생각했는데 역시 나보다 어린 걸까. 눈을 치뜨고 나를 바라보는 그 표정은 어딘가 앳되어 보였다.

몇 초인가 바라보다가 그녀는 고개를 돌리더니 멈췄던 손을 움직여 다시 그림을 그리기 시작했다. 아무래도 난 무시당한 모양이다. 하지만 그럴 만도 하다. 그녀가 보기에 나는 분명, 병원에 입원해 있는 병약한 소녀를 어찌 한번 꼬셔보려는 형편없는 놈으로 생각될 테니.

나는 어찌할 바를 몰라 그 자리에 가만히 서 있을 수밖에 없었다. 한번 더 말을 걸어야 하나 망설이고 있는데 그녀가 먼저 말을 꺼냈다.

"거기 앉지 그래?"

그녀는 나를 쳐다보지도 않은 채 맞은편 의자를 손가락으로 가리키며 말했다. 예쁜 목소리였다. 나는 그녀가 말한 대로 그녀의 맞은편 의자에 앉았다. 하지만 앉은 것까지는 좋았는데 또 그대로 침묵이 흘렀다.

"그거, 뭐 그리는 건데?"

침묵이 어색해서 내가 묻자 "곧 끝나니까 조용히 해" 하고 그녀는 마치 아이를 타이르듯이 말했다.

그렇게 10분쯤 얌전히 기다리고 있었더니 "아, 됐다" 하고 그녀는 자신이 그린 그림을 보며 고개를 끄덕였다.

"다 그렸어?"

"응, 다 됐어."

그녀가 아까보다는 낮은 톤으로 말했다.

"봐도 돼?"

"응."

나는 스케치북을 받아들고 방금 완성된 그녀의 그림을 보았다. 마치 사진처럼 아름다워서 그림에서 시선을 떼지 못했다. 색연필만으로 이렇게까지 아름다운 그림을 그릴 수도 있구나 하고 감탄했다.

드넓게 펼쳐진 푸르른 하늘에 무지개가 걸려 있고 비둘기 몇 마리가 유유히 날아가고 있다. 앞쪽에는 형형색색의 꽃이 피어 있고 그 건너편에는 강이 흐르고 있다.

"그림 너무 예뻐. 여기, 진짜 있는 곳이야?"

너무나도 아름다운 그림이어서 나는 그렇게 물어보았다. 실제로 있는 장소라면 꼭 한번 가보고 싶은 생각이 들었다.

"글쎄. 실제로 있을지도 모르고 아닐지도 모르지."

그녀의 애매한 대답에 나는 고개를 갸우뚱했다.

"여기, 어딘 거 같아?" 하고 그녀가 내게 물었다.

"……잘 모르겠지만 낙원 같아."

분명 그녀는 낙원을 모티브로 해서 그렸을 거라고 상상했다. 이미지로 봐서는 틀림없다.

"낙원……으로 보이는구나. 나쁘지 않은 대답인걸. 그치만 조금 달라."

"그럼 정답은 뭔데?"

"천국."

"……천국?"

내가 되묻자 그녀는 "응" 하고 끄덕였다. 그러고 나서 상상해서 그렸다고 덧붙였다. 듣고 보니 천국 같아 보이기도 했다. 가본 적이 없어서 뭐라고 말하진 못하겠지만.

"진짜 잘 그렸는데, 왜 천국을 그렸어?"

불길하게, 라는 생각이 들었지만 그 말은 하지 않았다.

그녀는 아무 말 없이 내 손에 들려 있는 자신의 그림을 바라보기만 했다.

나는 조금 어색해서 무심히 스케치북을 앞으로 한 장 넘겨보았다. 거기에는 화사하고 아름다운 그림이 그려져 있었는데, 그림을 보는 순간 나도 모르게 헉 하고 숨을 멈췄다.

높푸른 하늘 아래 바다가 있고 무지개가 걸려 있다. 그림 한가운데에는 계단이 있다. 하늘로 이어지는 무지갯빛 계단이다. 하얀 원피스를 입은 뒷모습의 소녀가 그 환상적인 계단을 오르려하고 있다. 마치 이제부터 천국을 향해 가려는 듯한, 묘한 그림이었다.

"이 여자애, 나야."

그림을 바라보고 있는데 그녀가 불쑥 중얼거렸다. 그러고는 무표정하게 나를 바라본다.

"아, 그렇구나. 왠지…… 이제 죽으러 가는 것 같네."

농담 비스름히 그렇게 말하자 "맞아" 하고 그녀는 바로 대답했다.

그녀가 진지한 표정이었기에 나는 뭐라고 대답해야 할지 몰라 당황했다.

"나, 얼마 안 있으면 죽어."

"뭐?"

내가 뭘 잘못 들은 걸까. 얼마 안 있으면 죽어, 라고 들은 것 같았는데.

"지금 뭐라고 했어?"

"나 얼마 안 있으면 죽는다고."

그녀는 아까와 똑같은 대답을 했다.

"그래서 상상으로 천국을 그려본 거야."

그녀는 표정을 바꾸지 않은 채 중얼거렸다. 나는 다시 한번 그녀의 그림으로 시선을 돌렸다.

그림 속의 소녀가 무지갯빛 계단을 올라 다다른 곳이 조금 전에 완성한 천국인 모양이었다.

나는 할 말을 잃고 그녀의 그림을 가만히 바라봤다. 처음 만난 내게 그런 중요한 비밀을 털어놓다니 신기했다. 아니, 그녀는 내게 장난치고 있는 건지도 모른다. 차라리 그 편이 나았다.

"나, 병이 있어. 몇십만 명 중에서 한 명밖에 걸리지 않는 희귀한 병이래. 그래서 어릴 때부터 거의 병원에서 살다시피 했어."

이렇게 담담히 말한 그녀는 내가 손에 들고 있던 스케치북을 가져가더니 다시 색연필로 그림을 그리기 시작했다. 완성이라고 말은 했지만 아직 천국 그림이 마음에 차지 않았던지 여러 번 선을 덧그렸다.

"그리고 나, 반년밖에 못 산대."

그림을 그리면서 그녀는 남의 일처럼 말했다. 그녀가 너무도 침착해서 그 말에 현실감이 느껴지지 않았다. 하지만 그녀가 내게 거짓말을 할 이유가 없거니와 입원 생활이 오래되었다는 것을 나는 알고 있다.

"정말 앞으로 반년밖에 못 산다고?"

"응, 정말이야."

그녀는 손을 멈추지도 않고 대답했다.

"너는? 왜 병원에 있어? 누구 병문안 온 거야?"

"……응. 뭐 그런 거지."

"으응. 그렇구나."

말할 수 없었다. 나도 큰 병을 앓고 있고 앞으로 일 년 남짓밖에 살 수 없다고는, 그녀처럼 태연하게 말할 수 없었다. 어떻게 그녀는 이처럼 태연할 수 있을까. 죽는 게 무섭지 않은 것처럼 보였다.

"무섭지 않아?"

"뭐가?"

내 질문에 그녀가 되물었다. 내가 뭘 묻고 있는지 대충 짐작할 텐데.

하지만 그녀는 일부러 강한 척하는 것 같지도 않았다.

"얼마 못 가 죽는다면서 조금도 두려워하지 않는 것 같아서."

"응, 별로 두렵지 않아. 오래 살지 못한다는 말을 꽤 오래전에 들었거든. 오히려 기대되는데? 계속 병원에 있는 것보다 천국이 덜 지루할 것 같아. 경치도 공기도 여기보다 훨씬 좋을 것 같고 말야."

그녀는 단숨에 그렇게 말하더니 그림 그리던 손을 멈추고 천국인지 뭔지 하는 그림을 말끄러미 쳐다보았다. 아무 표정이 없어서 그녀의 감정을 읽을 수가 없다. 천천히 스케치북을 덮더니 그녀가 일어섰다.

"나 이제 병실로 돌아가야 해."

누가 병문안을 오기로 한 건지, 아니면 진료가 있는 건지, 그녀는 휴게실 벽에 걸려 있는 커다란 시계를 쳐다보며 말했다. 나도 일어나서 그녀를 배웅했다. 하지만 마음 같아선 조금 더 이야기를 나누고 싶었다.

"항상 여기서 그림 그리니?"

이곳에 오면 또 그녀를 만날 수 있을까. 나는 기대를 품고 그렇게 물었다.

"병실 아니면 여기일 거야. 사람이 많을 땐 병실에서 그리거든."

"그래? 또 그림 보러 와도 돼?"

나는 다시 그녀를 만나러 올 구실을 억지로 만들었다.

그녀는 잠깐 아무 말이 없더니 "응" 하고 살짝 웃었다.

"자, 그럼 이만."

그녀는 스케치북을 옆구리에 끼고 돌아섰다. 나는 엘리베이터를 타고 1층으로 내려와 병원을 나섰고, 돌아가는 버스 안에서 줄곧 그녀를 생각했다. 정말로 그녀는 앞으로 반년밖에 살 수 없는 걸까.

남은 인생이 나보다 짧은데도 그녀는 초연해 보였다. 앞으로 얼마 살 수 없다는 사실을 알게 된다면 사람은 대개 나처럼 절망하거나 모든 일을 내팽개치지 않을까. 아니면 내가 이상한 걸까.

그녀는 자신의 죽음을 받아들이고 있는 듯했다. 나와는 전혀 생각이 다르다. 죽는 게 두려운 나와, 죽는 걸 기대하고 있는 그녀. 이 말만 들으면 그녀가 이상하게 느껴지겠지만, 그렇지 않다. 게다가 그 아름다운 그림. 단지 잘 그린다고만 하기에는 말로 표현하기 어려운 매력이 있었다. 나는 그녀의 그림은 물론, 그녀 자체에도 관심이 생겼다.

버스를 내려 집까지 걸어가다가 아참, 하고 생각났다. 그러고 보니 이름과 나이를 묻는 걸 완전히 까먹고 있었다. 그녀의 병에 관해서도 궁금했지만 그건 묻지 않는 게 좋겠지. 들어도 나는 잘 모를 테고 그녀도 말하고 싶지 않을 것이다. 한숨을 내쉬면서 하늘을 올려다보았다. 하늘은 오렌지빛으로 물들고, 저물어가는 태양이 내 뺨을 비추고 있다.

나는 앞으로 몇 번이나 더 이 아름다운 저녁노을을 볼 수 있을까. 감상적인 기분에 빠져 길을 걸었다. 지금이라면 멋진 그림을 그릴 수 있을 것 같다.

집에 도착해서 바로 내 방으로 들어가 책상에 앉아 스케치북을 꺼냈다. 새 페이지를 펼쳐서 주저 없이 연필로 그림을 그리기 시작했다. 아까 본 저녁노을을 검은 연필만으로 그려나갔다.

"아키토 왔니?"

아래층에서 어머니의 목소리가 들렸지만 대답하지 않고 계속 그림을 그렸다. 연필을 눕혀 종이에 스치듯이 선을 그어 명암을 나타내기도 하고 연필을 세워 가느다란 선을 그리기도 하면서 그렇게 한 시간쯤 지나 그림이 완성되었다.

연필로만 그려서인지 역시 어딘가 심심하다. 검은색 하나로 노을을 표현하기는 어렵다. 하지만 내 나름으로는 만족했다. 매번 그렇지만 잘 그렸다고 스스로 칭찬하며 82점, 하고 점수를 매겼다.

스케치북을 덮고 천장을 올려다본다. 흰 벽지로 된 천장이 거대한 캔버스로 보였다.

가만히 눈을 감는다. 검은 캔버스에 떠오른 것은 그 소녀였다. 이름도 모르는, 아름다운 그림을 그리는 소녀. 다음에 또 만나러 가야지. 그렇게 마음을 정하고 눈을 떴다.

"오빠! 엄마가 저녁밥 다 됐으니까 5분 있다가 내려오래."

여동생 나쓰미가 오늘도 노크 없이 문을 열고 말했다.

"어, 알았어."

내가 대답하자 나쓰미는 바로 방을 나갔다.

나는 그로부터 5분 후에 방에서 나와 아래층으로 내려갔다. 거실로 들어서자 "미안. 햄버그스테이크가 아직 덜 구워졌으니까 5분만 더 기다려" 하고 대면식 키친 안쪽에서 엄마가 말했다.

"아 뭐야, 배고픈데"라며 나쓰미가 투덜거렸다.

소파에 앉아 저녁 신문을 읽고 있던 아버지가 그 모습을 보고 아이쿠 저런! 하는 듯한 표정으로 웃었다.

마치 홈드라마를 보고 있는 듯했다. 이런 행복한 일상의 풍경이 언제까지 계속될까. 내가 없어지면 이 행복한 가정은 무너지고 마는 것일까. 아버지와 어머니는 울어주실까.

더 참지 못하고 이미 젓가락을 집어 든 나쓰미를 보면서 나는 멀거니 그런 생각을 했다.

5월이 끝나고 어느새 6월로 접어들었다. 등하굣길에 보이던 초목이 나날이 푸르름을 더해가는 모습에서 계절의 변화를 실감한다. 나는 다음 5월에는 분명 이 세상에 없을 것이다. 이 계절에 피는 꽃들과도, 이 경치와도 이걸로 이별이다. 그렇게 생각하자 평소에는 무심히 지나치던 이 풍경이 더없이 사랑스럽게 느껴졌다.

무성한 풀과 나무를 바라보며 걷다가 늘 그렇듯 같은 시간에 버스 정류장에 도착해 줄을 섰다. 시간표대로 맞춰 온 버스에 올라 적당한 자리에 앉았다. 집에서 가장 가까운 정류장에서 타면 이른 시간이라 차내가 비어 있다. 그리고 학교로 향해 갈수록 서서히 사람이 늘어나 버스 안은 떠들썩해진다.

심장병이라는 걸 알기 전에는 자전거를 타고 학교에 다녔다. 집에서 학교까지 자전거로 30분 정도 걸리는데 도중에 비탈길도 있다. 일명, 심장 파열 언덕이다. 학교에 가려면 이 비탈길을 반드시 지나야 한다.

나는 그래도 자전거로 다니고 싶었지만 걱정하시는 부모님의 설득에 못 이겨 어쩔 수 없이 버스로 다니게 되었다. 평소에 자전거로 다니던 내게는 늘 정해진 길로만 가는 버스가 여간 지루한 게 아니다.

"어, 아키토! 안녕!"

버스에서 내려 고개를 숙이고 걸어가고 있는데 자전거를 탄 에리가 뒤에서 나를 불렀다. 에리는 자전거에서 내리더니 내 곁에서 나란히 걸었다.

"안녕."

나는 에리를 흘낏 한번 쳐다본 뒤 다시 아래를 보며 걸어갔다. 내 병을 알기 전에는 매일 아침 에리와 함께 자전거로 등교했다. 쇼타는 아침에 축구부 연습이 있어서 항상 우리보다 일찍 갔다.

"오늘 날씨 참 좋다."

"……그러네."

"오늘 수학 쪽지 시험 있지. 공부했어?"

"……아니."

"으응…….."

최근 에리와 나의 대화는 늘 이런 식이다. 에리가 내게 말을 걸고 나는 짤막하게 대답한다. 에리가 "너 요즘 이상해"라는 말을 하는 원인이 아마 이거겠지. 예전에는 우리 대화가 더 활기차고 즐거웠다. 에리와 말하기 싫은 건 아닌데, 이야기를 하면 마음이 아파왔다. 가능하면 에리와 거리를 두고 싶었다.

나는 초등학교 때부터 줄곧 에리를 좋아했다. 1학년 때 같은 반이 되었을 때부터 중학교, 고등학교까지 오로지 에리만을 마음에 두었다. 하지만 지금은 그런 감정을 잃었다. 왜 잃은 걸까. 그것은 설명할 것도 없이 내 병 때문이다. 이대로 에리를 좋아한

들 아무 의미도 없으니까.

어떤 연인이나 부부라도 반드시 헤어지는 순간은 오기 마련이다. 영원 같은 건 없다. 그런 것쯤은 나도 잘 안다. 그렇다면 그끝은 언제 찾아올까. 그걸 모르니까 연인이나 부부라는 관계를맺을 수 있는 거겠지. 하지만 내 경우는 다르다. 처음부터 끝이보인다. 그러니 내게 누군가를 좋아할 자격 따위는 없다. 설령에리와 사귄다고 해도 나는 에리를 행복하게 해줄 수 없다. 슬픈일을 겪게 할 뿐이다.

게다가 나는 쇼타도 에리를 좋아한다는 걸 알고 있다.

그래서 나는 단념하고 에리의 행복을 빌어주는 길을 택했다.

"아키토, 오늘도 체육 시간 빠질 거야?"

학교에 도착해 자리에 앉자 옆에서 에리가 물었다.

내 마음과 달리, 2학년이 되어 같은 반이 된 데다 자리마저 하필 바로 옆자리다.

"……응. 오늘도 그냥 참관만 하려고."

"그렇구나. 무릎 아직도 아파?"

"응, 좀 그래."

내가 체육 시간에 운동은 하지 않고 보기만 하는 건 무릎이아파서라고 적당한 거짓말로 둘러댔다. 자전거 등하교를 그만둔것도 같은 이유라고 했더니 에리와 쇼타도 믿어주었다.

담임 선생님과 체육 선생님에게는 심장병이라고 솔직히 말해 허락을 받았고 다른 학생들에게는 비밀로 해달라고 부탁드렸다. 다만 시한부라는 사실만은 이야기하지 않았다.

연민의 시선을 받는 게 싫어서다. 그것은 부모님만으로 충분했다.

기쿠치 선생님은 약간의 운동은 괜찮다고 했지만 수업을 땡 땡이치고 싶었기에 체육은 어떤 종목이든 참관만 하고 있다. 하물며 오늘 체육은 오래달리기다. 심장병이 아니라도 빠지고 싶을 정도였다.

"아키토는 오늘도 참관이군. 나는 무릎 안 아파지나."

"아키토 진짜 부럽다."

체육 수업이 시작되자 반 남자애들이 한마디씩 떠들어댔다. 하하 하고 쏩쏠하게 웃으며 그 말들을 흘려들었다.

그늘로 자리를 옮겨 그 애들이 달리는 모습을 바라본다. 오늘은 습도도 기온도 높아서인지 모두 힘겨운 듯 얼굴을 찌푸린 채 달리고 있다. 조금 떨어진 곳에서는 여학생들이 단거리 달리기를 하고 있다. 그러고 보니 나는 에리를 눈으로 좇고 있었다. 이제 에리를 잊어야만 한다. 이루어질 수 없는 사랑을 해봐야 시간만 낭비할 뿐이다.

이날도 시간이 순식간에 지나갔다. 수업 중에는 여전히 그림을 그렸다. 도저히 공부할 기분이 나질 않는다. 수학 쪽지 시험은 당연히 거의 풀지 못했다. 하지만 딱히 신경 쓰지 않는다. 어차피 나는 이제 곧 죽을 테니까, 하고 편할 대로 핑계를 갖다 붙였다.

수업이 모두 끝나고 교과서를 가방에 넣고 교실을 나가려 할 때, 에리가 나를 불러세웠다.

"아키토, 중간까지 같이 가자."

"나야 괜찮지만, 너 동아리는?"

"오늘은 동아리 없는 날이야."

에리는 하얀 치아를 내보이며 웃었다. 포니테일로 묶은 머리를 찰랑거리며 내 앞을 걸어간다.

후욱 달콤한 향기가 났다.

자전거 보관대까지 가서 에리는 가방을 짐바구니에 넣고 자전거를 끌고 왔다.

"아키토, 수학 쪽지 시험 어땠어?"

"완전 망했어. 절반 정도는 채웠지만 나머지는 백지야."

"아, 그래?"

대화가 금세 끊기고 한동안 서로 아무 말이 없었다. 내가 늘 타는 버스 정류장까지 아직 거리가 남아 있어 조금 어색하다.

"있잖아, 아키토."

에리가 발걸음을 멈췄다.

"응?" 하고 나는 고개를 돌려 쳐다보았다.

"무릎 아프다는 거…… 사실은 거짓말이지?"

머뭇거리다가 에리가 물었다.

"거짓말 아냐" 하고 나는 부정했다.

"……흐음. 그치만 분명히 아키토는 달라졌어. 무슨 일이야? 정말로 다른 사람 같아."

"다른 사람……."

나는 에리의 말을 되새기듯이 중얼거렸다. 그럴지도 모른다고 묘하게 수긍이 갔다. 확실히 나도 느끼고 있다. 병을 알기 전과 알고 난 후에 인생관이나 성격까지 바뀐 것 같다. 내가 이렇게 부정적인 인간이었나 하고 종종 자기혐오에 빠지기도 했다.

"무슨 일이 있는 거면 말해 줘."

에리가 촉촉한 눈동자로 나를 보고 있다. 그런 눈으로 보면 스스로 놓아버린 감정이 되살아날 것만 같아서 나는 고개를 돌렸다.

"정말로 아무 일 없어."

"그럼 왜……."

말을 하려다 말고 에리는 입을 다물었다. '왜 달라진 거야', 분명 그렇게 말하고 싶었을 것이다.

"미안. 곧 버스가 올 시간이라서. 나 갈게."

나는 그렇게 말하고 에리에게서 등을 돌렸다.

사실은 모두 털어놓고 싶다. 너무나 좋아했던 에리에게, 절친인 쇼타에게 내가 불운하게도 이 원망스러운 병에 걸린 일을 다 말하고 위로받고 싶다.

하지만 한편으로는 말하고 싶지 않은 마음도 있다. 내가 내 병을 받아들이지 못하고 있는 지금 상태에서 그들에게 털어놓게 되면 나는 이 병을 똑바로 마주해야만 한다. 아직 나는 평범한 고등학생으로 있고 싶다. 그 누구에게도 살날이 얼마 남지 않은 가엾은 아이로 보이고 싶지 않다. 나 자신도 그렇게 생각하고 싶지 않다.

정말로 내가 얼마 못 가 죽는다니, 아직도 믿기지 않는다. 마음 어디에선가 살 수 있지 않을까, 낫지 않을까 하고 실낱같은 희망을 품고 있다.

얼마간 걷다가 뒤를 돌아보니 이미 에리의 모습은 없었다.

집에 도착해서 나는 먼저 스케치북을 펼쳤지만 바로 덮어버리고 지금까지의 내 인생을 돌이켜보았다.

16년하고 9개월. 너무나도 짧아서 나도 모르게 훗 하고 자조적인 웃음이 새어나왔다. 나는 대체 뭘 위해 태어난 걸까. 이대로 아무것도 하지 못한 채 마지막 날을 맞이해도 좋은 걸까. 작년 봄, 에리랑 쇼타랑 셋이서 영화를 보러 갔던 일이 문득 떠올랐다.

그 영화는 남자 고교생과 불치병을 앓고 있던 소녀의 이야기였다. 당연히 마지막에는 주인공이 죽고 대부분이 예상하는 결말을 맞이했다.

영화가 끝나자 에리와 쇼타는 서럽게 울었다. 그 모습을 보고 나는 "어차피 만든 이야기잖아" 하고 피식 웃었다.

나는 처음부터 끝까지 이 영화를 냉담한 시선으로 보았다. 이 남자는 얼마 못 가 죽는다는 걸 알고 있는 소녀를 왜 사랑하는 건지 이해할 수 없었다. 끝이 보이지 않는다면 모를까, 분명 소녀는 죽는다. 처음부터 마지막이 보였던 것이다. 소녀가 죽은 뒤에 깊은 슬픔이 덮칠 것이 뻔한데 왜? 하고 주인공 소년에게 전혀 감정 이입이 되지 않았다.

지금 생각하면 화가 나는 것은 남주보다도 여주 때문이다. 그녀는 머지않아 자신이 죽는다는 것을 알고 있으면서도 지나칠 정도로 밝다. 왜 더 절망하지 않는가, 어떻게 그리 해맑게 웃을 수 있는가, 생각만 해도 짜증이 솟구쳤다.

나는 이렇게 삐딱한 사고를 갖고 있어서 병에 걸린 걸까.

그 영화의 여주인공은 죽기 전에 그동안 못다 한 일을 하나씩 해나갔다. 나도 뭔가 하고 싶은 일이 없을까 생각했다. 하지만 아무것도 떠오르지 않는다. 하고 싶은 일도 없고 가고 싶은 곳도 없다.

이럴 때는 다른 사람의 의견을 물어보는 게 가장 좋다. 그렇게 생각하고 스마트폰을 주머니에서 꺼냈다.

갑작스럽지만 질문이 하나 있습니다. 여러분은 만약 자신이 이제 곧 죽는다는 걸 알았다면 마지막으로 뭘 하실 건가요?

모 게시판 사이트에 그렇게 질문을 올렸다. 이 사이트는 고민 상담 등 어떤 사소한 질문이라도 자유롭게 쓸 수 있다. 답변자는 정해져 있지 않고 우연히 그 질문을 본 사람이면 누구라도 대답할 수 있다. 나도 심심할 때 이 사이트를 보다가 다른 사람의 질문에 적당히 답변을 단 적이 있지만 내가 직접 질문해보기는 이번이 처음이다.

누군가 답글을 올려주길 기다리는 동안 잠시 그림을 그리며 시간을 때웠다.

'학교 운동장에서 오래달리기를 하고 있는 반 아이들'

이번에는 체육 시간을 모티브로 해서 연필을 놀렸다. 바로 몇 시간 전에 직접 본 광경이어서 스윽스윽 그릴 수 있었다. 역시 그림을 그리면 마음이 한결 가벼워진다. 그림이 없었다면 나는 아마도 목숨을 끊었을 거라고 진지하게 생각하곤 한다.

그림을 반쯤 그렸을 때 스마트폰이 울렸다. 화면을 들여다보니 쇼타에게서 메시지가 와 있다.

아까 에리에게 연락이 왔어. 역시 아키토, 뭔가 숨기고 있는 거 아냐?

그 메시지를 보자 한숨이 새어나왔다.

숨기는 거 없어. 두 사람 다 너무 예민해.

그렇게 답장을 하고 휴대폰을 침대 위에 던져두었다.

몇 분 후, 다시 폰이 울렸지만 무시하고 연필을 계속 움직였다.

'오늘도 또 하루를 헛되이 보내고 말았어'라고 생각하면서 묵묵히 그림을 그렸다.

다음 날 아침은 비가 내렸다. 버스를 타고 학교에 가고 있는데 세 번째 정류장에서 에리가 탔다. 비 때문에 자전거 대신 버스를 탄 것이다. 눈이 마주쳤지만 서로 아무 말도 하지 않았고 에리는 내 두 칸 뒤의 좌석에 앉았다.

학교에 도착하자 오늘도 내게는 고통일 뿐인 수업이 시작되었다. 가만히 생각해보면 나는 더 이상 학교에 갈 필요도 없다.

얼마 안 있어 죽게 될 고교생이 학교에서 무엇을 배울 필요가 있단 말인가.

그래도 나는 몸을 움직일 수 있는 한 계속 학교에 다니겠지. 학교에서는 평범한 고교생 역할을 하고 집에서는 평범한 가정의 장남 역할을 하고, 그러다가 조용히 죽고 싶었다.

멍하니 창밖을 바라본다. 빗방울이 유리창에 달라붙어 창밖 풍경이 마치 모자이크 처리된 것처럼 보였다. 오늘은 노트에 어떤 그림을 그릴까, 이런 생각을 하고 있다가 문득 머리를 스친 것이 있어 바지 주머니에서 휴대폰을 꺼냈다. 국어 선생님에게 들키지 않게 조심하면서 몰래 화면을 들여다보았다.

어제 인터넷에 질문을 올렸던 일을 깜빡 잊고 있었던 것이다. 솔직히 아무래도 상관없는 질문이었다. 다만 그저 심심풀이로 다른 사람은 죽기 전에 뭘 하고 싶어 할까 궁금해서 물어봤을 뿐이다.

내 질문에는 열두 개의 답글이 달려 있었다.

└ 당장 일을 그만두고 저금을 몽땅 찾아서 가고 싶은 곳에도 가고, 갖고 싶은 물건을 산다.

└ 무조건 미친 듯이 논다.

└ 효도하고 싶다.

    └ 좋아하는 사람에게 고백한다.

    └ 누가 보면 큰일 나니까 컴퓨터를 부순다.

    └ 해외여행을 간다.

이런 대답이 많았다.

전부 나도 한번쯤은 생각해본 적이 있는 것들이다.

나는 저축한 돈이 거의 없다. 갖고 싶은 물건도, 가고 싶은 장소도 딱히 없다. 미친 듯이 놀고 싶은 마음도 없다. 효도는 하고 싶지만 그건 여동생 나쓰미에게 맡기자. 좋아하는 사람한테 고백하는 건 생각할 필요도 없다. 내 마음을 전한다고 해서 홀가분할 리가 없고 차이기라도 하면 상처만 받을 뿐이다. 대답은 안 해도 된다고 말하는 것도 너무 이기적이다.

그리고 내 컴퓨터에는 남이 보면 곤란한 자료나 파일 같은 건 아무것도 없다. 내가 죽고 나면 나쓰미가 아무 문제없이 사용할 수 있을 것이다. 해외여행을 가고 싶은 마음도 없다. 그냥 내 나라에 있는 게 확실히 안전하다.

열 개의 답글을 읽고 나서 다음 페이지로 넘어갔다.

남은 두 개의 답변이 나타났다.

    └ 어차피 죽을 거면 싫어하는 사람을 죽이고 죽는다.

이것 역시 생각해본 적이 없었다. 싫은 사람은 있지만 죽이고 싶을 정도는 아니다. 도저히 이해할 수 없는 발상이다.

  └ 보고 싶은 사람을 만나러 간다.

마지막 답글에는 이렇게 적혀 있었다.

보고 싶은 사람이 없다면 거짓말이다. 네 살 위인 대학생 사촌 형과 시골에 계신 할머니, 할아버지도 보고 싶다. 매년 새해 초가 되면 할머니, 할아버지 댁에 놀러 가곤 했지만 올해는 감기에 걸려 나 혼자 집을 지켜야 했다. 할머니, 할아버지를 마지막으로 한번 뵈는 것도 나쁘지 않다.

그밖에 보고 싶은 사람이 또 누가 있나 하고 생각하자 퍼뜩 머리에 떠오른 사람이 있었다.

"어이, 하야사카! 휴대폰은 압수다!"

선생님에게 들키는 바람에 당황해 휴대폰을 주머니에 넣었다.

"죄송합니다."

내가 그렇게 말하자 옆자리에서 에리가 고개를 절레절레 흔들면서 나를 보고 웃었다.

방과 후 나는 버스를 타고 병원으로 향했다. '보고 싶은 사람'이 그 병원에 있다.

인터넷 답글을 따라 하는 건 내키지 않았지만 조만간 그녀를 만나러 가야겠다고 생각했다. 그날부터 줄곧 나는 이름도 모르는 그 소녀에게 신경이 쓰였다. 그녀는 오늘도 그림을 그리고 있을까. 이름이 뭘까. 그런 생각을 하는 동안 목적지에 도착했다.

버스에서 내리자 오늘 아침부터 계속 내리던 비가 그치고 구름 사이로 맑은 하늘이 보였다.

병원에 들어서 우산꽂이에 우산을 꽂아두고 엘리베이터 쪽으로 걸어갔다.

분주하게 오가는 간호사들, 대기실 의자에 앉아 있는 환자들, 함께 온 가족. 그들을 스쳐 지나며 소독약 냄새가 풍기는 병원 안을 성큼성큼 걸어 엘리베이터를 탄 후, 망설이지 않고 4층 버튼을 눌렀다.

처음 말을 걸 때처럼 가슴이 두근거리지는 않았다. 스스로도 놀랄 만큼 오늘은 침착했다.

4층에 도착해 간호사실 데스크 앞을 지나 휴게실로 향했다. 휴게실은 방금 비가 그치고 난 햇살이 비쳐 들어와 눈이 부셨다. 환자 몇 명과 그 가족으로 보이는 사람들이 의자에 앉아 있었지만 내가 찾는 소녀의 모습은 보이지 않았다.

창가로 가 비어 있는 의자에 앉아 그녀가 나타나기를 기다리기로 했다.

하지만 15분쯤 기다려도 그녀는 오지 않았다.

아마도 병실에 있나 보다. 오늘도 또 나의 얼마 안 남은 시간을 헛되이 쓰고 말았다고 후회하면서 일어섰다. 그 소녀의 병실이 어디인지도 모르고 간호사실 데스크에서 물어보려고 해도 이름을 모른다. 언제나 여기서 그림을 그리고 있는 여자애라고 말하면 알아들을지도 모르지만 그렇게까지 할 생각은 없다. 애초에 이런 수상쩍은 놈에게 그렇게 예쁜 소녀의 병실을 알려줄지 어떨지도 알 수 없는 일이다. 오늘은 포기하고 그만 돌아가자.

버튼을 누르고 엘리베이터를 기다렸다. 아래에서 올라온 엘리베이터가 4층에서 멈추고 문이 열렸다. 나의 '보고 싶은 사람'이 거기에 있었다. 스케치북을 한 손에 들고 무표정하게 나를 보고 있다.

"아, 너 또 왔구나."

엘리베이터에서 내린 그녀는 표정을 바꾸지 않고 말했다. 예기치 않게 마주치는 바람에 나는 선뜻 말이 나오지 않았다.

"오늘도 병문안 온 거야?"

"어? 아아, 맞아. 병문안."

내가 이 병원에 오는 이유를 그녀에게는 아직 이야기하지 않았다는 게 생각났다. 누군가를 문병 온 거라고 적당히 둘러댔다는 걸 까맣게 잊고 있었다.

"으응. 그렇구나. 이제 가는 거니?"

"그게…… 또 네 그림을 보려고 왔는데 네가 없길래 돌아가려던 참에 네가 나타난 거야."

내가 단숨에 말하자 그녀는 순간 미소를 띠었다가 이내 무표정으로 돌아갔다.

"오늘은 휴게실에 사람이 많으니까 내 병실로 갈래?"

내 대답을 기다리지 않고 그녀는 걸음을 떼었다.

간호사실 데스크 앞을 지나 모퉁이를 돌았다. 역시 불치병에 걸린 소녀는 이런 모습일 거라는 생각이 들었다. 그녀의 표정은 항상 이렇다 할 변화가 없다. 늘 어딘가 쓸쓸하고 애잔한 느낌이 드는 표정이다. 영화에서 본 그 여주인공 같은 해맑은 웃음은 보이지 않는다. 이게 정상이다. 혼자 고개를 끄덕이면서 그녀의 자그마한 뒷모습을 따라가니 맨 끝 병실 앞에서 그녀가 멈춰 섰다.

"가족 말고 병실에 누굴 데려오는 거 진짜 오랜만이야. 들어와."

그녀는 마치 그곳이 자기 집이라도 되는 것처럼 나지막이 말하고 천천히 문을 열었다.

'사쿠라이 하루나(桜井 春奈)' 문 옆에는 그렇게 쓰여 있었다.

병실 안으로 들어가니 침대가 하나밖에 없는 걸로 봐서 개인실인 모양이다.

앞쪽에 청결한 세면대가 있고 안쪽에는 깔끔하게 정돈된 침

대가 있었다. 그 옆 창문 앞에는 텔레비전도 있고 창밖으로는 오
렌지색으로 빛나는 노을이 얼굴을 내밀고 있다.

침대 탁자에는 색연필과 여러 권의 스케치북이 쌓여 있었다.

"이름이 하루나구나."

"아아, 응. 봄에 태어나서 하루나(하루나라는 이름의 하루(春)는
봄이라는 뜻이다)라고 지었대. 단순하지? 더 진지하게 지었으면
좋았을걸."

하루나는 침대에 걸터앉아 피식 웃었다. 그러고는 나를 쳐다
보지도 않은 채 그다지 관심 없는 투로 "넌 이름이 뭐야?" 하고
물었다.

"가을을 뜻하는 아키(秋)에 사람 인(人)자를 써서 아키토(秋人)
야. 우리 부모님도 내가 가을에 태어났다고 이렇게 지으셨대. 내
여동생은 여름(夏)에 태어나서 나쓰미(夏海)고."

하루나는 내 쪽을 보고는 "그렇구나" 하고 작게 웃었다. 역시
하루나의 웃음은 어딘가 애달픈 느낌이 난다.

"그럼 만약 겨울(冬)에 태어났다면 후유토(冬人)가 됐을지도
모르겠네?"

"그럴지도."

하루나는 스케치북을 펼쳤다. 새로 샀는지 첫 페이지는 아무
것도 그려져 있지 않은 백지였다.

"이거 봐도 돼?"

"응. 괜찮아."

나는 침대 탁자에 겹쳐 놓여 있는 스케치북 가운데 한 권을 집어 들어 펼쳐보았다.

어딘가에 있는 공원과 학교를 그린 그림 등, 여전히 아름다웠다.

"하루…… 아니 너, 그림 정말 잘 그린다. 미술 학원 다녔어?"

내가 묻자 하루나는 머리를 가로저었다.

"아니. 그림은 올해 들어서 그리기 시작한 거고, 병원에 있으면 심심하니까 그때까지는 매일 책만 읽었어. 아마 천 권도 더 읽었을 거야."

하루나는 그렇게 말하더니 "그리고 하루나라고 불러도 돼" 하고 덧붙였다.

아직 그림을 그리기 시작한 지 몇 개월밖에 되지 않았다는 데도 초등학교 때부터 계속 그리고 있는 나보다 훨씬 잘그린다. 분하지만 이 그림을 보면 인정하지 않을 수 없다. 전문 화가가 그린 그림이라고 해도 믿을 것 같다. 이렇게 연달아 넘기는 스케치북이 아니라 제대로 된 캔버스에 그리면 좋을 텐데 하는 생각이 절로 떠오를 정도다.

"어, 이 학교……."

하루나가 그린 그림 속에 본 적이 있는 곳이 있었다. 틀림없이 옆 동네에 있는 중학교다. 근처에 시영 공원이 있어서 자전거를 타고 자주 그 앞을 지나다녔다. 그 학교에는 요즘 드물게도 니노미야 긴지로(에도시대 후기에 농촌 부흥에 힘쓴 농정가·사상가로 나무 등짐을 지고 책을 읽으며 걷는 모습의 동상이 많은 학교에 세워져 있다)의 동상이 서 있다. 긴지로가 손에 들고 있는 책의 한쪽 귀퉁이가 떨어지고 없던 것을 기억한다. 하루나가 그린 그림에도 긴지로가 들고 있는 책의 모서리가 이지러져 있다.

"그 학교, 내가 다니던 중학교야. 거의 입원해 있어서 별로 감흥은 없지만 기억을 떠올려가면서 그려봤어. 그 앞 장에 그린 공원도 마찬가지고. 옛날에 자주 놀던 근처 공원이야."

"그렇구나. 이렇게 세세한 데까지 묘사하다니 기억력이 좋네."

"응, 이런 느낌이었지 하고 생각해서 그린 거라 어쩌면 다르게 그린 부분도 있을지 몰라."

자세히 보니 학교와 공원 그림에는 모두 소녀 두 명이 있었다. 학교 그림에는 두 사람이 사이좋게 등교하는 모습, 공원 그림에는 둘이 그네를 타고 있는 모습이 그려져 있다.

"그림 속에 있는 여자애는 널 그린 거야? 옆에는 친구?"

내가 묻자 "응, 뭐 그런 거지" 하고만 대답할 뿐 자세히는 말해주지 않았다.

잠시 침묵이 이어지다가 하루나는 연필을 놀려 그림을 그리기 시작했다. 오늘은 어떤 그림을 그릴지 몹시도 궁금해서 나는 잠자코 하루나의 손놀림을 지켜보았다.

아마 바다를 그리고 있는 모양이다. 하루나가 어렸을 때 가족과 함께 갔던 해변일까. 여러 번 손을 멈추고 기억을 떠올리면서, 때로는 고무 지우개로 세세한 부분을 수정하며 그림을 그려 나갔다. 하루나의 새하얗고 예쁜 손가락 끝을 넋을 잃고 보고 있는데 "밖이 컴컴해졌는데 괜찮아?" 하고 하루나가 창밖으로 시선을 옮기며 말했다. 하루나가 말한 대로 어느새 해가 저물어 있었다.

"벌써 시간이 이렇게 됐나. 이제 가봐야겠어."

나는 저녁 7시 반을 가리키고 있는 벽시계를 흘끔 보고서 일어났다. 휴대폰을 보니 어머니에게서 메시지가 두 건이나 와 있다. 내 귀가가 늦어지자 걱정하는 내용이었다.

"자, 그럼 이만 가볼게."

가방을 어깨에 메고 문으로 다가가려는데 "있잖아" 하고 하루나가 나를 불러세웠다.

"나, 이런 상황이다 보니 친구도 없고 병문안 오는 사람도 없어. 그러니까 아키토, 심심할 때 또 와주면 좋겠어."

하루나는 내게 마음을 열어준 건지 사근사근하게 웃음을 보였다. 처음 보는 표정에 이게 진짜 이 애의 모습이겠거니 하고 생각하자 불현듯 가슴이 죄어왔다.

하루나와 내게는 진심에서 우러나와 웃을 수 있는 날이 다시 오지 않을 것이다. 적어도 나는 그렇다. 설령 어떤 요행을 만난다 해도 마음이 채워지는 일은 없을 것이다. 심장에 생긴 종양이 기적 같이 사라져준다면 진심으로 기뻐할 수 있겠지. 그런 일은 절대 있을 수 없겠지만.

"당연하지. 또 올게. 그 그림이 어떻게 완성될지도 궁금하고."

"고마워. 정말로 심심할 때 와."

"알았어. 그럼 또 봐."

나는 하루나에게 가볍게 손을 흔들고 병실을 나선 후, 아주 조용해진 원내를 걸어 병원 밖으로 나왔다.

하루나와 있으면 마음이 편안해진다. 다음은 언제 만나러 갈까. 내일은 어떨까. 아니, 이삼일은 지나서 가는 게 좋을까. 돌아가는 버스 안에서 창밖을 바라보니 히죽거리며 웃는 내 얼굴이 유리창에 비쳐 있었다.

집 근처 버스 정류장에서 내려 걸어가고 있는데 어머니에게서 세 번째 메시지가 들어왔다. 이제 보니 부재중 전화도 두 건이나 와 있었다. 너무 걱정이 많다니까. 고개를 절레절레하고는 집 쪽으로 걸음을 재촉했다.

다음 날 수학 시간에 채점된 쪽지 시험 답안지를 돌려받았다. 내 점수는 42점. 이 점수라도 내게는 아무런 상관이 없다. 예상한 대로다. 옆자리에 앉은 에리의 답안지를 훔쳐보니 에리는 71점이었다. 수학을 잘하는 에리로서는 낮은 점수였다.

답안지를 꾸깃꾸깃 둥글게 뭉쳐서 가방 안에 던져넣고 물끄러미 창밖을 바라본다. 창가 자리여서 정말 다행이다. 복도 쪽이나 교실 한가운데 자리였다면 이런 식으로 현실도피를 할 수 없었을 테니까.

오늘은 흐리다가 비가 올 거라는 일기예보가 있었다. 많이 내리지는 않을 거라고 해서 우산을 가져오지 않았다. 하지만 큰비가 쏟아질 것만 같은 칙칙한 구름이다. 역시 우산을 갖고 나올걸 그랬나 하고 후회하면서 머릿속은 바로 다른 생각으로 내달리기 시작했다.

떠오른 것은 어제 하루나가 그린 그림에 그려져 있던 중학교다. 그러고 보니 나와 같은 반인 다카다도 하루나와 같은 중학교 출신일 터였다. 다카다는 하루나에 관해 뭔가 알고 있을지도 모른다. 쉬는 시간이 되면 물어봐야지. 그런 생각을 하고 있는데 "하야사카! 딴 데 보지 마라!" 하고 매번 그렇듯이 선생님에게 꾸중을 들었다.

점심시간이 되자 나는 서둘러 도시락을 먹고 나서, 나보다 빨리 도시락을 먹고 교실을 나가버린 다카다를 찾아 교내를 돌아다녔다. 그 친구와는 별로 이야기를 해본 적이 없다. 1학년 때는 다른 반이었고 지금은 자리도 떨어져 있다.

그래서 나는 다카다가 점심시간에 어디서 뭘 하는지 모른다. 하지만 대충 짐작 가는 데가 있었다. 다카다는 쉬는 시간에도 교실에서 책을 읽을 때가 많다. 분명 도서관에 있을 거라고 예상하고 그리로 갔더니 역시나 다카다는 거기에 있었다.

도서관에는 책을 읽거나 공부하고 있는 학생들, 그리고 읽을 책을 고르는 학생 등 꽤 사람이 많았다. 평소에 책을 전혀 읽지 않는 나는 지금 처음으로 학교 도서관에 들어와 봤다. 도서관이라고 하면 훨씬 조용한 이미지를 그려왔으나 잡담을 나누는 학생들도 있어서 이곳에서 다카다와 이야기해도 문제가 없어 보였다. 나는 혼자 책을 읽고 있는 다카다의 옆 의자에 앉아 말을 걸었다.

"다카다, 물어보고 싶은 게 있는데."

다카다는 책을 덮고 내게로 얼굴을 돌렸다. 다카다는 처음 말을 붙인 나를 보고 뜻밖이라는 표정을 지었다.

"뭔데?"

다카다가 검은 테 안경을 쓱 밀어 올리고 의아해하며 물었다.

"다카다, 너 아오바 중학교 나왔다고 했지? 사쿠라이 하루나라는 애 알아?"

"……사쿠라이 하루나."

들어본 적이 있는 건지 다카다가 "아하" 하며 고개를 끄덕였다.

"알아, 알아. 1학년 때 같은 반이었어."

나는 다카다가 하루나를 알고 있다는 사실보다도 하루나가 나랑 같은 학년이라는 것에 더 놀랐다.

"정말? 그 애에 관해서 여러 가지 듣고 싶어서."

"미안하지만 사쿠라이에 관해서는 거의 아는 게 없어. 그 애, 몸이 약해서 툭하면 결석했기 때문에 얘기해본 적이 없거든."

"……그랬구나."

"그 애가 어쨌는데?"

"아냐, 모르면 됐어. 독서 방해해서 미안."

별 기대는 하지 않았지만 그 애가 나와 같은 학년이라는 걸 알았다. 그것만으로도 충분했다. 다카다를 뒤로 하고 도서관을 나오려고 하는데 "아, 맞다!" 하고 뭔가 생각난 듯이 다카다가 말했다.

"E반 미우라 아야카, 그 애가 사쿠라이랑 친하게 지냈을 거야."

"E반 미우라 아야카?"

쇼타와 같은 반에 있는 예쁘장하고 인기 있는 미우라 아야카를 말하는 건가 보다. 그 애에게 관심 있는 남학생들도 많다고 들었다.

"응. 걔도 아오바중학교 나왔거든. 뭐, 나는 한 번도 얘기해본 적 없지만. 사쿠라이에 관해 알고 싶다면 미우라한테 물어보는 게 제일 좋을 거야."

"그래, 고마워. 그럴게."

내가 고마움을 전하자 다카다는 안경테를 쓰윽 밀어 올리고는 책을 펼쳐 다시 읽기 시작했다. 처음이지만 이야기를 해보니 의외로 좋은 녀석이었다. 나는 다시 뒤돌아 도서관을 빠져나갔다.

이번에는 E반으로 가려고 하는데 점심시간 종료를 알리는 종소리가 울려서 할 수 없이 우리 반 교실로 돌아갔다.

방과 후, 나는 하루나에 관해 물어보려고 가방을 들고 E반으로 향했다. 왜 나는 이러고 있는 걸까, 문득 의문이 생겼지만 그것은 분명 그림을 그리는 것과 마찬가지다. 뭔가 하지 않으면, 무언가에 몰입하지 않으면 나쁜 생각에 빠지게 된다. 조금이라도 내 병을 잊기 위해서일 뿐이라고 내 자신에게 일렀다. 하루나에게 관심이 생겨서, 그 애에 관해 더 알고 싶어서 그런 건 절대 아니다.

E반 교실 앞에서 동아리에 가고 있던 쇼타와 마주쳤다.

"어, 아키토. 웬일이야?"

"아, 아냐. 잠깐 미우라한테 용건이 있어서."

"미우라한테?"

쇼타는 뜻밖이라는 듯이 눈을 크게 떴다.

"뭐, 별건 아니고."

"아직 교실에 있을 거야. 잠깐 기다려 봐."

쇼타는 그렇게 말하고 교실로 들어가더니 언짢아 보이는 표정을 한 미우라를 데리고 바로 다시 나왔다.

"그럼 난 동아리 간다. 또 봐 아키토."

쇼타는 한 손을 치켜들더니 가버렸다.

"날 불러낸 용건이 뭐야? 아니 그보다, 넌 누군데?"

미우라는 한숨을 섞어가며 말했다. 어쩌면 미우라는 오해하고 있는 건지도 모른다.

분명 이렇게 누가 불러내는 일이 숱하게 많을 것이다. 미우라를 불러내 고백했다가 거절당한 남자애들이 한둘이 아니라는 건 알고 있었다.

"좀 물어보고 싶은 게 있어서……."

"뭔데?"

미우라는 커다란 눈으로 나를 노려보는가 싶게 쳐다보더니 바로 눈을 내리깔고 지루한 듯이 길게 늘어뜨린 머리카락 끝을 만지작거리기 시작했다. 빨리 말해, 하고 재촉하는 듯했다. 그 몸짓이 어쩐지 고혹적이다.

"그니까, 사쿠라이 하루나라고 알지? 너랑 같은 중학교였던. 네가 그 애랑 친했다고 해서."

내 말을 들은 미우라는 눈빛을 바꿔 나를 쳐다보았다. 화가 난 건지 놀라는 건지 몰라 나는 한 발짝 뒤로 물러섰다.

"네가 하루나를 어떻게 알아?"

나는 다시 한 발 뒤로 물러서며 병원에 갔다가 하루나와 우연히 알게 되었다고 설명했다. 미우라는 "그래?" 하고 말하더니 교실로 돌아갔다. 미우라에게 해서는 안 될 말을 한 건가 싶어 초조해하고 있자니 미우라가 가방을 들고 교실에서 나왔다.

"같이 가면서 얘기하자."

미우라는 가방을 어깨에 메더니 내 대답을 기다리지도 않고 걷기 시작했다. 나는 조금 당황했지만 미우라의 뒤를 따라갔다.

"그 애, 아직도 입원해 있구나."

교문을 나설 때쯤에야 미우라가 입을 열었다. 어딘가 애틋하고 서글픈 느낌의 목소리였다.

"계속 입원해 있는 것 같아. 병문안 안 갔어?"

분명 하루나는 친구가 없어서 병문안을 와주는 사람이 없다고 쓸쓸한 듯이 말했었다.

"마지막으로 문병 간 건 중학교 졸업식이 끝나고서였나. 하루나, 졸업식 이주일 전에 몸이 안 좋아져서 입원했거든."

"그랬구나."

"그 애, 울더라. 졸업식만큼은 꼭 가겠다고 엄청 기대하고 있었거든. 그 뒤로는 쭉 못 만났어."

"왜 안 만나게 된 건데?"

내 질문에 미우라는 십여 초가량 아무 말이 없다가 대답했다.

"뭐, 딱히 이유는 없어. 고등학교에 올라와서 내가 이래저래 바빠졌으니까. 공부도 해야 하고 아르바이트도 했고."

"……그렇군."

그런 건 다 핑계라고 생각했지만 굳이 말은 하지 않았다. 하루나는 분명 나 같은 애보다 미우라가 찾아와 주길 바랄 것이다. 하루나는 지금도 병실에서 혼자 쓸쓸하게 그림을 그리고 있을 게 틀림없다.

"나 알바하러 가봐야 해."

조금 더 걸으면서 미우라는 하루나에 관한 이야기를 들려주고는 역 앞에 있는 백화점으로 들어갔다. 그러고 보니 미우라가 이 백화점 안에 있는 패스트푸드점에서 아르바이트를 하고 있다는 얘길 누군가에게 들은 적이 있었다.

내가 타야 할 버스가 서는 정류장과는 반대 방향으로 와 있었기에 할 수 없이 한참을 걸어 되돌아갔다. 돌아가는 도중에 역시나 걱정하던 비가 내리기 시작했다. 나는 조금 잰걸음으로 버스 정류장을 향했다.

돌아오는 버스 안에서 미우라와 나눴던 대화를 다시 머릿속에 떠올려보았다. 두 사람은 유치원 때부터 친구였고, 초등학교와 중학교에서도 늘 붙어다녔던 모양이다. 하루나는 몸이 약해서 결석이 잦았기에 정말로 친구가 없었다고 한다.

하루나는 중학교에 입학한 지 두 달도 못 되어 입원하게 되었고, 퇴원 한 것은 그로부터 반년 후였다고 한다. 그 뒤로도 입원과 퇴원을 반복하느라 학교보다 병원에서 친구가 더 많을 정도였다. 하지만 병원에서 사귄 친구는 모두 하루나보다 먼저 퇴원해서 그걸로 끝이었다고 한다. 미우라만이 하루나의 유일한 친구였다. 그런 친구와도 지금은 소원해지고 말았다. 정확한 이유는 모르겠지만.

그리고 미우라는 하루나의 병에 관해서도 얘기해주었다. 병명은 모르는데 어쨌든 희귀한 병이라고 한다. 치료법도 없고 특효약도 없는 낫기 어려운 병이라고 했다. 그리고 그 이상은 아무것도 말하지 않았다. 다만 미우라는 하루나에게 앞으로 살날이 얼마 남지 않았다는 것을 모르는 듯했다.

문득 하루나가 그린 그림이 생각났다. 하루나가 그린 그림 속에 있던 또 한 명의 소녀는 어쩌면 미우라가 아닐까. 둘이서 함께 등교하던 일과 어릴 때 공원에서 놀던 기억을 떠올려 그린 게 아니었을까. 하루나는 이제 두 번 다시 찾아오지 않을 날들을 그림으로 그린 것이 분명하다.

버스에서 내려 집까지 걸어가는 도중에 나쓰미를 만나게 되어 함께 들어갔다. 관악 합주 동아리에 갔다가 오는 길이라고 했다. 어느덧 빗발이 완전히 가늘어져서 우산도 필요 없을 정도다.

"오빠, 왠지 슬퍼 보여."

나쓰미가 내 얼굴을 들여다보며 말했다.

"그럴 리가. 그보다 중학교는 이제 적응 좀 됐어?"

"응! 친구도 생겼고 동아리도 재밌어!"

나쓰미는 쾌활하게 대답했다.

"다행이네. 공부는 어때?"

내가 그렇게 묻자 나쓰미는 "으-음" 하는 소리만 낼 뿐이었다. 나쓰미는 초등학생 때부터 공부는 그다지 잘하지 못해서 늘 내가 공부를 봐주곤 했다.

"모르는 거 있으면 또 가르쳐줄 테니까 언제든지 말해."

"응, 그럴게!"

그렇게 말하고 천진스럽게 웃는다. 내가 죽으면 나쓰미는 혼자가 되고 만다. 앞으로 나쓰미는 내가 없어도 잘 지낼 수 있을까.

하지만 집이 보이자 힘차게 뛰어가는 나쓰미의 밝은 모습에 그런 걱정은 바로 사그라들었다.

내 머릿속은 다시 하루나로 차오르기 시작했다. 이번엔 언제 만나러 갈까. 뭔가 간단한 선물이라도 갖고 가는 게 좋을까.

점점 작아지는 나쓰미의 뒷모습을 보면서 나는 어렴풋이 그런 생각을 했다.

어느덧 내가 시한부 선고를 받은 지 4개월이 지났다. 그건 곧, 내게 남은 시간이 앞으로 8개월이라는 뜻이다. 전혀 실감이 나지 않을뿐더러 이상한 느낌이다. 오래 걸으면 가끔 숨이 찰 때가 있는 정도이지 가슴 언저리가 아프다거나 호흡이 곤란한 적은 한 번도 없었다.

나는 인터넷에서 내 병을 수없이 검색했다.

심장종양이란 한마디로 심장에 생긴 암을 말한다. 나는 심장암이란 병명을 한 번도 들어본 적이 없다. 그도 그럴 것이 보통 심장에는 암이 생기지 않는다고 한다. 여러 가지 설이 있지만 심장은 몸속에서 가장 체온이 높아 암세포가 사멸한다고 한다. 하지만 드물게 악성 종양이 생기는 경우도 있는 모양이다. 정말로 나는 운이 나쁘다.

그리고 무섭게도 내 병은 돌연사할 수도 있다고 한다. 가족에게 잘 자라는 인사를 하고 잠이 들었다가 눈을 뜨면 늘 자는 내 침대 위가 아닌 나도 모르는 어딘가 먼 장소일 가능성도 있다.

나는 항상 언제 폭발할지 모르는 폭탄을 가슴에 끌어안고서 살고 있는 셈이다.

한번 크게 심호흡을 한 뒤 가슴에 손을 대고 눈을 감았다. 두근, 두근, 하고 심장이 고동치는 소리가 들린다. 그 소리가 마치 내 생명이 끝날 때까지 초읽기를 하고 있는 것처럼 들렸다.

등교해서 여느 날과 같이 교실로 들어서자 왠지 따가운 시선이 느껴졌다. 나를 보며 숙덕숙덕 이야기하고 있는 애들도 있다.

"너 E반 미우라에게 고백했다고 소문났어."

자리에 앉자마자 옆자리에서 에리가 말했다.

"아니, 그런 거 안 했는데?"

"사귀기로 한 것 같다고 들었는데? 둘이 함께 가는 걸 누가 봤다고 했어."

어제 돌아가는 길에 뭔가 묘한 시선이 느껴지던 게 그 때문이었군. 이제 이해가 간다. 미우라는 물론 예쁘지만 내가 좋아하는 타입은 아니다. 기가 세 보이는 여자애는 싫다.

"할 말이 좀 있어서 중간까지 같이 간 것뿐이야."

그렇게 말하고 나는 스케치북이 되어버린 노트를 펼쳐 그림을 그리기 시작했다.

누가 소문을 퍼뜨렸는지는 모르지만 그런 건 아무래도 상관없었다. 그보다도 오늘 아침에 본 길고양이를 노트에 그리면서 방과 후에 하루나를 만나러 갈까, 하고 생각했다.

나는 이날도 체육 시간에 참관만 하고 그 밖에 다른 수업 시간에는 노트에 그림을 그리거나 창밖을 바라보면서 시간을 보냈다. 쉬는 시간에는 한 번 이야기했다고 친구로 인정한 건지 다카다가 말을 걸어왔다.

"여어, 어제 미우라랑 얘기 잘 했어?"

안경테를 치켜올리며 그렇게 물었다.

"응. 덕분에."

"잘 됐네."

다카다는 마지막으로 한번 더 안경테를 밀어 올리더니 자기 자리로 돌아가서 책을 읽기 시작했다. 나는 조금 더 자기 얼굴 크기에 맞는 안경을 사면 좋을 텐데, 하고 생각하고는 다시 그림을 그리면서 시간을 때웠다.

수업이 모두 끝난 후, 나는 학교를 나와 집과는 반대 방향으로 가는 버스에 올라탔다.

요즘 내 용돈은 오로지 버스비로만 나간다. 집에서 학교까지는 정기권으로 다니지만 그 외에는 내 용돈으로 써야 한다. 고등학교에 올라오고부터는 한 달 용돈이 1만 엔이다. 예전에 엄마는 용돈을 미리 당겨서 달라고 아무리 졸라도 쓸데없는 데 낭비만 한다며 안 된다고 하더니, 내가 병에 걸리고 난 뒤로는 용돈이 부족해지면 언제든지 얘기하라며 무척 너그러워졌다. 그래서 지난달에는 용돈과 별도로 2천 엔을 더 받았다. 그 덕에 돈은 여유가 있다. 하루나에게 꽃을 사 가고 싶어서 꽃가게에 들렀다.

병원 앞 버스 정류장보다 한 정거장 전에 버스에서 내렸다. 항상 무심히 창밖을 바라보다 보니 바로 그 정류장 앞에 꽃집이 있다는 걸 언제부터인가 알고 있었다.

아담한 꽃집이었다. 가게 앞에는 각양각색의 꽃들이 기분 좋은 듯 일광욕을 하며 늘어서 있다. 꽃집에 발을 들여놓기는 내 인생 처음이다. 나는 쭈뼛거리다가 가게 안으로 들어갔다.

콧속을 파고드는 짙은 꽃내음을 맡으며 촘촘히 늘어선 꽃들을 음미한다. 꽃에 관한 지식이 전혀 없는 나는 어떤 꽃을 골라야 할지 몰라 가게 안을 어정버정 오갔다.

40대쯤 되어 보이는 부드러운 인상의 아주머니가 감색 에이프런을 두른 채 꽃다발을 만들고 있었다. 주문을 받은 모양이다. 아주머니는 나를 한번 홀끗 보기만 했을 뿐 아무 말도 하지 않았다. 나는 옷가게에서 그러는 것처럼 "어떤 꽃을 찾으세요?" 하고 바로 말을 걸어줄 거로만 생각하고 있었는데.

"친구 병문안 가는데 갖고 가려고요" 하는 대답을 준비해놓고 있었기에 어떻게 해야 할지를 몰라 우선 괜찮겠다 싶은 핑크빛 꽃이 핀 화분을 집어 들었다.

꽃이 이렇게 비싼 거였나 하고 조금 놀라면서 카운터로 가자 아주머니가 손을 멈추고 내게 미소를 지어 보였다.

"열심히 고른 모양인데, 여자친구한테 줄 건가?"

"아뇨, 친구 병문안 가는데 갖고 가려고요."

"어머, 그럼 이 꽃은 안 하는 게 좋은데."

아주머니는 내가 카운터에 올려놓은 꽃을 보고 말했다. 내가 고른 꽃은 화분에 심은 안젤로니아라는 꽃이었다.

"화분에 심은 꽃은 뿌리를 내리고 있어서 네즈쿠(일본에서는 뿌리를 내리고 있다는 뜻의 '네즈쿠(根づく)'가 몸져눕는다는 뜻의 '네쓰쿠(寝つく)'와 발음이 비슷해서 병문안 때는 화분을 가져가지 않는다)라고 부르는데 그게 몸져눕는다는 단어를 연상시켜서 불길하다고들 하거든."

"……아, 그래요?"

할 수 없이 다른 꽃을 골라야 했다. 내가 망설이고 있자 아주머니는 "그렇단다" 하고 카운터에서 나와 "이런 건 어떨까?" 하고 갖가지 선명한 색으로 어우러진 꽃을 권해주었다. 오렌지와 핑크, 노랑 등 색깔이 다양하고 예쁜 꽃이었다.

"이거, 좋은데요."

"거베라라고 하는데 병문안 가는 거라면 이 꽃이 좋을 거야."

"그럼 이걸로 할게요."

"그래요. 몇 송이로 줄까?"

"으음, 네 송이…… 아니, 잠깐만요."

4가 붙은 숫자도 불길하다고 할 것 같아서 말을 멈췄다. 세 송이는 너무 적어 보이고 꽃다발로 하려면 가격이 비싸질 것이다.

"다섯 송이 주세요."

오른손을 얼굴 앞에 펼쳐 보이며 말했다.

"다섯 송이라. 색깔은?"

"분홍색으로 주세요."

왠지 여자니까 핑크를 좋아할 거라는 단순한 생각이지만, 무난한 색을 골랐다.

"분홍색 거베라의 꽃말은 '숭고한 아름다움'이니까 소중한 사람한테 주기에 딱 좋지."

"죄송해요. 역시 분홍색은 관둘래요."

그런 건 진작 말해주지. 왠지 꽃말이 너무 오글거려서 내키지 않았다.

"그럼 무슨 색으로 줄까?"

"다른 색 꽃말도 알려주시겠어요?"

"그럴까? 빨강은 '타오르는 신비의 사랑', 주황은 '모험심과 강한 인내심', 노랑은 '궁극의 사랑', 그리고 흰색은 '희망과 의리'였지 아마."

"아, 그래요?"

빨간색과 노란색은 탈락. 소거법으로 남은 것은 주황색과 흰색이다. 희망을 나타내는 흰색이 좋아 보였지만 병문안에 흰 꽃만 들고 가기도 왠지 밋밋하다.

이렇게 고민하고 있는데 아주머니가 "그렇지, 거베라 전체의 꽃말은 '희망과 전진'이야" 라고 말했다.

"그럼 한 송이씩 섞어 주세요."

꽃집을 나와 걸어서 병원으로 갔다. 꽃을 사는 것만으로 이렇게 힘들 줄은 몰랐다. 병문안으로 꽃을 갖고 가는 사람은 진지하게 생각해서 사는 거였구나, 하고 보이지 않는 누군가에게 감탄하면서 병원에 도착했다.

청결감이 드는 베이지 리놀륨이 깔린 로비를 지나 엘리베이터를 타고 4층에서 내렸다. 간호사실 데스크 앞을 지나 휴게실로 갔지만, 그곳에 하루나의 모습은 없었다.

그렇다면 병실에 있겠지. 발길을 돌려 다시 간호사실 앞을 지나 하루나의 병실로 향했다. 병실 문에 노크하고 대답을 기다렸다. 하지만 10초, 20초가 지나도 아무 대답이 없었다. 다시 한번 노크를 하고 열어도 되나 망설이다가 살짝 문을 열어보았다.

하루나는 침대에 누워 있었다. 그냥 돌아가려고 했지만 꽃을 놓아두려고 안으로 들어갔다. 하루나는 숨소리도 내지 않고 조용히 잠들어 있었다.

하루나의 피부는 태어나서 한 번도 햇볕에 그을려 본 적이 없는 것처럼 너무도 새하얘서, 재수 없는 말이긴 하지만 마치 죽어 있는 것처럼 보였다. 여전히 침대 탁자에는 스케치북이 여러 권 겹쳐 놓여 있었다.

세면대에 빈 꽃병이 있기에 물을 담아와 다섯 송이 거베라를 꽂았다. 그 꽃병을 침대 탁자 위에 올려놓고 옆에 있는 둥근 의자에 앉았다. 하루나가 잠에서 깰 기미가 보이지 않아서 나는 스케치북을 집어 들어 펼쳤다.

지난번에 왔을 때 하루나가 그리던 바다 그림이 있었다. 파란 하늘에 흰 구름, 빛나는 태양 아래에 펼쳐진 에메랄드빛 바다. 하얀 파도도 또렷이 묘사되어 있다. 약간 노란빛이 감도는 모래 해변에는 무지개색 파라솔이 꽂혀 있고 파라솔 아래에는 흰색 의자가 두 개 놓여 있다.

하루나가 일어날 때까지 나는 비어 있는 페이지에 그림을 그리기로 했다. 무엇을 그릴까, 하고 주위를 둘러보았다. 조금 고민하다가 내가 갖고 온 거베라를 모티브로 선택했다. 놓여 있던 색연필로 쓱쓱 그려서 15분 만에 그림을 완성했다. 78점쯤 되려나. 그럭저럭 괜찮은 점수를 매겼다.

나는 평소 그림을 그릴 때 색연필은 사용하지 않지만 의외로

색을 사용하는 것도 나쁘지 않았다. 꽤 잘 그렸다고 생각하면서 혼자 흡족해하고 있는데 하루나가 잠에서 깨어났다.

"……아키토?"

하루나는 눈을 비비며 몸을 일으켰다.

"아, 미안해. 자고 있길래 그냥 가려고 하다가."

"으응. 또 와줬구나. 고마워. 그림 그리고 있었어?"

"응. 맘대로 스케치북 써서 미안."

"괜찮아. 뭘 그렸어?"

나는 하루나에게 스케치북을 건넸다.

"꽃? 아키토는 그림을 잘그리네."

"글쎄."

하루나의 그림에 비하면 내 그림은 아이가 한 낙서나 다름없다. 하루나는 내 그림을 바라보더니 침대 탁자 위에 놓여 있는 거베라를 발견했다.

"꽃 예쁘다. 아키토가 가져온 거야?"

"응, 거베라라는 꽃인데 희망이랑 전진, 뭐 그런 꽃말이 있대."

나는 아까 꽃집 아주머니에게 들은 지식을 그대로 말해주었다.

"그렇구나. 희망……."

하루나는 주황색 거베라를 한 송이 집어 들고 쓸쓸한 표정으로 이렇게 말했다.

그 모습을 보고 괜히 이 꽃을 사 왔나 싶어 불안해졌다. 생각해보면 하루나에게 희망 같은 건 없다. 앞으로 몇 달 후면 죽을 게 분명한 사람에게 희망의 꽃을 선물하다니, 실수다. 나도 하루나와 같은 입장이지만 내가 희망의 꽃을 받는다면 분명 버렸을 것이다. 아니면 기분 나빠서 상대의 호의를 의심할지도 모른다. 나는 하루나가 지금 어떤 표정을 하고 있을지 두려워서 차마 쳐다볼 수가 없었다.

"고마워. 나 꽃 좋아해서 정말 기뻐."

얼굴을 들자 하루나가 따뜻하게 미소짓고 있다. 그러고 나서 바로 표정이 되돌아왔다. 평소와 같은 무표정한 얼굴이 약간 쓸쓸해 보였다.

어쨌든 괜한 걱정이었던 것 같아 안심이 되어 가슴을 쓸어내렸다.

"참, 다카다라고 알아? 하루나와 같은 중학교였던 녀석인데. 지금 나랑 같은 반이거든."

"다카다?"

하루나는 되묻더니 고개를 갸우뚱하며 생각해내려고 애썼다.

"잘 모르겠어. 그보다 아키토, 나랑 동갑이었구나. 내가 누나인 줄 알았는데."

그건 의외였다. 나야말로 하루나가 나보다 어릴 거라고 생각하고 있었다.

"나도 놀랐어. 내가 오빠라고 생각했거든."

그렇게 말하자 하루나는 어이없다는 듯 나를 바라보았다.

"그럼 미우라는 알아? 미우라 아야카. 같은 반은 아닌데 하루나랑 친했다고 하더라."

하루나는 눈을 동그랗게 뜨고 나를 보았고, 뭔가 말을 하려다가 다시 입을 다물었다.

"어, 아는 거 맞지?"

하루나가 아무 말도 하지 않기에 나는 다시 한번 물었다.

"응. 알아."

"네가 그린 그림에 있던 여자애가 미우라 아냐?"

내가 그렇게 묻자 하루나는 다시 입을 다물고 말았다. 눈을 내리깔고 뭔가 생각에 빠져 있는 듯했다. 물으면 안 될 걸 물었나 싶어서 화제를 바꾸려고 입을 열려는 순간, 내 말보다 먼저 병실 문이 열렸다.

40대 초반쯤 되어 보이는 미인 간호사였다. 하루나의 몸 상태를 확인하러 온 걸까. 나는 방해가 되지 않으려고 일어나서 벽쪽으로 붙어 섰다.

"어머, 친구?"

"응. 병문안 와줬어. 아키토라고 해."

"그래? 웬일로 친구가 다 왔네."

"응."

간호사는 재빨리 하루나의 링거를 확인한 후 주변 비품을 정리했고, 나는 기민하게 움직이며 효율적으로 일하는 모습을 감탄하면서 바라보았다.

"무슨 일 있으면 바로 불러."

간호사는 그렇게 말하고 병실을 나갔다.

오래 입원하고 있어서일까, 꽤 친근하게 이야기를 나눈다는 생각이 들었다.

"방금 그분, 우리 엄마야."

하루나는 조금 쑥스러운 듯이 말했다.

아하, 그래서…… 조금 전 상황이 바로 이해가 되었다. 부모가 일하고 있는 병원에 입원하는 건 여러 가지로 좋을 것 같다.

"어머니시구나. 그러고 보니 닮은 것 같아."

"그런 말 자주 들어. 있잖아, 아키토도 그림 그리는 거 좋아해?"

하루나는 말하면서 스케치북의 새 페이지를 펼쳤다.

"응, 뭐. 중학교 때도 미술부였고 최근에는 농땡이 치고 있지만 고등학교도 미술부야."

"그래? 그럼 대학은 미대로 가는 거야?"

그 질문은 지금까지 수도 없이 들었다. 에리와 쇼타, 미술부

친구들에게도 들었다. 시한부 선고를 받고 나서는 적당히 둘러대고 있다.

"……응. 그러려고."

"그렇구나. 화가가 되는 게 꿈이야?"

"으음. 되면 좋겠지."

"그렇구나."

생각지도 않았던 말을 해버렸다. 화가가 되고 싶다고는 지금까지 생각해본 적도 없었다. 내가 시한부라는 사실과는 관계없이 원래부터 미대에 다닐 예정도 없었다. 그저 그림 그리는 게 좋아서 그렸을 뿐이다. 평범하게 보통 대학에 진학해서 그만저만한 회사에 입사하면 좋겠다는 생각밖에 하지 않았다. 지금은 이미 그런 생각도 할 필요가 없어졌지만.

하루나는 색연필로 그림을 그리기 시작했다.

하루나의 유일한 친구인 미우라하고 무슨 일이 있었는지 묻고 싶었지만 말을 삼키고 일어섰다. 날이 어둑해지기 시작했기에 돌아가야 했다. 빨리 집에 가지 않으면 엄마가 또 전화랑 메시지를 몇 통씩 보내올지도 모른다.

"그럼 조만간 또 올게."

"응. 모처럼 와줬는데 잠만 자서 미안해. 기다릴게. 꽃 고마워."

하루나는 살며시 웃으며 손을 작게 흔들었다.

나도 손을 흔들어 답하고 병실을 나섰다.

다음 날 수업 중에 질문을 올렸던 사이트를 떠올렸다.

내가 가장 마음에 들었던 '보고 싶은 사람을 만나러 가겠다'는 그 댓글. 나는 그걸 할 수 있지만 하루나에게는 불가능한 일이다. 설령 보고 싶은 사람이 있더라도 만나러 갈 수가 없다. 그 사람이 와주기를 그저 기다리는 수밖에 없다.

하루나가 빨리 죽고 싶다고 말했던 이유도 알 것만 같다.

어릴 때부터 계속 입원해 있느라 가고 싶은 곳에도 갈 수 없고, 하고 싶은 일도 할 수 없다. 하루나에게 병원은 아마도 조금 쾌적한 감옥이나 다름없을 것이다. 하루나는 시한부를 선고받고 인생의 대부분을 병원에서 지내왔다. 그것이 얼마나 괴로운 일인지 나조차도 헤아릴 수 없다. 살날이 얼마 남지 않았다는 건 같지만 내게는 자유가 있다. 그것이 나와 하루나의 큰 차이점이다.

하루나가 보고 싶어 하는 사람이 있다면 하루나의 병실로 데려가고 싶다. 쓸데없는 참견일지도 모르지만 분명 하루나에게도 만나고 싶은 사람이 있을 것이다.

온종일 그 생각을 하다가 수업이 끝났다.

방과 후 나는 득달같이 E반으로 달려갔다.

하루나가 만나고 싶어 하는 사람은 분명 기가 세 보이는 그 미소녀다. 둘 사이에 무슨 일이 있었는지는 모르지만 하루나를 만나러 가자고 설득할 생각이다. 옛 친구에게 병문안을 가는 것뿐이니 아무 문제도 없을 것이다.

E반 앞에 도착하니 미우라가 여학생 세 명에게 둘러싸여 막 교실을 나오고 있는 참이었고, 서로 노래방에 가자는 둥 떠들고 있었다.

미우라는 나와 눈이 마주치자 발길을 멈췄다.

"아, 하야사카라고 했나? 나한테 할 말 있어?"

"하루나 일로 얘기할 게 있어서."

내가 그렇게 말하자 미우라는 일부러 그러는 것처럼 한숨을 내쉬었다.

"미안, 먼저 가 있을래?"

미우라는 곁에 있는 여학생들에게 살짝 손을 들고 말했다. 여학생 무리는 히죽히죽 웃으며 내 얼굴을 들여다보더니 사라져갔다.

"그래서, 얘기할 게 뭔데?"

미우라는 긴 머리칼을 만지작거리며 심드렁하게 물었다. 미우라의 버릇인 걸까.

"하루나에게 병문안을 가줬으면 해."

"병문안? 왜?"

"왜라니? 친구잖아! 그 애, 미우라가 와주길 바라고 있어."

"……그거, 그 애가 그렇게 말했어?"

"아니, 그렇진 않지만 분명 와주길 바랄 거야."

"오지 않기를 바랄지도 모르잖아."

미우라의 반론에 나는 아무 말도 할 수 없었다. 물론 하루나는 미우라가 와줬으면 좋겠다든가 하는 말은 한 마디도 하지 않았다. 분명 그럴 거라고 내가 멋대로 짐작했을 뿐이다.

"어쨌든 조만간 갈게. 할 말은 그게 다야? 없으면 이제 가볼게."

나는 돌아서려는 미우라의 팔을 잡았다.

"조만간?"

"왜 그래! 조만간 간다잖아."

"조만간이라니 너는 모르는 거냐? 하루나는……."

얼마 안 있어 죽는다고! 하는 말을 꿀꺽 삼켰다. 미우라는 아마도 그 사실을 모르는 듯했다.

"뭐야? 하고 싶은 말 있으면 확실히 해."

"……아무것도 아냐."

미우라의 날카로운 눈빛에 기가 눌려서 나는 입을 다물고 말았다.

"그래? 그럼 이만."

미우라는 귀찮다는 듯이 가방을 어깨에 메고 잰걸음으로 가버렸다.

하루나가 시한부라는 사실을 내가 마음대로 남에게 말할 수는 없는 노릇이다. 그런 중요한 일은 하루나가 직접 말해야 한다고 생각했다.

학교를 나와 오늘도 반대 방향으로 가는 버스에 올랐다. 꽃집에 들를까 생각했지만 거베라가 하루 만에 시들 리는 없어서 그만뒀다.

버스는 꽃집을 지나 병원 앞에 멈춰 섰다.

하루나는 오늘은 병실이 아닌 휴게실에 있었다. 여러 개의 색연필을 적절히 구분해 쓰면서 쓸쓸해 보이는 표정으로 그림을 그리고 있었다. 나는 하루나의 등 뒤로 돌아가 스케치북을 들여다보았다. 두 소녀가 고운 빛깔의 유카타(홑겹의 면으로 만든 일본 전통 의상으로 주로 여름철이나 목욕 후에 입는다)를 입고 불꽃놀이를 하는 그림이었다.

어린 시절의 하루나와 미우라일까. 하루나는 옛 추억을 잊지 않기 위해 그림으로 그리고 있는 건지도 모른다.

"아키토?"

내 기척을 알아차리고 하루나가 돌아보았다.

"심심해서 또 왔어."

그렇게 말하고 하루나의 맞은편 의자에 앉았다.

"그랬구나. 고마워."

"몸은 좀 어때?"

"응. 오늘은 좋아."

"다행이네."

하루나의 말대로 안색이 나쁘지 않다.

"정말 틈만 나면 그림을 그리는구나."

"달리 할 일이 없으니까. 여기 조금 어수선해진 것 같으니까 병실로 갈래?"

마침 그때 중학생쯤 되어 보이는 여자아이 네 명이 휴게실로 들어와 떠들썩해졌다. 그들 중 한 명은 노란색 환자복을 입고 있는 걸 보니 입원해 있는 모양이다. 다른 세 명은 그 아이를 문병 하러 온 듯하다. 세 명 모두 같은 운동복을 입고 있는 걸로 봐서 아마도 동아리 친구들이겠지.

우리는 자리에서 일어나 하루나의 병실로 발길을 옮겼다. 등 뒤에서 여자아이들의 높고 날카로운 웃음소리가 울려 퍼졌다.

나는 하루나가 자리를 뜬 것은 휴게실이 소란스러워져서가 아니라 노란색 환자복을 입은 아이와 그 친구들이 부러웠기 때문이 아닐까 하고, 하루나의 외로워 보이는 뒷모습을 보며 생각 했다.

분명 하루나도 그 노란색 환자복을 입은 소녀처럼 많은 사람 이 문병 오기를 바랄 것이다. 하루나는 누구를 만나고 싶을까.

나는 그것이 궁금했다.

하루나의 병실에 이르자 하루나는 침대에 앉았다. 거베라꽃은 나를 환영하듯이 다섯 송이 모두 내 쪽을 보고 있다.

"앉아."

하루나가 권하는 대로 나는 침대 옆에 있던 둥근 의자에 앉았다. 하루나는 스케치북을 열고 아까 그리던 불꽃놀이 그림을 마저 그리기 시작했다. 여러 색깔의 색연필로 무지개빛으로 터지는 불꽃을 경쾌하게 그려나갔다.

"하루나는 뭔가 하고 싶은 일 같은 거 없어?"

뜬금없이 그렇게 물었다. 하루나는 손을 멈추고 나를 바라보았다.

"하고 싶은 일? 으음, 딱히 없는데? 있다고 해도 어차피 할 수 없을 거고."

하루나가 말한 대로다. 하루나는 아마도 이제 퇴원은 할 수 없을 것이다. 어쩌면 외출조차 허락되지 않을지도 모른다.

"그럼 만나고 싶은 사람은 없어?"

내가 그렇게 묻자 "만나고 싶은 사람……" 하고 하루나는 고개를 비스듬히 기울이며 생각에 빠졌다.

"응. 있어."

10초 정도 생각하더니 하루나는 그렇게 대답했다. 분명 미우라일 거라고 생각했지만 하루나는 "아빠를 보고 싶어"라고 말했다.

"아빠? 오랫동안 못 봤어?"

"응, 맞아."

"혹시 이혼하신 건가?"

"흐음. 뭐, 비슷해."

하루나는 고개를 떨구며 애매하게 대답했다. 만나지 못하는 이유를 별로 말하고 싶어 하지 않는 것 같았다.

"나 말야, 아빠를 만나서 사과하고 싶어서 그래."

"뭘 사과하고 싶은데?"

하루나는 잠시 말이 없더니 시선을 허공에 던지고 입을 열었다.

"아빠는 있지, 여행이랑 스포츠를 굉장히 좋아하셨어. 딸과 함께 여기저기 여행하거나 큰 공원에 가서 여러 가지 놀이를 하고 싶으셨나 봐."

"응."

"하지만 내가 이렇다 보니까 아무 데도 갈 수가 없고 스포츠 같은 건 더더구나 할 수가 없잖아. 딱 한 번 가족끼리 여행 갔을 때도 도중에 내가 아파서 그대로 돌아왔어."

하루나는 어두운 낯빛으로 이야기를 이어갔다.

"나, 수없이 아빠를 슬프게 해서 사과하고 싶어. 이런 몸으로 태어나서 미안하다고. 건강한 딸이 아니어서 미안해요, 하고."

하루나는 그늘진 표정 그대로 "물론 엄마한테도"라고 덧붙였다.

"그런 건 사과 안 해도 돼. 병은 하루나 탓도 아니고 그 누구의 잘못도 아니니까."

내심 스스로에게 타이르는 듯이 말했다. "그런데" 하고 나는 말을 이었다.

"하루나 아버지는 왜 병원에 안 오셔? 딸이 이렇게 힘들어하는데 말이야."

말투에 화난 기색이 섞여 나왔다. 그건 하루나의 아버지뿐만 아니라 미우라에게도 같은 심정이었다.

"어쩔 수 없어" 하고 하루나가 다정하게 웃었다.

"그럼 내가 모셔 올게, 하루나 아버지. 네가 만나러 갈 수 없으니까 내가 모셔 올게. 전화번호나 주소 몰라?"

하루나가 고개를 흔들며 "괜찮아, 고마워" 하고 따뜻한 미소를 지었다.

그리고 마지막에 "이제 곧 만날 테니까"라고 눈물을 글썽거리며 덧붙였다.

하루나의 아버지가 돌아가셨다는 사실을 안 건 그로부터 며칠 뒤의 일이었다.

나는 "이제 곧 만날 테니까"라는 하루나의 말을 잘못 이해하고 있었다. 하루나의 아버지가 일로 너무 바빠서 그 일이 좀 정리되면 하루나를 보러 오시려는가 보다고 혼자 지레짐작하고 있었다.

그날 학교가 끝나고 나는 또 하루나를 만나러 병원으로 갔다. 병실에는 사복을 입은 하루나의 어머니가 의자에 앉아 있었다. 내가 놀라서 되돌아 나가려 하자 하루나의 어머니가 "괜찮으면 이리 와서 앉으렴" 하고 권했다. 오늘은 비번이라 오후부터 와 계신 거라고 했다.

하루나는 몸 상태가 그다지 좋지 못한지 낮부터 줄곧 자고 있다고 했다. 나는 의자에 앉아 잠든 하루나의 온화한 얼굴을 보며 하루나의 어머니와 이야기를 나눴다.

하루나가 어릴 때의 이야기를 듣고 있자니 하루나가 어떻게 자랐는지 궁금했다.

병약한 하루나는 초등학교 때 학교에 가는 날이 적고 집에서 안정을 취하거나 병원에서 시간을 보내는 일이 많았다. 그것은 미우라에게서 들어서 알고 있었다. 하루나의 어머니는 하루나가 다정다감하고 가족을 많이 생각하는 아이였다고 말했다.

전에 가족여행을 갔을 때도 사실은 몸이 좋지 않았는데 아버지를 위해서 거짓말을 했다고 한다. 쓰러지고 나서야 첫 가족여행을 자신 때문에 망치고 싶지 않았다고 울면서 부모님께 사과했고, 걱정을 끼치지 않으려고 언제나 강한 모습을 보이려 애썼다고 한다. 그런데 초등학교 졸업식을 한 달 앞둔 2월에 하루나의 아버지가 사고로 세상을 떠났다.

하루나의 아버지는 병원에 있는 딸을 보러 오는 도중에 사고를 당했다. 사고는 신호등의 빨간불을 미처 보지 못해 일어났다고 한다.

하루나는 아버지의 죽음이 자신의 탓이라고 생각했다.

내가 건강해서 입원하지 않았더라면 아버지가 사고를 당하는 일은 없었다. 빨간색 신호를 보지 못한 것도 분명 내 탓이다. 언제나 걱정을 끼치고 있던 탓에 아버지는 너무 지쳐 있었던 거다. 그래서 빨간불을 보지 못했다. 이런 딸을 둔 아버지는 분명 나를 원망하고 있을 것이다.

하루나는 그렇게 생각하고 있다고 하루나의 어머니가 말해주었다.

나는 그 이야기를 듣고 나 자신에게 몹시도 화가 났다. 나와 하루나는 생각이 완전히 다르다. 내가 병에 걸렸을 때, 나는 되지도 않게 내 부모를 원망했다.

그 무렵의 나는 인생에 절망하고, 분개했다. 그 분노의 화살을 나 자신과 부모, 그리고 의사에게까지 겨눴다. 왜 나는 이렇게 희귀한 병에 걸리고 만 것일까. 이 부모의 아이여서 나는 병에 걸린 것이다. 이 의사는 실력이 없어서 수술을 못하는 게 아닐까. 이런 식으로 관계없는 사람들을 원망했다.

하지만 하루나는 다르다. 잘못한 것은 자기 한 사람이라고 생각한다. 나는 그 말을 듣고 내가 얼마나 유치했는지를 깨달았다.

하루나의 어머니는 미우라에 대해서도 이야기해주었다. 미우라는 하루나의 유일한 친구였다. 집에 놀러 오거나 가까운 공원에서 놀기도 하고 병원에도 찾아오면서 두 사람은 계속 함께였다고 한다.

최근에는 전혀 오지 않는다고 말하는 하루나 어머니의 모습도 하루나처럼 쓸쓸해 보였다.

유카타를 입고 정원에서 불꽃놀이를 한 적도 있다고 했다. 역시 그 그림에 그려진 어린 소녀들은 하루나와 미우라가 틀림없다.

그러고 나서 어머니는 최근의 하루나에 대한 이야기도 해주었다. 요즘은 웃는 일이 부쩍 늘어났다고 하시더니 그건 분명 나를 만나기 때문이라고 덧붙였다. 나는 그럴 리가 없다고 부정했지만 하루나가 내 이야기를 자주 한다고 했다.

"오늘 또 아키토가 왔어."

"아키토가 내가 그린 그림을 좋아한다고 말했다니까."

"오늘은 말이지, 꽃을 가지고 왔어."

하루나가 환히 웃으며 그렇게 조잘거렸다고 알려주었다.

결국 하루나는 한 번도 깨지 않고 계속 잠을 잤다.

하루나의 어머니가 "하루나, 아키토가 와 있어" 하고 흔들어도 일어나지 않았다. 한순간 괴로워하는 듯한 표정을 짓기에 일어나나 싶었지만 이내 다시 잠들었다. 오늘은 몸이 굉장히 안 좋은가 보다. 아니, 어쩌면 늘 이랬는지도 모른다. 지난번에 내가 왔을 때도 하루나는 아프지 않은 것처럼 강한 척했던 건지도 모른다.

"우리 하루나랑 앞으로도 잘 지내 줘. 아키토가 오는 걸 무척 기다리는 눈치라니까."

돌아올 때 엘리베이터 앞까지 배웅을 나온 하루나의 어머니가 그렇게 말했다. 나는 물론 거절할 이유가 없다. 오히려 고마운 사람은 나다. 하루나와 함께 있으면 나는 괴로움이든 뭐든 다 잊게 된다.

"또 오겠습니다."

나는 고개를 숙여 인사하고 병원을 나왔다.

"아키토, 요즘 늦게 오네. 어디서 뭘 하니?"

집에 들어가자 어머니가 물었다.

"친구랑 좀 노느라고. 걱정 안 하셔도 돼요."

"쇼타랑 에리랑? 무슨 일 있으면 큰일이니까 아키토가 어디서 뭘 하고 있는지 알아두고 싶은 거야."

나는 짜증이 나서 한숨을 쉬고 머리를 쥐어뜯었다.

"누구든 무슨 상관이야! 정말 난 괜찮다니까. 너무 예민하게 그러지 좀 마!"

내가 항상 가 있는 장소는 병원이다. 설령 무슨 일이 생긴다 해도 병원이니까 아무 걱정할 필요가 없다. 나는 엄마의 대답을 기다리지 않고 계단을 뛰어올라가 내 방으로 들어갔다.

그러고는 바로 후회했다. 왜 나는 부모님을 부드럽게 대하지 못하는 걸까. 지나치게 걱정하는 모습을 보면 나도 모르게 화가 치민다. 나는 하루나처럼은 될 수 없다.

마음을 가라앉히려고 스케치북을 펼쳐 그림을 그렸다. 10분쯤 그리다가 잘 그려지지 않아서 종이를 북북 찢어버렸다. 그러고는 이불을 머리부터 뒤집어쓰고 "아아아!!" 하고 힘껏 소리를 질렀다.

새로운 한 주가 시작된 월요일, 나는 몸이 나른해서 학교에 가지 않고 방에서 잠을 잤다.

시각은 오전 10시. 침대에 아무렇게나 드러누워서 커튼을 닫아두어 어스레한 방 천장을 바라본다.

어제도 그제도 계속 방 안에 틀어박혀 있었다. 하루나를 만나러 갈까도 생각했지만 열이 좀 있는 것 같아 거의 침대에서 시간을 보냈다. 내 몸도 조금씩 죽음을 향해 가고 있다.

침대에서 일어나 커튼을 열어젖혔다. 초여름의 햇살이 눈에 비쳐들었다.

느릿느릿 교복으로 갈아입고 방에서 나갔다.

"아키토, 학교 가는 거니? 아침밥은?"

현관에서 신발을 신고 있는데 어머니가 걱정스러운 목소리로 물었다.

"안 먹어요."

"그래. 도시락은? 학교 쉬는 줄 알고 안 만들었는데."

"대충 사 먹으면 되니까 괜찮아."

"……그래."

나는 다녀오겠다는 인사도 하지 않고 그대로 집을 나섰다. 어머니가 "잘 다녀와라"라고 하는 말이 끝나기도 전에 현관문을 닫았다.

버스를 타고 학교로 갔다. 이 시간에는 버스에 사람이 적었다. 항상 내리는 정류장에서 내려 학교까지 걸어갔다.

조금 걷다가 발걸음을 멈추고 오던 길을 되돌아 버스 정류장으로 향했다.

역시 오늘은 땡땡이를 치자. 수업을 빼먹고 하루나를 만나러 가는 거다. 갑자기 그런 생각이 들어 빨려 들어가듯 병원으로 가는 버스에 올라탔다.

병원 한 정거장 전에 내려서 꽃집에 들렀다. 전에 하루나의 병실에 갔을 때 꽃이 시들어 있던 것이 떠올랐기 때문이다.

"어머나, 어서 와요. 오늘도 거베라 사 갈 건가?"

꽃집 아주머니는 나를 기억하고 있었다.

"네. 이번에도 다섯 송이, 다른 색으로 섞어 주세요."

"그래요. 섞어서 말이지. 학교 빠지고 친구 병문안?"

아주머니는 장난치듯 웃으며 말했다.

"뭐, 그런 거죠."

"그 친구 혹시 여학생이야?"

"네."

"그랬구나. 그렇다면 덤으로 한 송이 더 줄게."

아주머니는 그렇게 말하더니 분홍색 거베라 한 송이를 더 넣어주었다.

"우와, 고맙습니다."

다섯 송이 값을 치르고 나서 여섯 송이를 받아들고 꽃집을 나서려고 할 때, "아, 맞다 맞아" 하고 아주머니가 말했다.

"거베라는 말이야, 선물하는 송이 수에 따라서 꽃말이 달라져. 다섯 송이는 별다른 의미가 없지만 여섯 송이에는 '당신에게 빠졌어요'라는 의미가 있거든."

아주머니는 뿌듯한 듯이 웃었다.

"아, 그런가요? 아하하."

최대한 애써 선웃음을 지어 보이고 꽃집을 나왔다. 한 송이는 되돌려줄까도 생각했지만 하루나가 송이 수의 의미를 알고 있을 것 같지는 않아서 그대로 받기로 했다.

거기서부터는 걸어서 병원으로 갔다. 아침부터 아무것도 안 먹었더니 배가 찌릿찌릿 아팠다. 하지만 식욕도 없고 아무것도 먹을 마음이 생기지 않았다.

"어머? 아키토. 이 시간에 왜 여기 있는 거야? 학교는?"

병실로 가는 도중에 하루나와 마주쳤다. 스케치북을 갖고 있는 걸로 보아 휴게실에서 그림을 그리다가 이제 병실로 돌아가려던 참인 듯했다.

"오늘 오전 수업이었어."

"으응."

적당히 거짓말을 둘러대고 하루나의 병실로 들어갔다. 하루나는 침대에 걸터앉고 나는 둥근 의자에 앉았다.

"얼마 전에 왔었다면서? 엄마한테 들었어. 그날 계속 잠만 자서 미안해."

"괜찮아. 그보다, 또 꽃을 사 왔어."

이미 비어 있는 꽃병에 물을 담아 꽃을 꽂았다. 꽃집 아주머니의 이야기로는 자른 꽃은 일주일 정도밖에 못 간다고 한다. 지난번에 갖고 왔던 꽃은 분명 시들어버렸겠지.

"이 꽃 거베라라고 했지? 고마워."

하루나는 꽃병을 손에 들고 여섯 송이 거베라를 소중한 듯이 바라보았다.

"아키토, 나한테 빠져 있어?"

씽그레 웃으며 하루나가 건넨 말에 가슴이 덜컥 내려앉았다.

"엇, 왜?"

"우리 엄마가 학생 때 꽃집에서 아르바이트를 하셨대. 전에 거베라에 관해서 이것저것 알려주셨어. 여섯 송이는 '당신에게 빠졌어요'라는 의미래."

"아아, 그렇구나. 그건 몰랐는데. 에에, 그래? 흐음."

나는 모르는 체하며 얼버무렸고, 꽃집 아주머니를 조금 원망했다.

"근데 엄마가 뭐라고 말하셨어?"

꽃병을 침대 탁자에 올려놓고 하루나가 물었다.

"뭐라니?"

"엄마가 내가 잠자고 있는 동안에 아키토하고 이런저런 얘기를 했다고 하길래 어떤 이야기를 했나 해서."

"아하, 하루나 아버지의 얘기를 들었어."

"……그랬구나."

어색한 분위기가 되어버려서 화제를 돌렸다.

"그리고 미우라하고의 일도 말씀해주셨어. 절친이었다며? 만나고 싶은 거 아냐?"

"글쎄." 하고 하루나는 얼굴을 숙이며 말했다.

"다음에 데리고 올까?"

"……아니, 괜찮아."

"왜?"

수십 초 동안 침묵이 흘렀다. 내 배에서 꼬르륵 소리가 나는 바람에 어색한 분위기가 깨졌다. 하루나가 킥킥 웃더니 체념한 듯이 입을 열었다.

"나 말야, 어릴 때는 어른이 되면 병이 낫는 줄 알았어. 지금은 힘들어도 어른이 되면 나을 거라고 줄곧 그렇게 생각했거든."

다시 약간의 침묵이 끼어들었다가 하루나가 말을 계속했다.

"어른이 되어 병이 나으면 효도 많이 해야지, 가보지 못했던 곳에 이번에는 내가 부모님을 모시고 여행 가야지 하고 생각했어. 하지만 내 병은 낫지 않아. 나는 어른이 되기 전에 죽을 거야. 중학교 졸업식 일주일쯤 전이었나…… 엄마가 다 말해주셨어."

나는 꿀꺽, 하고 침을 삼켰다. 하루나의 어머니는 깊이 고민한 끝에 사실을 털어놓으셨겠구나.

"너무 충격이었어. 나, 죽는구나. 지금까지 괴로워도 필사적으로 버텨 왔는데 결국 병은 낫지 않고 죽게 되는구나, 하고 머릿속이 새하얘지더라. 더 이상은 이것저것 다 아무래도 상관없다는 마음이 들어서 졸업식에도 가지 않았어. 나는 태어날 때부터 오래 살지 못한다고 정해져 있었던 거야."

나는 할 말을 찾지 못했고 '응, 응' 하는 맞대응조차 해주지 못했다. 하루나는 말을 계속 이어나갔다.

"엄마한테도 화풀이를 해댔고, 아야카한테도 심한 말을 퍼부어버렸어. 그래서 더 이상 오지 않는 거야."

하루나는 눈을 아래로 내리뜨고 그늘진 표정으로 말했다.

"그런 일이 있었구나. 하지만 앞으로 시간이 얼마 남지 않았다는 걸 알려주면 미우라도 와주지 않을까?"

나는 겨우 말을 꺼냈다. 하지만 하루나는 고개를 가로저었다.

"아야카한테는 얘기하지 마. 걱정 끼치고 싶지도 않고 그냥 이대로 만나지 않는 편이 서로한테 좋아."

"정말로 괜찮겠어? 후회 안 해? 절친인데 사실대로 얘기하는 게 좋지 않아?"

그건 나 자신에게도 할 수 있는 말이었다. 내가 한 말에 내 가슴이 아파왔다.

"아냐, 괜찮아."

그러고 나서 하루나는 아무 말이 없었다. 하루나에게는 조언이랍시고 말했지만 나는 내 병을 누구에게도 말할 생각이 없다.

물론 눈앞에 있는 하루나에게도.

침묵을 깨고 하루나가 다시 말을 꺼냈다.

"전에도 말했지만 이제는 빨리 죽고 싶어. 빨리 죽어서 다시 태어나고 싶어. 지금 이렇게 괴로우니까 다음번에는 분명히 건강한 몸으로 태어날 수 있을 거야. 그러니까 이제 아무래도 상관없어."

하루나는 난처한 듯 옅게 웃고는 또다시 원래의 표정으로 돌아갔다.

"괜히 심란한 이야기만 해서 미안해. 텔레비전 볼래?"

하루나는 리모콘을 눌러 텔레비전 전원을 켰다.

뉴스에서는 여고생이 투신자살했다는 소식을 전하고 있었고, 무표정하게 그 보도를 보고 있는 하루나가 무슨 생각을 하고 있는지 나는 상상이 가지 않았다.

그날 밤, 나는 하루나에게 무슨 말을 해줬으면 좋았을지 생각했다.

"무슨 일이 있어도 자살 같은 건 절대 생각하면 안 돼"라는 말은 부메랑처럼 내게로 되돌아올 게 뻔해서 하지 않았다. 조금 전까지만 해도 '편하게 죽을 수 있는 방법'을 인터넷에서 검색하던 내가 할 수 있는 말은 아니었다.

하루나의 쓸쓸해 보이는 눈빛이 뇌리에 박혀 좀처럼 잠을 이룰 수 없었다.

다음 날도 나는 하루나를 만나러 갔다. 오늘은 빠지지 않고 학교에 갔다가 수업이 끝난 뒤에 병원으로 향했다.

"옥상에 올라가고 싶어."

한참 병실에서 이야기를 나누다가 하루나가 말했다. 나는 설마 뛰어내리지는 않겠지 하며 긴장해서 옥상으로 올라갔지만, 알고 보니 하루나는 기분 전환하러 자주 옥상에 올라온다고 했다.

그곳에는 잔디가 깔려 있었고 다채로운 색깔의 꽃들이 피어 있어 확실히 기분 전환하기에는 안성맞춤이었다.

옥상에는 몇몇 입원 환자로 보이는 사람들과 곁에서 돌봐주는 가족들이 있었고 휠체어가 다닐 수 있는 경사로가 설치되어 있는지 휠체어를 타고 있는 사람도 있었다.

"여기 좋지? 내게는 오아시스야. 아키토에게도 알려주고 싶었어. 가끔 여기서 그림을 그릴 때도 있거든."

하루나는 자랑하듯 웃었다.

"진짜 좋은 곳이네. 오늘은 날씨도 좋고 전망도 멋있어. 여기라면 멋진 그림을 그릴 수 있을 것 같아."

그렇게 말하고 나와 하루나는 비어 있는 벤치에 앉았다. 나는 옥상 펜스가 높게 설치되어 있어서 문제는 없겠다고 안심했다. 어지간히 힘이 넘치는 환자가 아닌 이상 기어 올라가서 뛰어내릴 수는 없을 것이다.

"여기서 노을을 바라보는 게 참 좋아. 스케치북 가져올걸."

이미 하늘은 오렌지빛으로 물들어 있었다.

"스케치북 가져다 줘?"

"아냐, 괜찮아."

부드럽게 부는 바람이 하루나의 고운 머리칼을 하늘하늘 흔들었다. 이곳만 시간이 느긋하게 흘러가는 듯한 착각에 빠졌다. 눈앞에 노을이 사라지지 않고 쭉 이 자리를 비춰준다면 얼마나 좋을까. 이 아름다운 저녁노을이 나를 비추면 심장의 병도 치유되는 게 아닐까. 그런 어처구니없는 생각을 해본다.

"아키토는 좋겠다. 미래가 있어서."

"……없어, 미래 같은 거" 하고 나는 나직이 중얼거리듯 대답했다.

"그런 게 어딨어. 아키토는 내 몫까지 오래 살아."

나는 대답하지 않고 잠자코 있었다. 하루나는 답이 없는 내 얼굴을 이상하다는 듯 들여다보았다. 하지만 하루나는 더 이상 아무 말도 하지 않았다.

그 후에도 나는 매일같이 하루나를 만나러 갔다.

학교가 끝나면 바로 교실을 나와 버스를 탔고, 때로는 조퇴하고 일찍 가기도 했다.

친구가 적은 나는 주말에도 대개 할 일이 없어서 아침나절이

나 되어서 일어났고, 오후에는 하루나의 병원을 찾아갔다. 꽃이 시들면 거베라 다섯 송이를 사서 하루나의 병실로 향했다. 하루나는 여섯 송이가 아니네, 하고 약간 불만인 듯이 말했다.

꽃집 아주머니는 나를 거베라 군이라고 불렀다. 아주머니는 언제나 같은 꽃을 사 가는 사람을 몰래 그 꽃 이름으로 부르는 것 같았다. 아주머니는 그날 내가 가게로 들어갈 때 나와 스쳐 지나며 나간 여성을 "지금 저 손님은 백합 님이에요" 하고 웃으며 알려주었다. "아하, 그래요?"라고밖에 뭐라 대답할 말이 없었다.

병문안을 가도 하루나가 잠자고 있을 때가 여러 번 있었다. 그런 날은 분명 몸 상태가 좋지 않은 거라고 생각해 억지로 깨우지 않는다.

아무 말 없이 스케치북을 빌려 한 시간쯤 그림을 그리다가, 그래도 하루나가 일어나지 않으면 그냥 돌아오고는 했다. 지금은 하루나의 스케치북에 내가 그린 그림이 여러 장 있다. 어떤 그림이든 전부 하루나가 그린 그림을 도저히 따라갈 수 없는 그야말로 낙서 같은 그림이다. 그래도 하루나는 내 그림을 칭찬해주었다.

나는 하루나의 곁에 있을 때만은 평온한 마음으로 있을 수 있었다. 불안이나 슬픔, 분노 같은 부정적인 감정을 하루나가 잊게 해준다. 이 작은 병실에서 보내는 우리 두 사람만의 시간은 어느새 내게 빛이 되었다.

"이거 봐, 아키토. 엄마가 휴대폰 사 주셨어."

여느 날처럼 병실을 찾아가자 하루나는 오른손에 든 하얀 스마트폰을 보여주었다.

"무슨 일이 있으면 바로 엄마한테 연락할 수 있고, 아키토하고도 메시지를 주고받을 수 있어서 전부터 갖고 싶었어. 휴대폰은 처음이라 잘 몰라서 엄마 거랑 색상만 다른 걸로 했어. 좋지?"

하루나는 휴대폰을 만지며 기쁜 듯이 말했다.

등록 방법을 모른다고 해서 휴대폰을 건네받아 내 전화번호와 메일 주소를 입력해주었다(일본에는 통신사에서 제공하는 메일 주소로 문자 메시지와 사진 등을 주고받을 수 있다).

그 기종의 스마트폰은 나도 처음 사용해보는 거라 이것저것 만져보았다. 하루나의 휴대폰 폴더 안에는 사진이 30장 정도 들어 있었다.

"사진 봐도 돼?"

"응. 봐."

하루나에게 양해를 얻어 사진 폴더를 열었다. 거기에는 거베라를 다양한 각도에서 찍은 사진이 들어있었는데, 그저 까맣게 찍힌 사진도 몇 장 있었다. 찍을 때 손가락으로 카메라 렌즈를 가렸던 게 틀림없다.

그리고 잘못 찍은 건지 하루나가 엄청 크게 찍힌 사진도 있었다. 처음엔 거베라가 찍힌 사진들만 나왔지만 중간부터는 카메라가 흔들리다가 마지막에는 왠지 천장이 찍혀 있었다. 추측하건대 분명 하루나는 잘못해서 연속 촬영 기능을 작동시켰고, 연사 촬영될 때 나는 소리에 놀라 휴대폰을 떨어뜨렸을 것이다. 그때 당황했을 하루나의 모습이 상상되어 나도 모르게 키득 웃고 말았다.

"왜 웃어?"

내 모습을 보고 하루나가 의아해하며 물었다.

"아니, 아무것도 아냐. 좋은 사진 많이 찍었네."

그렇게 말하고 휴대폰을 하루나에게 돌려줬다. 그러자 하루나는 갑자기 내게 렌즈를 들이대고 사진을 찍었다.

"아키토 사진 저장해둘게."

하루나는 장난스럽게 웃으며 말했다.

다음 날부터 하루나는 일기 같은 메시지를 보내왔다.

잘 잤어? 오늘은 날씨가 참 좋다. 나는 지금 밥 다 먹고 심심해서 그림 그리고 있어. 아키토는 수업 중이야?

안녕. 오늘은 몸이 별로 좋지 않으니까 오지 않아도 괜찮아.

좋은 아침! 오늘은 컨디션이 좋아서 옥상으로 산책 나왔어. 사진도 잔

뚝 찍었고. 그런데 보내는 방법을 모르겠어. 다음에 오면 가르쳐 줘. 그리고 거베라꽃이 다 시들어버렸어.

이런 내용을 알려오기에 나는 하루나의 상황을 알 수 있어 기뻤다.

사과 주스 마시고 싶으니까 사다 줘. 그리고 스케치북도 다 써가니까 새거 부탁할게요.

분명 어머니에게 보냈을 법한 문자도 왠지 내게 들어왔다.

우리는 매일 문자를 주고받았다. 하루나는 차츰 이모티콘도 사용할 줄 알게 되어 요즘 여고생들이 잘 쓰는 귀여운 메시지를 보내왔다.

하루나와 메시지를 주고받게 된 후 나는 정말로 하루나에게 빠져버렸다. 하루나를 생각할 때는 내 병에 관한 건 완전히 잊을 수 있다. 절망에 허우적대던 나의 일상에 나타난 하루나라는 빛. 하루나는 내 마음을 구원해주었다. 얼마 못 가 죽게 될 가련한 고교생에게 신이 마지막으로 꿈을 꾸게 해주는 건지도 모른다.

나는 이제 누군가를 좋아해선 안 된다고 생각했다. 이제 곧 죽을 인간이 누군가를 좋아하는 게 무슨 의미가 있는가. 사귀게 된다 해도 상대를 슬프게 할 뿐이다.

시작되기 전부터 끝이 보이는 사랑을 하는 건 시간 낭비라고 줄곧 생각해왔다. 하지만 이런 사랑도 나쁘지 않을지도 모른다. 상대가 하루나라면 용서받을 수 있을 거라고 생각했다. 얼마 안 있어 죽게 될 사람들끼리의 사랑이라면 나중에 아무런 뒤탈도 없을 것이다.

나의 사랑은 하루나가 죽거나 아니면 내가 죽거나, 그 둘 중 하나로 끝난다.

나는 이 사랑을 '시한부의 사랑'이라고 불렀다.

밤하늘에 피어나는 꽃

내 병은 정말 희한한 병이라고 한다. 증상이 전혀 나타나지 않고 돌연사해서 시체를 해부해보면 그때야 비로소 심장병이 발견되는 사례도 있는 모양이다.

가능하면 나도 서서히 쇠약해지는 것보다 돌연사하는 게 이상적이라고 생각한다. 다만 화장실에서 일을 본다든지 목욕할 때만큼은 피하고 싶다. 발견되었을 때 남에게 보일 수 없는 모습으로 죽으면 한이 되어서 눈을 감지 못할 것 같다. 밤에 잠을 자다가 그대로 고통 없이 덜컥 가는 것이 가장 좋다.

"아키토, 잠깐 얘기 좀 할까?"

내 방에서 그림을 그리면서 그런 시시한 일들을 생각하고 있었는데 노크하는 소리와 함께 아버지의 목소리가 들렸다.

"뭔데요?"

나는 뒤돌아보며 상체만 돌린 채 대답했다.

"이제 곧 여름방학이잖니. 오랜만에 가족여행이라도 다녀오지 않을래? 아빠도 휴가를 낼 테니까 다 같이 가는 게 어때?"

아버지는 방으로 들어오자마자 그렇게 말했다. '아키토가 건강할 때'라는 말은 구태여 하지 않은 것 같았다.

"아, 나는 됐으니까 셋이서 다녀와."

내가 가지 않으면 이 여행은 없던 일이 된다. 나는 그걸 알면서도 매정하게 내뱉었고, 말하면서도 고분고분하지 못한 나 자신에게 화가 났다.

"괜찮지 않을까? 엄마도 나쓰미도 아키토랑 함께 가고 싶다는데. 갈 수 있을 때 같이 가자고."

"갈 수 있을 때라니 그게 무슨 소린데?"

나 자신에게 향해 있던 화를 이번에는 아버지에게 터트렸다.

"어, 아니, 그런 의미가 아니라 모두 휴가를 맞춰서 갈 수 있을 때 가자는 말이지."

"다음에 가. 여름방학 때는 바빠."

나는 아버지 쪽을 보지 않고 몸을 앞으로 돌리며 말했다.

"……그래? 알았다."

아버지는 갈라진 목소리로 그렇게 말하고는 방에서 나갔다.

나는 그리던 그림을 연필로 마구 그어서 온통 시커멓게 칠해 버렸다.

조금 전까지 집 거실에서 웃으며 이야기를 나누는 가족을 그리고 있었다. 나는 초등학생이고 나쓰미가 지금보다 훨씬 어렸을 때의 그림이다. 나는 그림이 완전히 보이지 않을 때까지 새까맣게 칠하고서 울었다. 왠지 모르겠지만 분해서 눈물이 멈추지 않았다.

가능하다면 이렇게 행복했던 때로 돌아가고 싶다. 꿈도 희망도 미래도 있었던 그때로.

눈물이 멈추지 않고 끊임없이 흘러내렸다.

그때 책상 위에 놓아둔 휴대폰이 울렸다.

안녕. 오늘 컨디션이 좋아서 엄마랑 외출했어. 비록 한 시간이었지만 근처 공원에도 가고 쇼핑도 했어. 오랜만에 밖에 나가는 거라 정말 즐거웠어. 아키토는 오늘 어떻게 보냈어?

하루나가 보낸 메시지였다.

나는 다음 날이 되어서야 답장을 보냈다.

7월도 절반이 지나고 이제 일주일만 있으면 여름방학이 다가 온다. 아마도 내 인생의 마지막 여름방학이겠지. 나는 의미 있게 보낼 수 있도록 무엇을 해야 할지 진지하게 고민했다. 더 이상 남은 시간을 허투루 보낼 수는 없다. 나는 다시 한번 예전의 질문 게시판을 열었다.

심심풀이 정도로 생각해 올렸던 내 질문에는 그동안 답글이 더 늘어나 있었다. 하지만 어느 것이나 다 비슷비슷한 대답뿐이어서 그다지 도움이 되지는 않았다.

주위 사람에게 감사의 말을 전한다, 저축한 돈을 다 써버린다, 효도를 하겠다는 답글이 가장 많았다.

나는 그 내용을 토대로 여름방학 때 할 일을 하나씩 노트에 적기 시작했다.

'하루나를 만나러 간다', 우선 이거다. 하루나와 함께 있는 공간이 내 마음을 가장 평온하게 했다. 그러고 나서 '조부모 세 분을 뵈러 간다'고 썼다. 올해 설날에는 찾아뵙지 못했지만 외할아버지와 외할머니는 두 분 다 건강하시다.

친할머니는 현재 대장암으로 입원 중이다. 친할머니 또한 시한부를 선고받아 그리 오래 살지 못하신다. 나는 한번 병문안을 가려고 생각하고 있었다. 친할아버지는 내가 태어나기 전에 병으로 돌아가셨다.

그다음으로 '미우라를 하루나와 만나게 한다'라고 적었다. 사실 내게는 이것이 가장 달성하고 싶은 미션이었다. 어떻게든 하루나의 시한부 얘기를 숨긴 채 미우라를 병원에 데리고 가는 방법이 없을까. 사실을 말하면 분명 와주겠지만 하루나가 그것을 원치 않을 것이다.

다음으로 노트에 적은 것은 '내 인생 최후의 작품을 완성한다'였다. 스케치북이 아니라 정식으로 캔버스에 내 마지막 그림을 그려야겠다고 불현듯 마음먹었다.

인터넷 게시판에 '내가 살아온 증거를 남기고 싶다'는 답변이 있어서 나도 뭔가 남길 수 있는 게 없을까 생각했더니 그림밖에 떠오르지 않았다. 어떤 그림을 그릴지는 아직 정하지 못했지만 이것도 노트에 적어두었다.

그리고 한 시간쯤 더 생각했지만 더 이상 노트를 채우지는 못했다. 마지막으로 일단 '효도한다'라고 휘갈겨 쓰고는 노트를 탁 덮었다.

"그래서 용건이 뭐야?"

여름방학 첫날, 나는 미우라가 일하는 패스트푸드점을 찾아갔고, 미우라의 눈총을 받으며 햄버거를 덥석 베어 물었다.

"지금 하루나한테 병문안 갈 건데, 같이 가면 어떨까 해서."

나는 미우라가 아르바이트하는 매장으로 가서 미우라가 일을 끝마칠 때까지 기다렸다. 그렇게 두 시간쯤 기다렸다가 허겁지겁 돌아가려는 미우라를 붙잡아 세웠던 것이다.

"너도 참 끈질기다. 조만간 갈 테니까 좀 내버려 둬."

내가 사겠다며 주문한 감자튀김을 집어 먹으면서 미우라는 심드렁하게 말했다.

"하루나에게 들었어. 미우라에게 심한 말을 했다고. 그 애, 후회하고 있는 것 같았어. 만나주지 않을래?"

미우라는 감자튀김으로 가져가던 손을 멈췄다.

"그거, 정말이니?"

"정말이야. 그러니까 같이 가자고."

미우라는 잠시 입을 꾹 다물고 있다가 시선을 아래로 떨구고 "오늘은 할 일이 있으니까 다음에"라고 말했다. 그러고 나서는 아무 말 없이 감자튀김을 먹더니 "또 봐" 하며 자리를 떴다.

나는 좋았어, 하고 마음속에서 승리 포즈로 주먹을 불끈 쥐고 햄버거를 콜라와 함께 목구멍으로 넘겼다.

그 후에는 햄버거 가게를 나와 버스를 타고 하루나를 만나러 갔다.

도착하니 하루나는 병실에서 그림을 그리고 있었다.

"어머, 오늘은 사복이네?"

"전에 얘기했지? 오늘부터 여름방학이야."

하루나는 "아, 그렇구나" 하고 밝은 목소리로 말하더니 콧노래를 흥얼거리며 그림을 그렸다. 그 모습을 보니 오늘은 몸 상태가 좋아 보인다.

"요즘 계속 덥네. 난 여름은 싫은데. 더워서 옥상에도 못 가거든."

하루나는 손가락으로 색연필을 능숙하게 빙글빙글 돌리면서 말했다. 오늘은 특히 기온이 높아서 나도 여기 오는 데 조금 고생했다.

"그래도 여긴 에어컨이 있어서 시원한데?"

"응, 그렇지. 아키토는 여름방학 때 뭐 할 예정이야?"

"특별한 거 없어. 집에서 뒹굴뒹굴할 예정밖에는."

"그런 것도 예정이라고 해?" 하고 하루나가 조그맣게 웃었다.

사실은 할 일이 잔뜩 있지만 설명하는 게 번거로워서 말하지 않았다.

"하지만 말야, 고등학생의 여름방학은 친구나 좋아하는 사람이랑 바다에 가거나 축제라든지 불꽃놀이를 보러 가고 그러는 거 아냐?"

"으음, 뭐. 그런 사람도 있겠지."

"혹시 아키토, 친구 없는 거야?"

"없지는 않지만 많은 편은 아냐."

"그럼, 좋아하는 사람은?"

"없지는 않지만, 많은 편은 아냐."

"뭐야 그게!"

내 나름대로 재치있게 얼버무렸다고 생각했지만 하루나는 불만스러운 듯이 나를 흘겨보았다. 좋아하는 사람은 지금 눈앞에 있다고, 그런 말은 할 수 없었다.

게다가 나는 친구가 적기는 하지만, 그래도 여름방학에 반 친구들 몇 명이랑 바다에 가지 않겠느냐고 에리가 묻기도 했었다. 나는 고민한 끝에 그 제안을 완곡하게 거절했다. 지금 나는 태평하게 바다에서 놀고 있을 시간이 없다.

"진짜로 좋아하는 사람 있어?"

하루나는 다시 한번 내게 물었다.

"으음, 뭐, 글쎄. 잘 모르겠는데."

횡설수설하며 애매하게 대답했다. 미적지근한 내 태도에 하루나는 한층 더 부루퉁하게 나를 흘겨봤다.

"있잖아, 8월 중순에 불꽃 축제가 있는데 이 병실에서도 보여. 작년 여름에도 여기서 봤거든. 나 혼자서……."

"여기서도 보이는구나? 그거 좋네."

나는 일어서서 창가로 다가가 바깥 경치를 바라보았다. 여름의 태양이 내뿜는 빛이 눈부셔서 나는 눈을 가늘게 떴다.

"그래서 말인데, 만약 불꽃 축제에 같이 갈 사람이 없다면 여기서 나랑 같이 불꽃놀이 보지 않을래? 만약, 괜찮다면…….”

내가 뒤돌아보자 하루나는 고개를 숙이고 뺨을 발그스름하게 물들였다.

“좋아. 어차피 한가하니까. 여기서 같이 보자.”

“정말? 자, 그럼 약속했다!”

하루나는 환한 얼굴로 새끼손가락을 세우고 나를 마주보았다.

“응, 약속!”

나는 하루나의 조그만 새끼손가락에 내 새끼손가락을 걸었다.

아까부터 나는 아무렇지도 않은 듯 애써 태연한 척하고 있었지만, 실은 심장 고동이 폭발해버릴 것처럼 빨라져 있었다. 여자애랑 둘이서 불꽃놀이를 보는 건 지금까지 한 번도 경험한 적이 없는 일이다. 게다가 하루나와 데이트 약속을 한 것이나 다름없어서 마음이 한껏 부풀어 올랐다. 지금 심장이 멈춘다면, 그건 그것대로 좋을지 모르겠다는 생각까지 들었다.

처음 만났을 무렵에는 하루나가 늘 무표정이었기에 처음에는 차가운 인상을 받았다. 하지만 지금의 하루나는 따뜻하다. 분명 이것이 진짜 하루나의 모습일 것이다.

하루나는 살날이 얼마 남지 않아서인지, 또래의 다른 애들과는 뭔가가 다르다고 느껴졌다. 마치 인생을 달관하고 있는 듯한 신비로운 소녀다. 하지만 역시 하루나도 보통 여자애였다. 하루나도 평범하게 사랑하고 청춘을 누리며 모두가 경험하는 일을 하고 싶을 게 분명하다. 못다 한 일이나 하고 싶은 일은 없다고 말했지만, 사실은 그런 당연한 일을 하루나도 하고 싶을 게 틀림없다.

아직도 뺨이 불그레한 하루나를 바라보니 너무도 애틋하고 사랑스러웠다.

그 후 나는 노트에 적은 일들을 차례대로 해나갔다.

우선 외할아버지와 외할머니를 만나러 갔다. 나쓰미도 가고 싶다고 해서 둘이 함께 전철을 타고 찾아갔다.

두 시간쯤 전철에 흔들리다가 목적지 역에서 내리니 할아버지가 마중을 나와 계셨다. 거기서 할아버지의 차를 타고 두 분이 사는 아파트로 가 저녁을 먹고 밤 9시가 넘어서야 전철을 타고 돌아왔다. 두 분 다 건강해 보여서 무엇보다 안심이다.

"내년에는 다 함께 온천에 가면 좋겠구나"라는 할머니의 제안에 나는 "네, 가고 싶어요" 하고 대답했다.

정말로 갈 수 있으면 좋겠다고, 나는 돌아오는 전철 안에서 수도 없이 생각했다.

이틀 후에는 친할머니를 만나러 갔다. 아버지의 휴가에 맞춰 나쓰미까지 데리고 셋이서 아버지 차로 갔다.

거베라를 사 갈까 생각했지만 아버지에게 꽃집에 들르자고 말하기가 쑥스러워서 그만뒀다.

할머니가 입원해 있는 병원에 도착했는데 그곳은 하루나의 병실과는 달리 여러 명이 함께 있는 방이었다. 할머니 외에도 세 명의 여성이 입원해 있었는데 그들도 모두 할머니와 비슷한 연배로 보였다.

수술이 끝난 지 얼마 되지 않았는지 할머니는 계속 어딘가 아픈 것 같았다.

"할미는 말이다, 나쓰미가 웨딩드레스 입은 모습을 보기 전에는 절대 죽지 않을 거야."

병을 앓고 있는 할머니는 울먹이는 나쓰미에게 다정하게 속삭였다. 나쓰미는 친할머니를 무척 좋아했고 어릴 때는 집이 가까워서 자주 놀러 가곤 했다. 지금은 혼자 사시지만 퇴원하면 우리 집에서 함께 지내기로 되어 있다. 나쓰미는 아까 병원으로 오던 차 안에서 아버지가 말실수를 하는 바람에 할머니의 여생이 얼마 남지 않았다는 것을 처음 알고는 할머니를 보고 자꾸만 울먹였다. 나쓰미에게만은 알리지 말자고 부모님과 셋이서 결정한 일이었다. 나의 시한부 얘기와 마찬가지로.

우리는 한 시간쯤 이야기를 나누다가 병원에서 나왔다.

돌아가는 차 안에서 나는 혼자만 몰랐다는 사실에 화를 내는 나쓰미를 달래려고 뒷좌석에 앉았다.

"할머니 병은 반드시 나을 테니까 걱정 안 해도 돼."

나는 여러 번 조심스럽게 나쓰미를 다독였지만 나쓰미는 자신을 안심시키려고 하는 거짓말을 믿을 정도로 어리지는 않았다. 결국 나쓰미는 집에 도착해서도 화를 가라앉히지 못했다.

나는 내 방으로 들어가자 마자 노트를 펼쳐 할머니의 병문안을 가겠다고 적은 문장 옆에 완료 표시를 적어넣었다. 여름방학에 무엇을 할 것인지를 적은 노트에는 이제 네 가지 미션이 남아있다.

'미우라를 하루나와 만나게 한다'

'효도한다'

'내 인생 최후의 작품을 완성한다'

그리고 새로 적어놓은 미션은 '하루나와 불꽃놀이를 본다'였다. 이 네 가지를 달성할 수 있을지 순서대로 생각해보았다.

우선 미우라는 성공 가능성이 보였다. 이제 조금만 더 당기면 미우라가 마음을 바꿔줄 것만 같은 기분이 든다.

다음은 효도다. 구체적으로 뭘 해야 좋을지 모르겠다. 어떻게 해야 효도가 되는 건지 도통 알 수가 없다. 집안일을 도우면 효도인 걸까, 감사하는 마음을 전하면 될까, 생각해봐도 답을 찾을 수가 없다.

그다음은 내 인생의 마지막 그림 작품이다. 솔직히 이 미션은 꼭 여름방학 중에 완성해야 할 필요는 없다. 내가 죽기 전에만 완성하면 그걸로 충분하다. 그러니 이 미션은 나중으로 미뤄도 된다.

그리고 마지막으로, 하루나와 불꽃놀이를 본다는 미션. 아마도 이것이 가장 달성할 가능성이 클 것이다. 최근 하루나의 몸 상태가 좋아 보여서 문제없이 성공할 것 같다.

미우라에게는 내일 다시 쳐들어가면 되는데, 문제는 효도로군. 나는 한참을 생각하다가 방에서 나와 거실로 갔다.

"저기, 잠깐 얘기 좀 해도 돼요?"

저녁 식사 준비를 하고 있던 어머니와, 소파에 앉아 석간을 펼치고 있던 아버지가 내게로 시선을 돌렸다.

"응. 무슨 얘긴데?"

"저번에 말했던 가족여행 말인데, 그거 가도 좋아."

왜 이런 말투로밖에 말하지 못하는 건지, 내가 생각해도 한심하다.

"오호, 갈 마음이 생긴 건가. 자, 그럼 다 같이 가자고. 다음 주말이면 아빠도 갈 수 있으니까. 어디 가고 싶은 데 있니?"

"난 어디든 괜찮아. 아빠랑 엄마가 가고 싶은 곳으로 해요."

"온천은 어떨까? 나쓰미도 가고 싶어 하던데."

어머니가 기쁨에 찬 목소리로 말했다.

"온천 괜찮아."

그렇게 말하고 나는 다시 내 방으로 돌아왔다.

과연 가족여행을 가는 게 효도가 되는 걸까? 하지만 오랜만에 두 분이 웃는 모습을 보았다. 잘한 거라고 생각하자. 그렇게 스스로에게 이르고 노트를 덮었다.

"치즈버거랑 콜라 주세요. 콜라는 가장 작은 사이즈요. 그리고 오늘 미우라 있나요?"

주문을 마치고 그렇게 덧붙여 묻자 조금 전까지 활짝 미소를 보이던 젊은 여성 점원이 미심쩍은 듯 눈을 가늘게 뜨고 나를 바라보았다.

나는 지금 대형 백화점 안에 있는 패스트푸드점에 와 있다. 미우라가 아르바이트를 하고 있는 매장이다.

"미우라와는 어떤 관계예요?"

"같은 고등학교…… 친구예요."

무심코 친구라는 말이 튀어나왔지만 뭐 틀린 말은 아니니까.

"……그러세요? 한 시간 정도 있으면 올 거예요."

"고맙습니다."

치즈버거와 콜라를 받아들고 비어 있는 자리로 가 앉았다. 아까 그 점원은 분명 나를 미우라의 스토커쯤으로 여기는 게 틀림없다. 다른 점원과 뭔가 속닥속닥 이야기하면서 내 쪽을 보고 있다. 확실히 미우라는 미인이지만 내가 좋아하는 타입은 아니다. 가서 오해를 풀어주는 것도 귀찮아서 그냥 내버려 두었다.

치즈버거를 다 먹고 나서 미우라가 온다는 시각까지 백화점 안을 돌아다니기로 했다.

"엇? 하야사카 아냐? 뭐 하고 있어?"

소리가 들리는 쪽을 돌아보니 우연히 백화점에 와 있던 다카다가 안경을 밀어올리며 나를 보고 있었다.

"아, 누굴 좀 기다리고 있어. 올 때까지 시간 때우고 있는 거야. 너는?"

전혀 궁금하지 않지만 일단 물어보았다.

"내가 좋아하는 작가의 신간을 사러 왔어. 하야사카는 책에 관심 없어?"

"으응. 만화는 좋아하지만, 활자는 아무래도 싫어서."

"그래? 가끔은 만화 말고 다른 책도 읽어서 견문을 넓히는 것도 좋을 거야. 나는 말이지……."

그다음 말부터는 듣지 않고 다른 생각을 했다. 다카다의 말은 도무지 생리적으로 맞질 않는다. 적당히 응, 응 대답했더니 다카다는 안경을 꾸욱 밀어 올리면서 만족한 듯 제 갈 길을 갔다. '책 사기 전에 안경을 사라!' 하고 생각했지만 입 밖에 내지는 않았다.

다카다가 간 뒤에 마침 미우라를 발견했다. 미우라는 긴 머리칼을 뒤로 묶고 액세서리 매장에서 쇼케이스 안을 뚫어져라 들여다보고 있다.

"저기……."

나는 옆에 가서 미우라에게 말을 붙였다. 미우라는 내 얼굴을 흘끔 보더니 한숨을 쉬고는 다시 쇼케이스를 내려다보았다.

"왜?"

"아르바이트 끝나고 나서도 괜찮으니까 하루나한테 가지 않을래?"

미우라는 더 깊은 한숨을 내쉬고 "또 그 얘기야?" 하고 불쾌한 듯 말했다.

"요즘 하루나가 기운이 없어. 미우라가 문병을 가면 기운이 날 것 같아."

나는 거짓말로 설득해보려 했다. 솔직히 최근 하루나는 몸 상태가 좋은 편이라 이건 완전히 거짓말이다. 나는 거짓말을 싫어하지만 때로는 필요한 거짓말도 있다는 것을 잘 알고 있다. 그게 바로 지금이다.

"그래? 하지만 내가 가도 기운이 날 것 같지는 않은데."

"난다니까. 분명."

"네가 그걸 어떻게 알아. 뭐, 그래도 상관없지만. 여름방학 후반에는 한가하니까 그땐 괜찮아. 좀 어색하니까 너도 와야 돼."

"물론이지."

나는 미우라와 연락처를 주고받았다. 이걸로 내가 작성한 여름방학 숙제는 어떻게든 전부 끝낼 수 있을 것 같다. 하루나가 이대로 좋은 컨디션을 유지해주면 아무 문제 없을 것이다.

일주일 후 쇼타가 영화를 보러 가자고 권했다. 시간도 많고 해서 그러기로 했다. 쇼타, 에리와 셋이서 영화를 보러 가는 건 중학생 때 이후로 처음인가. 오후에 만나기로 했기에 그 전에 하루나에게 다녀오려고 버스를 탔다. 여름방학이 시작되고 나서는 이틀에 한 번꼴로 병실을 찾아가고 있다.

병원 한 정거장 전에 내려서 꽃집에 들렀다. 어제 하루나가 메시지를 보내 꽃이 시들었다고 우울해했기 때문이다.

가게로 들어서자 꽃집 아주머니가 웃는 얼굴로 맞아주었다.

"어머나, 거베라 군. 어서 와요. 오늘도 거베라인가?"

"네. 거베라 주세요."

"다섯 송이면 되겠어?"

"네. 다섯 송이면 돼요."

아주머니는 하양, 빨강, 노랑, 주황, 분홍, 색색의 거베라를 한 송이씩 뽑아 들고 카운터로 갔다.

"아, 죄송해요. 역시 한 송이 더 해야겠어요."

노란색 거베라를 한 송이 꺼내어 아주머니에게 건넸다.

"그래요. 역시 빠져 있는 모양이네."

아주머니는 후훗 하고 웃으며 꽃을 포장했다. 나는 아하하 하고 선웃음을 지어보인 후, 꽃값을 내고 꽃을 받아들었다.

그러고는 조금 망설이다가 큰맘 먹고 아주머니에게 질문을 던져보았다.

"저, 아주머니는 자녀분이 있어요?"

아주머니는 순간 어리둥절한 표정을 짓더니 "으응. 있지" 하고 생글생글 웃었다.

"딱 거베라 군 또래의 딸이랑 중학생 아들이 있어."

"이상한 질문일지도 모르겠는데요, 어떨 때 효도 받았다는 느낌이 드세요?"

"효도? ……글쎄, 여러 가지가 있지만 그런 걸 생각해주는 것만으로도 부모는 기쁘지."

내가 기대했던 답이 아니었기에 질문을 바꿨다.

"부모님이랑 함께 여행가는 건 효도가 될까요?"

"여행? 좋지. 우리 애들은 둘 다 반항기라 요즘은 같이 외출하는 일도 거의 없거든. 거베라 군의 부모님이 부러운걸."

"그런가요? 고맙습니다."

인사를 하고 가게를 나오려고 할 때, "아, 맞다 맞아" 하는 아주머니의 목소리에 뒤돌아보았다.

"매일 밝고 건강하게 자라주면 그것만으로도 부모는 충분해."

"……역시, 건강이 최고로군요."

고개를 약간 숙이고 가게를 나왔다.

가게를 나오자 휴 하고 한숨이 새어나왔다. '역시 물어보는 게 아니었어'라고 후회하면서 병원으로 향했다. 병실에 도착해 하루나에게 여섯 송이의 거베라를 건네주자 하루나는 어린아이 같은 웃음을 띠며 좋아했다.

"역시 나한테 빠져 있었어."

"자주 사니까 덤으로 한 송이 더 주신 거야."

쑥스러워서 적당히 거짓말로 둘러댔다. 이건 아마도 선의의 거짓말일 것이다.

하루나는 어지간히 컨디션이 좋은지 쉴 새 없이 떠들었다.

작년에 본 불꽃놀이를 손짓 발짓을 다해가며 설명했다.

"이마-안큼 커다란 불꽃이 눈앞에서 쫙 퍼지고 말이지, 그러고는 조금 있다가 '펑' 하는 소리가 들리는 거야. 아무튼 굉장하더라니까."

하루나는 양손을 벌려 불꽃을 표현했다.

나는 그랬구나 하고 맞장구를 쳤다.

"작년에는 병실 전등을 끄고 여기 서서 바라봤어."

하루나는 그렇게 말하고 침대에서 내려와 창가로 다가갔다.

그러더니 스마트폰에서 불꽃 축제 때 4,500발의 불꽃을 공중으로 쏘아 올린다는 정보를 검색하고 기쁜 듯이 이야기한다.

정말로 기대하고 있는 모습이었다.

"작년에는 불꽃이 그렇게 높이 올라간다는 걸 몰라서 엄청 놀랐지 뭐야. '펑' 하는 소리가 나서 미사일이나 뭐 그런 게 떨어진 건가 하고 이불 속에 숨었다니까."

그 광경이 금세 상상되어서 나도 모르게 웃고 말았다.

"그게 몇 발이나 계속되길래 이건 뭔가 이상하다 싶어 커튼을 열었더니 불꽃이 퍼져나간 빛이 눈에 들어오지 뭐야. 정말로 예쁘더라. 지금도 또렷하게 기억나."

하루나는 나를 돌아보며 환히 웃었다.

"올해도 맑았으면 좋겠다. 나, 데루데루보즈(날씨가 맑기를 기원하여 만든 종이 인형으로 처마 밑이나 빨랫줄에 걸어놓는다) 열 개 만들까 봐. 내가 그걸 만들면 꼭 날씨가 활짝 개거든."

"아, 그래? 비가 내리면 행사가 중지되는구나. 그러네."

나는 혼잣말처럼 말하며 고개를 끄덕거렸다.

"그렇지. 그러니까 아키토도 데루데루보즈 만들어."

"알았어. 오늘은 일이 있어서 이제 그만 가볼게."

나는 그렇게 말하고 일어섰다.

"무슨 일?"

"친구랑 영화 보러 가기로 했거든."

"흐음, 친구가 있었구나."

"그야 당연히 있지. 소꿉친구야."

"좋겠다, 그런 거. 즐거울 것 같아."

하루나는 쓸쓸한 듯이 말했다.

친구와 놀러간다고 말하지 말고 적당히 둘러댈 걸 그랬나 하고 후회하면서 병원을 나왔다. 분명 이번에도 거짓말을 해도 용서받을 수 있는 상황이었을지도 모른다.

다시 버스를 타고 약속 장소로 가 쇼타와 에리를 만났다. 쇼타는 파란 반소매 셔츠에 흰색 반바지를, 에리는 흰색 로고 티셔츠에 청반바지를 맞춰 여름에 어울리는 차림새를 하고 있었다. 자세히 보니 에리도 쇼타도 피부가 알맞게 그을려 있다. 에리는 바다에 간다고 했었으니까 그래서겠지. 쇼타는 분명 축구부 연습이다. 둘 다 여름방학을 마음껏 즐기고 있는 모양이다.

"여어, 아키토. 늦었네."

쇼타가 한 손을 들어올렸다.

"미안, 미안. 잠깐 어디 좀 들렀다 오느라고."

"영화 시작할라. 서두르자!"

에리가 활기찬 목소리로 재촉했다.

미우라가 아르바이트를 하고 있는 백화점의 꼭대기 층에 영화관이 있다. 우리는 그 백화점 입구에서 만나기로 약속했다.

엘리베이터로 가는 도중에 패스트푸드점을 흘낏 쳐다보자 미우라의 모습이 보였다. 내게는 보인 적 없는 활짝 웃는 모습으로 손님을 대하고 있다.

우리는 대히트를 치며 인기몰이를 하고 있는 애니메이션 영화를 보고 영화관을 나왔다.

"재미있었어. 이제 어떡할래?"

에스컬레이터를 타고 내려가면서 에리가 뒤돌아보며 물었다.

"어디든 가서 적당히 밥 먹고 불꽃놀이라도 할까? 아키토네 집 근처 공원에서" 하고 쇼타가 말했다.

"그거 좋겠다! 아키토도 괜찮지?"

"응, 좋아."

백화점 안에 있는 푸트코트에서 저녁을 먹고 소형 불꽃놀이 세트를 샀다.

밖으로 나오자 어느새 주변이 어둑어둑해졌다. 우리 집 근처 공원에 도착할 무렵에는 캄캄해질 것이다.

우리는 버스 정류장으로 가서 버스를 기다렸다. 미적지근한 바람이 불어와 내 앞머리를 흔들었다. 나는 어쩌면 내 인생에서 가장 알찬 여름방학을 보내고 있는지도 모른다.

매일 하루나와 메시지를 주고받고, 외조부모님을 뵈러 다녀오고, 하루나를 만나고, 입원해 있는 할머니 병문안도 가고, 또 하루나를 만나고, 어릴 적 친구들과 영화를 보고 불꽃놀이도 하고, 그리고 내일모레는 가족여행을 간다. 다음 주에는 하루나와 불꽃 축제를 보고 미우라와 하루나를 만나게 해줄 예정도 되어 있다.

이 여름방학이 끝나면 나는 이제 죽어도 좋다. 못다 한 아쉬운 일은 하나도 없다. 잘 살아냈다.

버스를 기다리면서 그런 생각을 하고 있는데 주머니 안에 넣어둔 휴대폰이 울렸다. 하루나가 보낸 메시지였다.

하루나에게서 온 메시지를 보려고 한 순간, 나는 휴대폰을 땅에 떨어뜨렸다. 그때까지 보고 있던 풍경이 갑자기 흐릿해지더니 소용돌이처럼 시야가 일그러졌다. 나는 서 있지 못하고 땅에 무릎을 꿇고 풀썩 주저앉았다. 현기증과 함께 심장 고동이 격해지고 숨을 쉬기가 힘들었다.

"아키토! 왜 그래?"

에리의 목소리가 들려오고 계속해서 "괜찮아?" 하는 쇼타의 목소리도 들렸다.

나는 겨우 이해했다. 분명 제한 시간이 다가온 거다. 나는 옛날부터 여러모로 운이 나쁜 인간이었다. 하지만 굳이 이 타이밍에 오지 않아도 되잖아, 하고 생각하면서도 머릿속에 하루나의 얼굴이 떠올랐다. 어차피 죽을 건데 좋아한다고 말할 걸 그 랬나. 하루나보다 먼저 죽을 수 있어서, 어떤 의미에서는 잘된 걸지도 모른다.

희미해져가는 의식 속에서 나는 의외로 냉정하게 그런 걸 생 각했다.

눈을 떠 보니 하얀 천장이 낯설었다. 내 방 천장이 아니라는 건 금세 이해했다. 고개를 돌려 주위를 확인했다.

여기가 병원이라는 걸 깨달았다. 머리 위쪽에는 컴퓨터 모니 터 같은 장치며 이런저런 기계가 많이 놓여 있었다. 좌우로 하얀 칸막이가 설치되어 있는 걸 보니 아무래도 일반 병동은 아닌 것 같았다. 내게 무슨 일이 일어난 건지 파악하는 데는 그다지 오랜 시간이 걸리지 않았다.

눈을 뜬 장소가 천국이 아니라는 사실에 안심한 것 같기도 하 고 실망한 것 같기도 한 그런 기분이었다. 하얀 벽과 천장이 보 인다. 자주 본 듯한, 생활감이 느껴지지 않는 이 삭막한 공간은 틀림없이 내가 다니는 그 병원이겠지.

커튼 틈새로 빛이 들어오고 있으니 지금은 아침 아니면 낮인 가 보다. 조용한 걸로 봐서는 아침일 거라고 생각했다.

나는 한번 더 눈을 감고 현실도피를 하듯 다시 잠으로 빠져들었다.

다음에 눈을 떴을 때는 주위가 다소 소란스러웠다. 아버지와 어머니, 그리고 나쓰미도 있다.

"아키토, 다행이다. 정신이 좀 드니?"

어머니가 허둥대며 말했다.

"오빠, 괜찮아?"

나쓰미가 울면서 물었다. 아버지도 뭔가 말하고 있었지만 내 귀에는 들리지 않았다.

하루나는 어떡하고 있을까. 나는 졸린 눈을 비비면서 내 일보다도 하루나를 걱정했다.

문득 보조 테이블에 있는 달력을 확인해보니 내가 쓰러진 것은 어제고, 불꽃 축제까지는 이제 열흘이 남아 있었다. 그때까지 퇴원할 수 있을지 조바심이 났다.

그 후 나는 기쿠치 선생님에게 어려운 설명을 듣고 수술을 받게 되었다. 큰 수술은 아니지만 종양 일부를 제거한다고 한다. 작은 종양이 새로 생겨서 이대로 내버려 두면 생각했던 것보다 훨씬 빨리 생명을 잃을 가능성이 있다고 한다. 나는 그대로 둬도 별 상관없었지만 일단 수술을 받는 것으로 이야기가 자연스럽게 흘러갔다.

수술은 그날 바로 시행되었고 다음 날 나는 중환자실에서 일

반 병동으로 옮겨졌다. 다인실은 빈자리가 없어서 잠시 3층에 있는 1인실에 입원하게 되었다.

그건 문제없지만 이곳이 하루나도 입원해 있는 병원이라는 사실이 마음에 걸렸다.

하루나는 4층이고 나는 3층이다. 우선 우연히 마주칠 염려는 없지만 이 병원에는 하루나의 어머니가 일하고 있다. 그래서 내 병이 들키지는 않을까 불안하다.

침대 탁자에 놓아두었던 휴대폰이 울렸다. 떨어뜨렸던 충격으로 액정은 지금의 내 마음을 표현하기라도 하듯 화면 위쪽부터 여러 줄로 균열이 생겨 깨져 있다.

하루나가 보낸 문자였다.

나는 쓰러진 다음에도 하루나와 아무 일도 없었던 것처럼 행동하면서 메시지를 꾸준히 주고받고 있다. 지금 들어온 메시지도 여느 때와 다름없이 일기처럼 적은 내용이었다.

나는 아마도 하루나와의 약속을 지킬 수 없을 것이다.

약속한 불꽃 축제는 사흘 후로 다가와 있다. 기쿠치 선생님의 말씀을 빌리자면 내 회복 상태를 보고 빠르면 2주, 길어도 3주 후에나 퇴원할 수 있다고 한다. 하지만 어느 쪽이든 지금 상태로는 하루나를 만날 수 없다. 나는 약속을 지키지 못하는 아주 형편없는 남자가 되고 말았다. 하지만 일기예보를 확인하니 현재

로서는 사흘 후에 비가 온다고 표시되어 있다. 이대로 불꽃 축제가 중지되면 하루나에게 상처를 줄 일은 없다. 나는 일기예보가 바뀌지 않고 딱 들어맞기를 빌었다.

나의 여름방학 미션은 네 가지를 남기고 끝나버렸다.

가족여행은 중지되었고 미우라를 여름방학 중에 하루나와 만나게 하는 일도 불가능해졌다. 그것은 퇴원하고 나서 해도 괜찮다고는 생각하지만, 나는 이제 아무래도 상관없다고 포기하는 심정이 되었다.

정말로 나란 인간은 왜 이렇게 지지리도 운이 없는 걸까. 이제 몇 번째인지도 잊었지만 또다시 자신을 원망했다. 오히려 이번에는 목숨을 건진 게 불운이 아닐까 하는 생각까지도 들었다.

그날 오후, 에리와 쇼타가 병문안을 와주었다. 두 사람은 오늘도 시원한 옷차림이다. 쇼타는 흰색 티셔츠에 무릎까지 오는 청바지를 입었고 에리는 여름이 느껴지는 푸른빛 원피스가 아주 잘 어울렸다.

그보다도 나는 에리가 갖고 온 꽃을 보고 조금 놀랐다.

"아키토, 몸은 좀 어때? 이거 바로 앞에 있는 꽃집에서 사 왔어. 거베라라는 꽃이래. 주인아주머니가 권해줘서 샀는데 여기 꽂아둘게."

"그, 그렇구나. 고마워."

에리는 갖가지 색깔이 어우러진 거베라 열 송이를 꽃병에 꽂았다. 쇼타는 아무 말 없이 그저 서 있을 뿐이었다.

쇼타가 무슨 생각을 하고 있는지 나는 대충 안다.

"왜 그래 쇼타, 서 있지만 말고 앉아."

내가 권해도 쇼타는 미동도 하지 않았다. 잠시 침묵이 흐른 뒤에 쇼타가 입을 열었다.

"아키토, 우리에게 뭔가 할 말이 있지 않아?"

쇼타는 화를 내는 것도, 나를 책망하는 것도 아니었다. 오히려 실망한 듯한 말투였다.

"어, 그러네. 갑자기 쓰러져서 너희를 힘들게 하고 불꽃놀이도 못 하게 돼서 미안해."

"그런 말 하는 게 아니잖아!"

물론 알고 있다. 쇼타는 이미 가족에게 내 병에 관해서 듣고 모든 것을 알고 있을 것이다. 그래도 나는 병에 관해서는 말하지 않았다.

"조금 어지러웠을 뿐이야. 걱정 끼쳐서 미안해."

"다 알고 있어, 우리. 얼버무리지 마. 왜 얘기해주지 않은 거냐고. 우린 친구잖아."

"됐어, 그런 건."

쇼타의 말을 막기라도 하듯 나는 냉정하게 쏘아붙였다.

"말하고 싶지 않은 일 한두 가지쯤은 누구나 있잖아. 그래서 말하지 않은 것뿐이야. 그게 그렇게 잘못한 건가."

"그렇다고 해도 그런 중요한 얘길, 거짓말하면서까지 숨기지 않아도 되잖아? 에리도 네가 좀 이상하다면서 계속 걱정했다고!"

에리는 고개를 숙인 채 아무 말도 하지 않았고 비통한 표정으로 꿈쩍도 하지 않았다.

"동정받는 게 싫었어. 내가 병인 줄 알면 모두 조금이라도 의식할 거 아냐. 신경 써줄 테고. 그게 싫었어."

"그럼……"

쇼타는 그렇지 않다고는 말하지 않았다.

"내가 병에 걸린 걸 말한다고 해서 낫는 것도 아닌걸. 누군가에게 털어놓으면 편해지는 그런 고민도 아니고. 의논한다고 해도 결국 나 혼자 병과 싸워야 하는 거니까 굳이 얘기할 필요가 없다고 생각했을 뿐이야."

"그치만……"

"수술한 데가 아파서 그런데, 미안하지만 오늘은 그만 돌아가 줘. 좀 눕고 싶어."

나는 또 거짓말을 했다. 지금은 진통제 덕분에 그 정도로 아프지 않은데.

"……알았어. 또 올게."

쇼타는 슬픔이 배어난 얼굴로 그렇게 말하고 병실을 나갔다.

에리는 아직 그 자리에 남아 있었지만 나는 개의치 않고 침대로 올라가 반대쪽을 보고 누웠다. 휴대전화가 울리는데도 들여다볼 마음조차 생기지 않았다.

"사실은 나, 알고 있었어. 아키토가 병에 걸린 거."

뜻밖에 에리가 그렇게 말했다. 나는 놀란 나머지 말이 나오지 않았다.

"5월쯤이었나. 네 모습이 아무래도 이상해서 네가 집에 없을 때 찾아가 아주머니에게 여쭤봤어. 그랬더니 아주머니가 주저앉아 우시면서 전부 얘기해주셨어. 절대로 네게는 말하지 말라고 하시면서. 네가 직접 말할 때까지 모른 척해달라고."

에리는 잠깐 뜸을 들이더니 떨리는 목소리로 이야기를 계속했다.

"아키토가 하는 말도 이해하지만, 나도 네가 이야기해주길 바랐어. 네 입으로 직접 말이야. 우릴 의지해주길 바랐고, 약한 속마음도 털어놔주길 원했어. 의논해주길 기다렸어. 아키토는 혼자서 전부 끌어안으려고 하잖아. 우린 친구니까 솔직히 말해주길 바랐던 거야."

콧물을 훌쩍이는 소리가 들렸다. 에리가 울고 있는데, 나는 등을 돌린 채 아무 말도 하지 않고 가만히 있었다. 마음이 아파서 가슴이 찢어지는 것만 같았다.

"또 올게. 몸조리 잘해."

그 말을 남기고 에리는 병실을 나갔다.

한참 동안 혼이 빠져나간 사람처럼 나는 새하얀 천장을 바라보았다.

두 친구의 침통한 표정이 떠올라 가슴이 욱신욱신 아팠다. 그 통증을 쫓아내려고 머리를 양옆으로 흔들고 두 눈을 질끈 감았다.

내 이기적인 생각이 두 사람을 슬프게 하고 상처를 주었다. 이제 뭐가 어떻게 되든 아무래도 좋다. 지금 당장 심장이 멈춘다 해도 아무 상관없다.

갑자기 휴대폰이 울려서 나는 의식을 되찾은 듯이 일어나 앉아 액정 깨진 휴대폰을 집어 들었다.

불꽃 축제날에 비가 온다네. 인생에서 마지막일지도 모르는데 충격이야.

메시지에 답장하지 않고 이불을 머리부터 푹 뒤집어썼다.

다음 날부터 1층에 있는 재활 치료실에서 가벼운 걷기 훈련을 비롯해 재활 운동을 시작했다. 그 시간 외에는 행여 하루나와 마주치지 않도록 병실에 틀어박혀서 조심하며 지냈다.

에리와 쇼타에게 그런 말을 듣고도 나는 하루나에게만큼은 이야기하지 않을 생각이었다. 아니, 말하지 않는 게 좋다고 생각했다. 동정받는 게 싫어서가 아니라, 단지 하루나를 슬프게 하고 싶지 않았다.

너무 심심해서 어머니에게 사다 달라고 한 스케치북을 펼쳐 놓고 묵묵히 그림을 그렸다. 하루나도 지금쯤 위층에서 그림을 그리고 있을까.

오늘 아침에도 하루나가 메시지를 보내왔지만 나는 아직 답장을 보내지 않고 있다.

요즘 통 안 오네. 공부도 해야 하고 이래저래 바쁘겠지? 나는 지금 한가해서 데루데루보즈를 만들고 있어. 내일모레 날씨가 맑기를 기원하면서.

조금 고심하다가 방학 특강으로 바빠서 병문안 못 가서 미안하다고 답장을 보냈다.

다음 날 아침, 눈을 뜨자마자 바로 휴대폰으로 일기예보를 확인했다. 나도 모르게 그만 웃음이 새어나왔다. 내일 날씨는 비다. 하루나에게는 미안하지만, 축제가 중단된다면 나한테는 고마운 일이다. 최근에는 일기예보를 확인하는 것이 일과가 되었다.

한 시간쯤 간단한 재활 운동을 마치고 1층에 있는 재활 치료실에서 엘리베이터 쪽으로 가려고 하다가 발을 멈췄다. 하루나는 때때로 1층으로 내려온다. 그래서 혹시라도 마주치지 않으려고 항상 엘리베이터를 탈 때는 신중하게 주변을 살폈고, 하루나가 없다는 것을 확인한 뒤에 타곤 했다. 지금도 주위는 물론이고 내려오는 엘리베이터 안에도 하루나의 모습이 없기에 안심하고 엘리베이터를 탔다. 하지만 3층에서 내렸을 때, 엘리베이터를 타려고 기다리고 있던 간호사 복장의 하루나 어머니가 눈앞에 서 있었다.

"아키토?"

나는 살짝 고개 숙여 인사를 하고 피해가려고 했으나 하루나 어머니에게 붙들리고 말았다.

결국 대충 둘러댄다고 해도 알아보면 다 드러날 것이 뻔해서 솔직하게 이야기했다. 그러고 나서 절대로 하루나에게는 얘기하지 말아 달라고 간곡히 부탁했다.

하루나의 어머니는 "알겠어" 하고 꺼져들어가는 목소리로 대답했다. 어머니는 당장이라도 울 것 같은 표정으로 내 이야기를 끝까지 들어주었다. 하지만 울고 싶은 사람은 나다. 내 병을 내 입으로 설명하기는 이번이 처음이었고, 그게 이렇게나 괴로운 일이라는 걸 실감하면서 꾹 참고 전부 털어놓았다.

그 후 나는 병실로 돌아가 오로지 그림만 그렸다. 울려대는 휴대전화 소리에도 아랑곳하지 않고 그림을 그리는 데만 몰두했다. 그림을 그리면서 나는 현실에서 도피할 수 있었다. 빗줄기가 유리창을 두드리는 소리와 연필을 내달리는 소리를 듣는 것만으로 마음이 차츰 진정되었다.

다시 한번 휴대폰이 울려서 할 수 없이 이번에는 손을 멈췄다. 하루나가 사진과 함께 보낸 메시지였다.

데루데루보즈 많이 만들었어. 아키토도 잊지 말고 만들어야 해!

금이 간 액정 화면을 스크롤해서 내리자 창가에 매달린 하얀 데루데루보즈가 나타났다. 열 개가 넘는 종이 인형은 모두 웃는 얼굴로 날씨가 화창하기를 기원하고 있었다. 웃는 표정은 하나하나 다 달라서 두 눈을 감고 혀를 내밀며 웃고 있는 인형, 다정한 눈으로 방글방글 웃고 있는 인형, 반짝 빛나는 마크를 그리고 이를 내보이며 웃고 있는 인형도 있었다.

이만큼이나 만들었으니까 내일 날씨는 분명히 맑을 거야.

그렇게 답장을 보내고 나는 그날 데루데루보즈를 만들지 않고 잠자리에 들었다.

아침에 눈을 뜨자마자 바로 커튼을 열어젖혔다. 아쉽게도 하루나의 소원은 닿지 않고 비가 끊임없이 내리고 있다. 나는 안도하며 가슴을 쓸어내리고 침대에 쓰러지듯 누웠다. 수술한 부위가 조금 아팠다.

하루나는 지금쯤 어떡하고 있을까? 창가에 서서 슬픈 표정으로 하늘을 올려다보고 있을까.

하지만 이걸로 잘 된 거다. 날씨가 맑다고 해도 결국 하루나는 슬픔을 맛볼 테니까. 하루나와의 약속을 깨지 않고 넘어갈 수 있어서 다행이라 안도의 한숨을 쉬었다.

하지만 저녁이 되자 비가 그쳤다. 정오를 지날 무렵 비가 차츰 약해지기에 안 좋은 예감이 들긴 했다. 지금은 구름 사이로 살짝 맑게 갠 하늘이 보였다.

불꽃놀이 축제의 공식 홈페이지를 보니 아무래도 예정대로 개최될 것 같다. 한숨이 새어나왔다. 어떻게 해야 하나 생각에 빠져 있는데 하루나에게서 메시지가 들어왔다.

역시 내가 만든 데루데루보즈, 굉장하지? 7시부터니까 기다리고 있을게!

나는 답장을 보내지 않고 도망치듯이 침대 속으로 기어들어
갔다.

'펑' 하고 큰 소리가 울렸다. 잠시 간격을 두고 다시 엄청난 폭
음이 내 고요한 병실에 울려퍼졌다. 마치 나를 질책하듯이 그 소
리는 내 심장까지 파고들었다.

그로부터 몇 번인가 하루나에게서 메시지가 왔지만 나는 답
장을 하지 않았다. 결국 뭐라고 변명을 해야 좋을지 도저히 생각
이 나질 않아서였다.

창가에 서서 커튼을 열어젖혔다.

새까만 밤하늘에 알록달록한 불꽃이 피었다. 빛의 조각들이
사방으로 흩어져 사라지더니 다시 한번 밤하늘에 활짝 핀 불꽃
이 치솟아 올랐다. 마치 칠흑 같은 밤하늘에 거베라꽃이 핀 것처
럼 아름다웠다.

나는 무의식적으로 휴대폰을 손에 집어 들고 어느새 하루나
에게 전화를 걸고 있었다.

신호가 세 번 울렸을 때 하루나가 받았다.

"……여보세요."

오랜만에 듣는 하루나의 목소리는 울먹이느라 가냘펐다.

"난데, 미안. 도저히 갈 수가 없게 되었는데, 사과하고 싶어서."

전화기 저편에서도 불꽃이 터지는 소리가 들렸다.

"……바보!"

"약속 못 지켜서 정말 미안해. 지금 불꽃 보여?"

"보고 있어."

"나도 보고 있어. 정말…… 미안해."

내가 전화를 걸었지만 무슨 말을 해야 할지 몰라, 일단 몇 번이고 사과했다.

"괜찮아. 하지만 그 대신에 불꽃놀이가 끝날 때까지 이대로 전화 끊지 마."

"응. 그럴게."

불꽃이 잇달아 쏘아올려졌다. "와, 굉장해" 하고 하루나의 목소리가 귓전에서 들렸다.

한동안 서로 아무 말 없이 불꽃에 시선을 빼앗기고 있었다.

"나, 이 불꽃이 끝나면 이제 죽어도 좋을 것 같아."

갑자기 하루나가 그렇게 말했다. 농담이 아니라 진심으로 그렇게 생각하고 있는 듯한 말투였다.

"그런 말 하지 말고 더 살자. 내년에는 꼭 함께 보고 싶으니까."

하루나는 다시 울음 섞인 목소리로 "응, 그래야지" 하고 코를 훌쩍이며 말했다.

귓가에서 한숨 소리가 들렸다. 하루나가 바로 옆에 있는 것 같은 착각에 빠졌다.

나는 이 불꽃이 영원히 솟아오르면 좋겠다고 생각했다.

"불꽃 예쁘다" 하고 하루나가 말한다.

"응, 예쁘다" 하고 나도 말한다.

잠깐 불꽃이 멈췄다. 캄캄한 밤하늘에는 불꽃의 잔상만이 남아 있다. 갑자기 고요해진 탓일까, 침묵의 소리가 났다.

"있잖아, 나 말야……."

하루나가 뭔가 말하려고 했지만 그 순간에 다시 불꽃이 하늘로 치솟아 올랐다. 몇 발이나 연달아 솟구치면서 펑펑 터졌다. 아마도 피날레가 다가오는 모양이다. 그 소리에 하루나의 목소리가 묻혀 무슨 말인지 들리지 않았다.

불꽃이 끝난 뒤에 다시 묻자 하루나는 "아무것도 아니야" 하고는 전화를 끊었다.

그 순간 병실이 적막에 휩싸였다.

여름방학의 마지막 날, 에리와 쇼타가 병문안을 왔다.

그날 일은 없었던 것처럼 우리는 지금까지 지내던 그 모습으로 돌아와 있었다. 그래도 나는 그들이 돌아갈 때, 그동안 병을 숨겼던 일을 사과했다. 그날 그 일이 생긴 후 나는 후회했다. 역시 두 사람에게는 솔직히 말했어야 했다. 이런 식으로 알게 하기보다 내 입으로 똑똑히 전했어야 했다.

내가 사과하자 에리와 쇼타는 울었고, 그러고 나서 웃어주었다.

"빨리 퇴원해서 학교 와라" 하고 웃으며 말해주었다. 울면서가 아니라 웃는 얼굴로 말해준 것이 무엇보다도 기뻤다.

나는 조금 더 에리와 쇼타의 마음을 헤아려줬어야 했다. 내가 쇼타의 입장이었다면 분명 나도 화가 났을 것이다. 두 사람에게는 정말로 고마운 마음이다.

그들이 돌아간 뒤, 에리가 사온 색색깔의 거베라 열 송이를 바라보면서 나는 눈물을 참았다.

그로부터 사흘 후에 퇴원했다.

입원 중에 딱 한 번 하루나를 본 적이 있다. 그날은 선선했기에 저녁 시간이 지난 후 나는 기분 전환을 하러 옥상으로 발걸음을 옮겼다. 그곳에서 벤치에 앉아 있는 하루나의 모습이 눈에 들어왔다. 하루나는 가만히 저녁노을을 바라보고 있었다.

하루나의 쓸쓸한 뒷모습을 보고 나는 그때 하루나가 어떤 표정을 짓고 있을지 상상이 가지 않았다. 해가 저물어 하늘빛이 변할 때까지 하루나는 한참을 그 자리에 앉아 있었다.

나는 퇴원한 후 사흘 동안 집에서 요양을 하고 나서 다시 학교에 다니게 되었다.

학교에 가자 내 자리는 복도 쪽 줄의 뒤에서 두 번째로 바뀌어 있었다. 여름방학이 끝나고 바로 자리를 바꿨다고 한다. 이제는 창밖을 보면서 현실도피를 할 수 없게 된 것에 낙담해 있는데 옆에서 "여어, 하야사카. 내 옆자리네. 입원했던 모양인데 몸은 이제 괜찮아?" 하고 다카다가 안경을 꾸욱 밀어 올리며 말했다.

"응, 이제 괜찮아."

귀찮은 녀석의 옆자리가 되어 버렸군. 나는 한층 더 낙담했다.

그날 방과 후에 나는 병원으로 향했다.

드디어 하루나를 만날 수 있다. 수업 중에도 줄곧 하루나를 생각했다. 하루나와 마지막으로 만난 지 거의 한 달이 지났다. 나와 하루나에게 한 달이란 얼마나 길고 소중한 시간인가. 나 때문에 그 귀중한 한 달을 헛되이 흘려보낸 것이다. 내가 쓰러지지만 않았다면 몇 번이나 하루나를 만나 어떤 말들을 주고받고 얼마나 즐거운 시간을 보냈을까.

나는 그 소중한 시간을 되찾기 위해 이제부터는 매일 하루나를 만나러 갈 생각이다.

그 전에 버스에서 내려 꽃집에 들렀다.

"어머, 거베라 군. 오랜만이네. 그동안 안 오길래 친구가 퇴원했나 보다 생각했지."

"그랬으면 좋았을 텐데요. 오늘도 거베라 여섯 송이 주세요."

"여섯 송이 말이지."

오랜만에 찾아간 꽃집은 여느 때와 분위기가 달라 보였다. 아마도 계절에 따라 꽃을 바꿔 들여오기 때문일 것이다. 거베라는 예전과 같은 위치에 놓여 있었다. 어쩌면 나를 위해서 아주머니가 거베라를 계속 사다 두는 건지도 모른다.

　"자, 여기."

　"고맙습니다."

　거베라를 받아 들고 가게 출구로 향하자 "아참!" 하고 아주머니가 나를 불렀다.

　"그러고 보니 전에 말했던 효도는 잘 했어?"

　"아아, 네. 뭐, 그런대로요."

　"그랬구나. 잘했네."

　"아, 네."

　한숨을 내쉬며 가게를 나왔다. 지난번에 괜히 쓸데없는 말을 했다고 후회했다.

　익숙한 병원으로 들어서 엘리베이터를 탔다.

　오랜만에 환자복이 아닌 교복을 입고 병원 안을 걸어 다니자니 조금 어색한 느낌이 들었다. 하루나의 병실로 갔지만 하루나는 거기에 없었다. 병실을 나와 간호사실 데스크 앞을 지나 휴게실로 향했다. 눈부신 휴게실 창가 자리에 하루나가 있었다.

　처음 하루나에게 말을 걸었던 그날처럼 하루나는 그림을 그리고 있었다. 여러 자루의 색연필을 바꿔 사용하면서 손을 바삐 움직이고 있다.

나는 하루나의 뒤로 돌아가 스케치북을 들여다보았다.

하루나는 유원지를 그리고 있는 것 같았다. 관람차와 제트 코스터, 회전목마 등 놀이기구가 마치 사진처럼 아름답게 그려져 있었다. 예전보다 그림 실력이 더 좋아져서 놀랐다.

등 뒤로 기척을 느꼈는지 하루나가 뒤를 돌아보았다. 하루나는 유령이라도 본 것 같은 눈으로 나를 보고 있다.

"오랜만이야. 잘 지냈어?"

나는 하루나의 옆에 있는 의자에 앉았다.

"잘 못 지냈어. 이제 안 오는 줄 알았으니까."

"미안. 이런저런 사정이 있어서 못 왔어. 오늘부터는 매일 올 거야."

"정말?"

하루나는 아이처럼 해맑은 표정과 목소리로 말했다.

"매일 올 수 있을지 모르지만, 매일 올게."

"그게 뭐야?"

그제야 겨우 하루나는 웃어주었다.

"그동안 뭐하고 지냈어?"

하루나에게는 당연한 의문일 것이다. 그렇게 매일 같이 병문안을 오던 남자가 갑자기 모습을 감춰버린 것은 누구라도 의아할 게 분명하다.

"어, 수행하러 좀 다녀왔어."

그럴듯한 변명이 떠오르지 않아 순간적으로 그렇게 대답했다.

"수행? 무슨 수행?"

"으음, 정신 수행 같은 거."

"뭐야 그게. 한동안 못 본 사이에 이상해진 거 아냐?"

그렇게 말하고 하루나는 난처한 듯이 웃었다.

우리는 그 후, 잃은 시간을 되돌리려는 듯이 끝없이 이야기를 나눴다. 그리고 나는 이 시간이 평생 계속되면 좋겠다고 몇 번이나 생각했다.

그로부터 나는 매일 같이 병원을 찾아갔다. 면회 시간이 끝나갈 때까지 이야기를 나누고 집에 돌아가는 건 밤 9시가 넘어서였다. 괴로운 시간은 길게 느껴지는데 즐거운 시간은 눈 깜짝할 사이에 지나가버린다. 즐거운 시간은 그다지 오래 계속되지 않는다.

하루나는 날이 갈수록 쇠약해졌다.

내가 병문안을 가도 기운이 없었고 하루 종일 잠만 자는 날도 많았다.

내 시한부 사랑은, 그 기한이 점점 다가오고 있다.

매일 몇 번씩이나 주고받던 메시지도 점점 줄어들어 하루에 한 통도 오지 않는 날도 있었다.

그런 날들이 계속되던 9월 중순쯤, 나는 하루나를 보러 갔다.

병실로 들어갔지만 그곳에는 하루나의 모습이 보이지 않았다. 이불이 가지런히 정돈되어 있었고 늘 침대 탁자 위에 놓여 있던 스케치북과 색연필도 없이 병실이 텅 비어 있다.

설마…… 불길한 예감이 머리를 스쳤다.

그때였다. 파앙! 하고 등 뒤에서 뭔가 터지는 소리가 났다.

뒤를 돌아보자 하루나가 손에 폭죽을 들고 있었다.

"아키토, 생일 축하해!"

하루나는 따뜻한 미소를 보이며 내 생일을 축하해주었다.

그러고 보니 한참 전에 생일을 물어봐서 알려준 적이 있는데, 기억하고 있었나 보다.

내가 고맙다는 말을 미처 끝마치기도 전에 하루나가 갑자기 휘청거리며 쓰러질 뻔했다. 나는 하루나를 부축해 침대로 데려갔다.

"미안해. 잠깐 어지러워서 그래."

하루나는 괴로운 듯 웃으며 침대에 누웠다.

"몸도 안 좋으면서, 이런 거 안 해줘도 되는데."

"그래도 일생에 한 번밖에 없는 아키토의 열일곱 살 생일을 축하해주고 싶었어."

하루나의 배려심 깊은 이 말이 무척 기뻤지만, 하루나가 걱정되었다.

"생일인데 선물도 준비 못 해서 미안해. 매점에서 파는 과자라도 살까 했는데 아키토는 그런 건 필요 없지?"

"고마워 하루나. 네 마음만으로도 기뻐."

아마도 이건 내 인생에서 마지막 생일일 텐데, 이날을 하루나가 무리해서 축하해준 것이다. 그렇게 생각하자 가슴이 뜨거워졌다. 선물 같은 건 필요 없다. 힘들면서도 최선을 다해 축하해준 하루나의 따뜻한 마음이 최고의 선물이다.

"사실은 장식이라든가 여러 가지 해주고 싶었는데 폭죽밖에 준비하지 못해서 미안해. 뜻깊은 날인데……."

"폭죽이랑 축하한다는 말만으로도 너무 기뻐. 정말로 고마워."

하루나는 다정하게 활짝 웃어 보이다가, 한순간 괴로운 듯한 표정을 짓더니 눈을 감았다.

나는 한참 동안 하루나의 잠든 얼굴을 바라보다가 평온하게 자고 있는 하루나의 머리를 계속 쓰다듬었다.

나는 다음 날도, 그다음 날도 학교가 끝나는 대로 하루나를 만나러 갔지만 하루나는 몸이 안 좋은지 말수가 적어졌다.

기운 없는 하루나를 격려하고 면회 종료 시간이 되어서야 병실을 나섰다.

집으로 가는 버스 안에서 느닷없이 휴대전화가 울려 주머니에서 꺼냈다.

수리를 맡겨 원래대로 깨끗해진 액정 화면에 아버지가 보낸 문자가 표시되어 있었다.

중요한 이야기가 있으니 일찍 들어오거라.

중요한 이야기라니 뭘까. 좋은 이야기일까, 나쁜 이야기일까. 아무리 생각해도 짐작이 가지 않았다.

"오빠, 어서 와."

집으로 돌아가자 막 목욕을 마치고 나온 나쓰미가 맥없이 말했다. 나쓰미도 이제 내 병을 알고 있다. 건강하다고 생각했던 오빠가 갑자기 쓰러져 수술을 받고 약 한 달이나 입원을 했으니, 더 이상 숨기기는 어렵다고 판단해서 내가 없을 때 부모님이 다 말해주었다고 한다. 내게 병이 있고 앞으로 살날이 얼마 남지 않았다는 사실을 안 나쓰미는 전보다 표정이 어두워졌다.

"다녀왔어. 아버지는 거실에 계셔?"

"응. 거실에."

그렇게 말하고 나쓰미는 뽀르르 계단을 올라가 방으로 들어갔다. 요즘은 늘 이런 식이다. 나쓰미는 확실히 자기 방 안에서 혼자 지내는 시간이 늘었다.

한숨을 내쉬면서 거실로 들어가자 아버지와 어머니가 소파에 앉아 있다.

"어서 와라, 아키토."

어머니가 말했다.

"아키토, 거기 앉아라."

아버지가 맞은편 소파를 손가락으로 가리켰다. 나는 그 말대로 소파에 앉았다.

"중요한 이야기라니, 뭔데요?"

아버지가 호흡을 가다듬고 입을 뗐다.

"네 주치의이신 기쿠치 선생님의 지인 중에 무척 실력 좋은 의사 선생님이 계시는데, 그분이 몇 년이나 미국에서 연구를 하고 이제 돌아오신 모양이다. 심장 수술의 권위자로 이식 수술도 잘하신다고 하더라."

아버지는 내 눈을 지그시 바라보며 천천히 말했다.

"응, 그래서? 심장 이식을 하라고? 그건 싫어. 모르는 사람의 심장을 받아서까지 살고 싶지도 않고, 최소한 몇 억에서 몇십 억은 들 거 아냐? 게다가 이식해도 그 후에 고통스럽다고 어디선가 봤어. 자세히는 모르지만."

"아니, 그렇지 않아. 그 선생님이라면 이식이 아니라도 수술이 가능할지 몰라도. 종양을 전부 제거하기는 어려울지 몰라도 어느 정도 제거하면 조금 더 오래 살 수 있을 거야. 과거에 몇 번이나 심장종양 수술을 했다고 해. 어쨌든 굉장히 뛰어난 분이셔. 조금 멀지만 그 병원이라면 설비도 잘 갖춰져 있고 최첨단으로 고도의 수술과 치료를 받을 수 있어."

나는 잠시 아무 말 없이 생각에 잠겼다. 아주 조금 더 살 수 있다는 데에는 솔직히 말해서 아무런 매력도 느끼지 못했다. 설령 몇 년 더 산다고 한들 무슨 의미가 있을까. 그때쯤이면 분명 하루나는 이 세상에 없다. 그런 세상을 사는 게 즐거울까.

"가쿠치 선생님이 소개서를 써주시기로 했다. 다만…… 수술이 잘 될지는 50퍼센트의 확률이라는구나. 그래도 아빠랑 엄마는 아키토가 수술을 받았으면 해. 돈 걱정은 하지 않아도 되니까, 받아보지 않겠니?"

아버지는 평소보다 진지한 표정으로 그렇게 말했다. 어중간한 대답은 허락하지 않겠다는 듯이 날카로운 눈빛으로 나를 바라보았고, 나는 기세에 눌려 나도 모르게 시선을 돌렸다.

"애써 알아봐 주셨지만, 그만둘게요. 어차피 죽는 건 마찬가지니까 나을 수 없다면 수술은 받지 않을래."

지금 수술을 받으면 또 한동안 하루나를 만날 수 없게 된다.

게다가 수술비도 무시할 수 없다. 나는 더 이상 불효를 하고 싶지 않다.

"조금 더 생각해보는 게 어떠냐? 수술이 잘 되면 성인식도 할 수 있을지 모르잖니. 이대로라면……."

"됐어, 그만. 나는 이대로 괜찮아. 먼저 잘게요."

거실을 나와 계단을 뛰어 올라갔다. 나를 부르는 어머니의 목소리가 들렸지만 뒤돌아보지 않고 도망치듯 내 방으로 들어갔다.

이제 아무래도 상관없다. 나는 하루나 곁에 있고 싶다. 남은 시간은 하루나와 함께 보내고 싶다. 나는 그 시간을 소중히 하고 싶다. 그러니 이제 됐다. 하루나의 죽음을 끝까지 지켜보고 나서 나도 하루나가 있는 곳으로 떠나고 싶다. 하루나가 없는 세상 따위, 살고 싶지 않다.

침대에 대자로 드러누워서 눈에 익은 천장을 바라본다. 그리고 눈을 감고 가슴에 손을 얹었다.

두근두근 하고 심장이 작게 고동치고 있다. 조금만 더 버텨주면 돼. 하루나가 죽을 때까지는 멈추지 말아 줘. 그다음에는 편히 쉬어도 좋으니까.

마음속으로 내 심장에게 그렇게 속삭이자 눈가에서 눈물이 한 방울 흘러내렸다.

그 후에도 나는 매일 하루나가 입원해 있는 병원으로 갔다. 요즘 하루나는 별로 그림을 그리지 않는다. 그릴 기력이 없는 걸까. 멍하니 창밖을 바라보는 시간이 점점 늘어갔다.

나는 그 모습을 보고 하루나가 정말로 어딘가 멀리 가버릴 것만 같아 두려웠다.

9월도 끝나갈 무렵의 일요일 저녁, 열어 놓은 병실 창으로 선선한 바람이 불어와 새하얀 커튼이 나부꼈다. 꽃병에 꽂혀 있는 거베라의 꽃잎도 고요히 흔들리고 있다.

나는 소리 없이 잠들어 있는 하루나 옆에 앉아 하루나의 온화한 얼굴을 바라본다.

'반년밖에 못 산대, 나.'

문득 하루나의 말이 생각났다. 처음 하루나에게 말을 걸었던 그날, 하루나는 분명히 그렇게 말했다. 그로부터 이제 곧 반년이 된다.

기한이 머지않아 끝나고 만다. 나는 하루나를 위해서 남은 시간동안 무엇을 해줄 수 있을까.

"아야카, 미안해."

갑자기 하루나가 잠꼬대를 흘렸다. 완전히 알아듣지는 못했지만 분명히 그렇게 들렸다.

그렇다. 내게는 아직 하루나에게 해줄 수 있는 일이 있다. 내가 입원하는 바람에 놓쳐버렸던 미우라 아야카를 하루나와 만나게 하려는 미션. 이 일이 아직 남아 있다.

그날 이후 미우라와는 이야기한 적도 얼굴을 마주친 적도 없었다. 한심하게도 나는 내 자신의 일로 버거워서 완전히 잊고 있었다.

이대로 죽는다면 하루나는 후회할 게 분명하다. 가장 친한 친구와 화해하지 못한 채 세상을 떠나다니, 죽어도 편히 눈을 감지 못할 것이다.

강제로라도 미우라를 데리고 오자. 나는 굳게 결심했다.

다음 날 나는 학교 수업이 모두 끝난 뒤 교문 앞에서 미우라를 기다렸다. 친구와 노래방에 갈 예정이든 아르바이트가 있든 관계없다. 나는 미우라를 납치라도 할 각오로 팔짱을 낀 채 기다렸다.

"어? 하야사카. 집에 안 가? 교문 앞에 서서 뭐 하는 거야?"

마침 지나가던 다카다가 읽고 있던 책을 덮고 안경을 쓱 밀어 올리며 물었다. 걸어가면서 스마트폰을 보는 거라면 몰라도 걸으면서 책 읽는 건 하지 말라고 말해주고 싶었지만 귀찮아서 그냥 살짝 웃기만 했다.

다카다가 가고 나서 미우라가 나왔다. 늘 붙어다니는 친구들에게 둘러싸여 해맑게 웃고 있는 모습을 보자 화가 치밀어 올랐다.

친구인 하루나는 괴로워하고 있는데, 하고 생각해봐도 아무 의미가 없었다. 미우라는 아무것도 모르니까.

미우라는 함께 있는 여학생들에게 즐거운 듯이 네일을 보여 주고 있었다. 미우라의 긴 손톱은 분홍색으로 칠해져 있고 반짝이는 별까지 붙어 있다.

하루나도 건강했다면 저 무리 가운데 들어가 머리를 갈색으로 물들이거나 짧은 스커트를 입고 네일도 하면서 한껏 멋을 내고 즐거워했을 텐데. 그런 생각을 하자 왠지 괜히 분해서 더욱 화가 치밀었다. 풀 길 없는 화를 삼키며 미우라에게 말을 걸었다.

"저기, 나 좀 잠깐 봐."

미우라와 다른 여학생들이 발걸음을 멈추고 나를 보았다. 혀차는 소리가 들리는 듯했지만 못 들은 척했다.

"아, 너! 무슨 용건 있니?"

"병원에 가자."

내가 다짜고짜 그렇게 말하자 미우라의 뒤에 있던 여자애가 "앤 뭐니?" 하고 웃었다.

"또 그 얘기야? 그보다 하루나는 아직도 입원해 있는 거니?"

"맞아. 계속."

"흐음, 이번에는 오래 있네. 빨리 나으면 좋겠다고 전해 줘. 자, 그럼!"

가볍게 손을 들어 보이며 미우라는 걸어가기 시작했다.

"직접 말해."

마음속에서 생각하던 말이 목소리가 되어 튀어나왔다.

"뭐?"

조금 놀랐는지 미우라가 뒤를 돌아본다.

"직접 말하라고 했어. 하루나를 만나서 네 입으로 말하지 않으면 아무것도 전할 수 없잖아."

"뭐니 얘. 무슨 일이야?"

미우라 옆에 있던 키 크고 짙게 화장한 여자애가 나를 노려보았다. 향수 냄새가 지독하다.

"너, 왜 그렇게 화를 내는 건데? 혹시 하루나 좋아해?"

미우라는 살짝 겁먹은 표정으로 말했다. 기가 센 성격이라고 생각했지만 내가 화난 모습에 놀라 기가 눌린 모양이었다.

"그런 건 아무래도 상관없잖아. 어쨌든 하루나를 만나쳤으면 좋겠어."

옆에 있던 짙은 화장의 여학생이 금방이라도 달려들 것 같아서 최대한 부드러운 말투로 말했다.

"알았어. 갈 건데, 다음 주도 괜찮아? 지금은 노래방 가야 하고, 이번 주는 아르바이트가 바빠서 갈 수 없거든."

"안 돼. 지금 가자고!"

나는 미우라의 손을 잡고 뛰기 시작했다.

"잠깐만, 기다려! 왜 이래!"

미우라가 소리를 질렀지만 나는 멈추지 않았다. 그대로 버스 정류장까지 미우라를 납치했다.

"왜 이러는 거야, 진짜!"

버스 정류장에 도착하니 이제는 체념했는지 잡고 있던 손을 놓아도 미우라는 달아나려고 하지 않았다.

나는 내가 환자라는 사실도 잊고서 정신없이 달리고 말았다. 어깨로 숨을 쉬면서 호흡을 가다듬었다. 여기서 발작을 일으킬 수는 없다. 나는 쓰러지듯 버스 정류장 벤치에 앉았다.

"저기, 왜 그렇게 서두르는 거야? 다음 주에 가면 안 되는 거야?"

이미 호흡을 다 가다듬은 미우라가 언짢다는 듯이 팔짱을 끼고 물었다.

"안 돼, 다음 주는."

"왜 안 되는데?"

"……하루나, 이제 길지 않아."

"뭐?"

말해도 괜찮은 건지 망설였지만 미우라를 하루나와 만나게 하려면 도저히 말하지 않을 수가 없었다. 나는 미우라에게 모든 것을 이야기했다.

"왜…… 왜 더 빨리 말해주지 않은 거야?"

내 이야기를 다 듣고 나서 미우라가 기어들어가는 목소리로
말했다.

"하루나가 미우라에게는 말하지 말라고 했거든. 그래서 말할
수 없었어."

"하지만 그런 중요한 사실을…… 말해줬더라면 바로 만나러
갔을 텐데."

미우라의 가냘픈 목소리는 버스가 도착하는 소리에 뒤덮여
사라졌다.

병원에 도착할 때까지 미우라는 아무 말이 없었다. 미우라가
손에 들고 있던 휴대전화에서 몇 번이나 진동이 울렸지만 미우
라는 받으려고도 하지 않았다.

병원에 도착하자 미우라의 발걸음이 무거워졌다.

"저, 잠깐만."

미우라의 말에 내가 뒤돌아보자 미우라는 발걸음을 멈추고
고개를 떨구고 있었다. 오랫동안 관심 밖으로 밀어내고 있던 친
구를 만나는 거다. 그래서 어쩌면 긴장하고 있는지도 모른다.

나와 미우라는 우선 1층 대기실 의자에 앉았다. 내가 입원해
있던 3층이나 하루나가 있는 4층과는 달리 드나드는 사람이 많
아 번잡스럽다.

"나, 이제 와서 어떤 얼굴로 그 앨 만나야 할지 모르겠어."

미우라가 한숨을 내쉬더니 그렇게 말했다. 미우라는 후회하고 있는 모습이었고, 그건 나도 마찬가지였다. 하루나가 더 건강했을 때 이렇게 억지로라도 데리고 왔어야 했다.

"화낼까? 하루나."

"화 안 낼 거야. 화내는 걸 본 적이 없어."

"그 애 착하지."

잠시 침묵이 흐르다가 미우라는 조용히 입을 열었다.

"나는 하루나 병이 어른 되면 낫는 건 줄 알았어. 그냥 내 맘대로 그렇게 생각했던 거야. 중학교 졸업식이 끝나고 만나러 갔을 때 그 애, 뭔가 평소와 달랐어. 이제 오지 말라고 하더라고. 그때 왜 좀 더 진지하게 이야기를 들어주지 못했을까. 고민이 깊었을 텐데."

하루나는 졸업식이 있기 얼마 전, 어머니에게서 앞으로 오래 살지 못한다는 말을 들었다고 했다. 그리고 자포자기하는 심정이 되어서는 미우라에게 쌀쌀맞게 대했다고 했다. 하루나도 역시 그날 일을 후회하고 있었던 것이다.

그대로 둘 다 아무 말 없이 의자에 앉은 채 30분이 지났다. 미우라는 좀처럼 결심이 서질 않는지 일어나려고 하지 않았다.

미우라를 늘 따라다니는 여학생인지, 아니면 미우라에게 호감을 갖고 있는 남자인지 모르지만 아까부터 미우라의 휴대폰 진동이 몇 분 간격으로 계속해서 울리고 있다.

나는 이제 미우라의 판단에 맡기기로 했다. 이대로 돌아간다 해도 좋다. 내가 할 수 있는 일을 여기까지다. 나머지는 미우라가 결정할 일이다.

"나, 역시 돌아갈래."

침묵을 깨고 미우라가 일어섰다. 내가 기대하고 있는 말은 하루나의 입에서 나오지 않았다.

"그럼 갈게."

미우라는 출입구 쪽으로 걸어가기 시작했다.

역시, 실패다. 나는 고개를 떨구고 꾀죄죄한 내 운동화를 바라보았다. 이 너덜너덜한 운동화처럼 내 마음도 엉망진창이었다. 뭘 해도 잘 되질 않는다. 하루나는 점점 쇠약해져가고 나 또한 언제 죽을지 모른다. 이제 나도 모르겠다.

돌아가야겠다는 생각으로 얼굴을 들었는데 출입구 앞에서 미우라가 마치 장승처럼 떡 버티고 서서 나를 노려보고 있었다.

"아니, 너 왜 날 안 붙잡아? 여기까지 강제로 끌고 왔으면서, 왜 한번 더 당겨주지 않는 거냐고!"

"뭐? 아니, 그게, 네가 가겠다고 하니까……."

"그렇다고 순순히 여자를 돌아가게 두는 남자가 어디 있니? 너, 여자친구 사귀어본 적 없지? 여자 마음을 그렇게도 모르냐."

그런 거 알고 싶지도 않거니와 여자 마음이니 어쩌니 그런 문제가 아니잖아, 하고 생각했지만 불난 데 기름을 붓는 거나 다름없을 것 같아서 하고 싶은 말을 꿀꺽 삼켰다.

"그럼 가자. 애써 여기까지 왔는걸. 이쪽이니까 따라와."

나는 엘리베이터 쪽으로 걸어갔다. 슬쩍 돌아보니 미우라는 어쩔 수 없다는 듯이 따라왔다. 속을 영 알 수 없는 아이네, 하고 생각했지만 나도 모르게 입꼬리가 올라가며 웃음이 절로 나왔다.

엘리베이터를 타고 4층으로 올라갔다.

하루나의 병실 앞에 오자 미우라가 멈춰섰다.

"역시 돌아갈까 봐."

"붙잡는 게 좋겠어?"

"장난해?"

결국 붙잡으려 해도 화를 내는 건가. 나는 미우라가 마음의 준비를 할 때까지 기다리기로 했다.

"좋았어, 들어가자."

몇 분이 지나자 겨우 결심이 선 듯했다.

"방해될 거 같으면 나는 여기서 기다릴게."

"기다리지 않아도 되니까 같이 들어가."

"……응."

문에 노크했지만 대답이 없다.

천천히 문을 열었다. 하루나는 앉아서 창밖을 바라보고 있었다. 요즘 자주 보는 모습이었다. 내가 문에 노크해도 하루나는 알아차리지 못하고 멍하니 있을 때가 많았다.

"아키토? 와줬구나."

문을 닫는 소리에 하루나가 뒤돌아보았다. 미우라가 순간 내 뒤로 숨었다. 아 진짜, 이제 와서 왜 또 이러냐.

"뒤에 누구 있어?"

"아아, 그러니까, 잠깐만 기다려 봐."

나는 몸을 돌려 미우라 뒤로 가서 미우라의 등을 앞으로 밀었다.

"어……."

하루나는 눈이 휘둥그레져서 미우라를 쳐다봤다. 정작 미우라는 얼굴을 숙이고 하루나를 보려고 들지 않는다. 참, 힘드네.

"아야카?"

하루나가 먼저 미우라의 이름을 불렀다.

"……으응. 오랜만이야."

미우라는 하루나를 흘낏 보기만 하더니 다시 고개를 떨구었다. 나는 어떻게 해야 할지 몰라 일단 두 사람을 지켜보기로 했다.

"와줬구나. 고마워. 만나서 기뻐."

"으응. 내가…… 미안해. 이렇게 늦게 와서."

"아야카가 왜 미안해! 잘못한 건 난데."

하루나의 목소리가 떨려서 나왔다. 가만히 보니 눈이 촉촉이 젖어 있다.

"하루나는 잘못한 거 없어……. 나, 하루나 만나서 사과하고 싶었어. 계속 후회했어. 하야사카가 그렇게 필사적으로 날 네게 데려오려고 했는데도 난 계속 도망쳤어. 하루나가 얼마 안 있으면 죽는다니…… 난 그런 것도 모르고…… 미안…… 미안해."

미우라의 눈에서 굵은 눈물방울이 주르륵 떨어져 내렸다. 하루나의 커다란 눈에서도 눈물이 흘러나왔다. 하루나는 울면서 나를 쳐다봤다. 봤다기보다는 노려보는 것 같았다.

말하지 말라고 당부했었기에 당연한 반응이다. 나는 얼굴 앞에 두 손을 모으고 미안해하는 몸짓으로 사과했다.

"아키토한테 들었구나. 나도 줄곧 아야카가 보고 싶었어. 도망쳤던 건 나도 마찬가지야. 그때 심한 말해서 미안해."

"하루나는 사과하지 않아도 돼. 내가 그때 하루나의 말을 잘 들어줬어야 하는 건데. 이제 안 와도 된다는 말에 정말로 오지 않은 내가 나빴어……."

그 말이 맞다. 나는 두 사람의 이야기를 들으면서 하루나도 잘못했지만 미우라가 조금 더 나빴다고 생각했다.

하지만 하루나는 고개를 가로저으며 그렇지 않다고 부정했다.

"근데 하루나, 거짓말이지? 얼마 못 가 죽는다니, 사실은 그거 거짓말이지?"

"……정말이야. 그치만 아야카를 만났으니까 만족해. 이제 여한이 없어."

하루나가 떨리는 목소리로 말을 마치자, 봇물이 터지듯 미우라는 한층 더 서럽게 울기 시작했다. "미안해, 미안해"라고 수도 없이 사과하면서.

내가 어쩔 줄 몰라 하고 있는데 하루나도 본격적으로 흐느끼기 시작했다.

"내 잘못이야, 울지 마" 하루나는 울면서 말했다.

"아니야, 내가 나빴어. 미안해" 하고 미우라도 울며 말했다.

그런 대화가 한참 계속되었다. 누구 한 사람도 물러나지 않았다. 나는 이럴 때 어떻게 해야 할지 모르겠다.

한없이 우는 두 사람을 번갈아 쳐다보면서 나는 어떻게 대처해야 할지 침착하게 궁리했다. '두 사람을 달랜다' 이 방법이 좋을 것 같다. 하지만 두 사람의 울음을 그치게 할 가장 좋은 말이 떠오르지 않았다. 탈락.

'나도 같이 운다' 상상해보니 이 방법을 썼다가는 그야말로 카오스다. 탈락.

'눈치채지 않게 가만히 병실에서 나간다' 그래 이거다. 두 사람이 실컷 울게 내버려 두는 게 최선이다. 감동의 재회를 내가 방해해서는 안 된다.

무엇보다 한시라도 빨리 이 자리를 벗어나고 싶은 마음이 간절했기에 이 방법을 실행하기로 했다.

"어딜 가는 거야, 바보."

병실 문 손잡이를 잡은 순간, 미우라가 알아차렸다.

"여기 있는 게 방해될 거 같아서."

"방해 안 되니까 여기 있어."

"아키토, 지루하면 그림 그려도 좋아."

콧물을 훌쩍이며 하루나가 스케치북을 가리켰다. 두 사람 다 어린아이를 다루는 듯한 말투였다. 감동적인 재회를 이룬 두 사람을 보며 역시 데리고 오길 잘했다고, 진심으로 그렇게 생각했다.

한참 후 두 사람은 울음을 그치고 추억 이야기로 꽃을 피웠다. 초등학교와 중학교 시절의 선생님이며 동급생들 이야기, 그리고 최근의 일들까지 시간과 나의 존재도 잊고 이야기에 푹 빠져 있었다.

내가 완전히 장식물처럼 느껴질 때쯤, 미우라는 친구들이 걱정해서 자꾸 연락을 해오는 바람에 할 수 없이 오늘은 이만 돌아가기로 했다.

두 사람이 연락처를 교환하고 나서 미우라가 "내일 다시 올게" 하고 웃으며 손을 흔들었다. 돌아갈 때 미우라가 내게 조그마한 목소리로 "고마워"라고 말했다.

나는 계속 의자에 앉아 있느라 엉덩이가 아파서 일어났다. 그런데 내가 일어나는 순간 하루나가 움찔하고 크게 놀랐다.

"갑자기 일어나면 어떡해. 깜짝 놀랐잖아."

아무래도 나는 정말 장식물이었던 모양이다.

"하지만 고마워. 아야카를 데리고 와줘서. 이제 못 만날 줄 알았는데, 만나게 돼서 정말 기뻐."

"나도 기쁜걸. 그렇게 우는 하루나는 처음 봤어."

"놀리지 마. 그렇지만 아키토 덕분이야. 정말 고마워. 이제 죽어도 여한이 없어."

하루나는 그렇게 말하고 다정하게 웃었다. 그런 말은 듣고 싶지 않았다.

"무슨 소릴 하는 거야. 내년에 불꽃 축제 함께 보기로 약속했잖아. 그때까지는 죽으면 안 돼."

"약속 깬 사람이 할 말은 아닌 것 같지만, 알았어, 알았다고. 노력할게."

말을 마치고 하루나는 가만히 침대로 가서 누웠다. 오늘은 이야기를 많이 해서 피곤할 게 분명하다. 슬슬 돌아가는 게 좋으려나, 하고 벽에 걸려 있는 시계를 눈으로 좇았다. 면회 종료 시간까지 15분이 남아 있었다.

"나는 늘 아키토한테 받기만 하고 아무것도 해주지 못했네. 미안해."

누운 자세 그대로 나를 바라보며 하루나가 가녀린 목소리로 말했다. 오늘 '미안해'라는 말을 수도 없이 들었다. 그중에서도 지금 들은 '미안해'라는 말은 너무나 가냘파서 내 마음을 아프게 했다.

"별소릴 다 한다. 나도 여러 가지로 고마운데. 하루나랑 있으면 괴로운 일 같은 건 전부 잊어버리는걸. 그러니까 그런 생각 안 해도 돼."

"괴로운 일?"

핵심을 파고드는 바람에 나는 침묵을 선택했다. 하루나도 더 이상은 아무것도 묻지 않고 가만히 있었다.

침묵이 너무 길어서 하루나의 얼굴을 들여다보니 어느새 잠들어 있다.

나는 살그머니 이불을 하루나의 어깨까지 덮어주었다.

눈물의 이유

미우라는 그날 이후 거의 매일 하루나를 만나러 갔다. 아르바이트가 있는 날은 30분이라도 하루나를 보고 나서 아르바이트를 하러 갔다. 늘 같이 다니던 여학생 무리에게는 예전처럼 어울리지 않는다며 따돌림을 당했다.

그래도 미우라는 별로 개의치 않는 듯했고 "그 애들하고는 언제든지 놀 수 있고, 지금은 하루나랑 함께 있고 싶으니까 괜찮아"라고 말했다.

괜히 센 척하는 게 아니라 진심 같았다. 하루나와의 공백 시간을 메우려는 듯이 미우라는 하루나의 병실을 자주 찾아왔다.

나도 당연히 미우라에게 질세라 하루나를 찾아갔다. 학교가 끝나면 미우라와 함께 가는 날도 많다 보니 둘이 사귀는 게 아니냐고 또 소문이 돌았다.

에리와 쇼타에게는 입원 중에 친해진 친구의 병문안을 가는 거라고 말해두었다.

미우라와 나는 비가 오는 날도, 바람이 부는 날도 하루나를 만나러 갔다. 꽃이 시들면 거베라를 사러 갔다. 꽃집에 미우라와 함께 갔더니 아주머니가 조금 놀라는 눈치였고 꽃처럼 예쁜 학생이네, 하며 미우라를 칭찬했다.

여자친구냐고 묻기에 입원해 있는 친구의 친구예요, 하고 단호하게 부정했다.

미우라가 드나들면서부터 하루나의 병실에는 활기가 돌았다. 나는 기쁘기도 하고 조금 쓸쓸하기도 했다.

나는 하루나를 미우라에게 맡기고 방과 후에 에리와 쇼타랑 보내는 시간도 늘렸다. 하루나만이 아니라 내게 남은 시간도 그리 길지 않다. 최근에는 전혀 병의 증상이 나타나지 않지만 나도 확실히 죽음에 다가가고 있을 터였다.

아버지와 어머니는 역시 수술을 받는 게 좋지 않겠느냐고 가끔씩 물으셨다. 하지만 나는 번번이 거절했다. 몇 년의 수명이 늘어난다는 것은 몇 년 더 부모님을 힘들게 하고 걱정을 끼친다는 의미이기도 하다. 나는 빨리 죽어서 부모님의 마음고생을 조금이라도 덜어주는 것이 효도라고 생각했다. 지금 내가 할 수 있는 효도는 그것밖에 없다.

"있잖아 아키토, 이번에 학교 축제가 열린다며? 아야카에게 들었어."

10월 중순쯤 하루나가 병실에서 그 이야기를 꺼냈다. 이번 달 마지막 주에 내가 다니는 고등학교에서 축제가 열린다.

"아아, 그런 것 같더라. 관심 없지만."

"아야카네 반에서는 연극을 한대! 나, 보러 가기로 약속했어. 아야카가 주연을 맡았다지 뭐야."

미우라네 반이 연극을 하기로 했다는 건 미우라와 같은 반인 쇼타에게 들었다. 〈백설공주〉를 하는 모양이던데 미우라가 백설공주 역을 맡았다는 말은 처음 들었다. 듣고 보니 미우라라면 어울릴 것 같다.

"약속이라니, 외출할 수 있어? 무리하지 않는 게 좋을 텐데."

"문제없어. 요즘은 몸 상태도 안정되었고 엄마한테도 부탁했으니까 분명 외출할 수 있을 거야."

하루나는 기쁜 표정으로 말했다. 미우라는 오늘 드물게도 연극 연습이 있다며 병원에 오지 않았다.

"아키토네 반은 뭘 할 거야?"

"뭐였더라. 으음…… 아, 맞다. 초코바나나(막대에 끼운 바나나에 초콜릿을 씌운 디저트)다. 초코바나나를 만들어서 교실에서 판다나 뭐 그랬어."

지난주 학급회의 시간에 그렇게 결정되었던 일이 생각났다. 나는 전혀 관심이 없어서 그때도 그림을 그리고 있었다. 어떤 그림을 그렸는지가 더 빨리 떠오른다.

"초코바나나 좋네! 나, 아키토가 만든 초코바나나 먹으러 갈게!"

마치 하루나는 왕자님을 사랑하는 백설공주처럼 눈을 빛내며 말했다. 정말로 너무나도 기대되어서 어쩔 줄 몰라 하는 모습이었다.

괜찮을까? 나는 약간 불안해졌다. 하루나가 살날은 이제 얼마 남지 않았다. 하지만 그 생각은 하고 싶지 않아서 "기다릴게" 하고 웃으며 대답했다.

미우라는 그 후로도 아르바이트와 연극 연습을 하는 틈틈이 하루나를 만나러 왔다. 나는 에리, 쇼타와 보내는 시간을 소중히 하면서 하루나의 병원에도 자주 찾아갔다.

우리 반은 초코바나나로 정해서 정말 다행이라고 진심으로 생각했다. 다른 반이 하려고 하는 귀신의 집이나 미우라네 반 연극처럼 준비할 것이나 연습이 거의 없다. 재료와 만드는 법만 익혀두면 그밖에는 축제일까지 달리 할 일이 없다. 처음으로 이 반이어서 다행이라는 생각이 들었다.

학교 문화 축제가 열리기 이틀 전, 나는 오랜만에 하루나와 옥상에 올라가 둘만의 시간을 보냈다. 미우라는 막판 맹연습이 있어서 오늘도 오지 못했다.

"하루나, 안 추워? 내 겉옷 걸칠래?"

"아니, 괜찮아. 그랬다가는 아키토가 감기에 걸릴걸."

"나야말로 괜찮아."

"안 돼."

하루나는 그렇게 말하며 벤치에 앉아 눈을 가느스름하게 뜨고 저물어가는 해를 바라본다. 그 옆얼굴이 쓸쓸한 듯하면서도 예뻤다.

"이러고 있으니까 왠지 데이트하는 것 같아."

"응. 하지만 데이트라면 그 환자복은 좀 그렇지 않아?"

내가 웃으며 말하자 하루나도 "그러네" 하고 수줍게 웃었다. 나는 몇 번이나 더 이 웃는 얼굴에 위로받을 수 있을까.

"내일은 비가 오겠네."

하늘을 바라보다가 하루나가 불쑥 말했다. 오렌지빛 하늘에는 양떼구름이 넓게 펼쳐져 있다.

"그러고 보니 내일부터 기온이 뚝 떨어진다던데."

"그렇구나. 그럼 이제 올해는 여기 오는 것도 끝이네. 내년……은 나하고는 관계없고……."

하루나는 자조하듯이 말했다. 나는 그 말에 아무런 대답도 하지 못했다.

잠시 침묵이 흐른 뒤, 하루나는 천천히 이야기하기 시작했다.

"아키토, 전에 말이야. 나한테 하고 싶은데 못다 한 일이 있냐고 물었잖아."

"……아, 그랬지. 생각나."

"그때 나, 없다고 했지만 실은 해보고 싶은 게 있었어. 이젠 너무 늦었지만."

하루나는 씁쓸하게 웃었다.

"그게 뭐였는데?"

"나, 한 번만이라도 좋으니까 사랑을 해보고 싶었어. 누군가를 좋아하고 사랑도 받고 그 사람을 행복하게 하면서 즐거운 추억을 만들어보고 싶었어."

나는 고개를 떨구고 "그랬구나" 하고 대답했다. 뭐라고 말해야 좋을지 적당한 말이 좀처럼 생각나지 않는다. 하루나는 왜 이런 얘길 시작한 걸까. 고적한 가을 석양을 바라보다가 감상적인 기분에 젖어든 걸까.

"그치만 언제 죽을지도 모르고 누군가를 좋아하게 돼도 허무한 결말이 기다리고 있을 뿐이라고 생각하니까 그럴 용기가 안 나더라."

그렇게 불쑥 말하고 나서 하루나는 오렌지빛으로 물든 하늘을 바라보았다.

하루나의 말에 콕콕 찌르듯 마음이 아팠다.

나도 그랬다. 하루나의 심정을 가슴이 미어질 정도로 잘 안다. 너무 잘 알기에 더욱 괴롭다. "지금부터도 늦지 않았어. 사랑 같은 건 더더구나 자기 마음이 가는 대로 해도 된다고 생각해. 이제 곧 죽을 테니까 사랑을 하지 않는다니, 그건 도망치는 것밖에 안 돼…… 아마도."

멀거니 석양을 바라보고 있던 하루나가 내 말에 놀란 듯 나를 바라본다. 하루나의 눈에는 눈물이 번져 있었다. 나는 대체 무슨 말을 하는 걸까. 내가 한 말에 웃음이 날 지경이다. 나야말로 병을 핑계로 도망치지 않았던가. 좋아하던 에리를 단념하고 나와 같은 처지에 있는 하루나를 사랑하게 되었다. 처음에는 죽음을 향해 가는 동지끼리의 사랑이라면 용서받을 거라고 생각했다. 하지만 지금은 다르다. 나는 진심으로 하루나를 사랑한다. 만약 내 병이 낫는다 해도, 그래도 나는 하루나 곁에 있고 싶다.

언젠가 에리, 쇼타와 함께 보러 갔던 영화에서 그리던 주인공의 심정을 지금은 이해한다.

"이미 늦었어. 그렇잖아. 내게 남은 시간이 반년이라는 말을 듣고서, 이제 곧 그 반년이 다 되어가는걸. 이런 사람을 좋아해줄 사람이 있을 리 없잖아."

하루나는 서글픈 표정으로 고개를 떨군 채 말했다. 눈에서 눈물이 한 방울 뚝 떨어졌다.

"있어. 반드시."

"응?"

하루나는 눈을 동그랗게 뜨고 나를 보았다. 그 순수하고 솔직한 눈동자를 보기가 멋쩍어서 나는 아래로 시선을 돌렸다.

"그거 봐, 하루나는 완전히 건강해 보여. 의사들은 일부러 남은 인생을 짧게 말해준대. 그러니까 하루나는 아직 한참 더 살 수 있을 거야. 그렇게 맘 약해질 필요 없다니까."

나는 빠른 말로 떠들어댔다.

하루나는 다시 난처한 듯이 울다가 웃으면서 말했다.

"맞아. 뭐든 다 병을 탓하면서 도망치면 안 되겠지? 아키토 말이 맞아. 나, 힘낼게."

미소짓는 눈동자 끝에서 하루나의 맑은 눈물이 흘러내렸다. 저녁노을에 비추어 반짝 빛나는 눈물이 하루나의 무릎 위로 떨어졌다.

나는 돌아오는 버스 안에서 후회했다. 하루나에게 내 병에 대해 말을 꺼내기에 딱 좋은 기회였는데, 그런데도 나는 아무 말도 하지 못했다.

하루나에게 전부 털어놓으면 하루나는 눈물을 터뜨릴까, 아니면 화를 낼까.

지금까지 숨겨왔다는 사실을 알면 내가 싫어지지나 않을까. 그렇게 생각하니 말을 꺼낼 수가 없었다. 분명히 쇼타처럼 실망하고 에리처럼 비통해할지도 모른다.

모르는 게 약이라는 말이 있다. 분명 모르는 게 좋을 거다. 그래, 말하지 말자. 이건 무덤까지 갖고 가자.

이렇게 스스로 단단히 이르고 버스에서 내렸다. 하지만 정말 이대로 괜찮은 걸까. 다시 혼란스러워진 고뇌는 멈춰지지 않았다.

아무것도 준비하지 않고 학교 문화 축제를 맞이했다.

병원에서 외출 허가를 받은 하루나는 미우라의 연극 공연 시각에 맞춰 오후에 어머니와 함께 오기로 되어 있다. 병원이 아닌 곳에서 하루나를 만나기는 처음이었기에 나는 긴장해서 아침부터 마음이 진정되지 않았다.

여느 때보다 이른 시각에 학교에 도착하자 이미 아이들이 온통 시끄럽게 떠들고 있어서 무척 소란스럽다.

교실로 들어가 바로 준비 작업에 합류했다.

어제 누군가가 대량으로 구매해온 바나나의 껍질을 벗기고 칼로 반씩 자른다. 경비를 절약하기 위해 한 개씩 통째로 쓰지 않고 절반으로 자른 초코바나나를 150엔에 팔기로 했다. 우리 반은 진짜 쪼잔하다.

"아키토, 이번에는 바나나에 나무젓가락을 꽂아. 뭉개지지 않도록 살살 꽂아야 돼."

에리가 자상하게 가르쳐주었다. 옅은 푸른색 에이프런을 두른 모습이 꽤 잘 어울린다.

내가 반으로 자른 바나나에 나무젓가락을 꽂으면 이번에는 다른 애가 온라인으로 구매한 초코바나나용 초콜릿을 용기에 붓고 그 안에 바나나를 담근다. 초콜릿을 절약하려고 바나나의 끝부분까지 초콜릿을 다 묻히지 않는다. 정말 쩨쩨한 발상이다.

마지막으로 알록달록한 스프링클을 뿌려주면 완성이다. 물론 스프링클도 한쪽에만 뿌렸다.

가게를 오픈하자 초코바나나는 상상 이상으로 인기를 얻어 계속해서 팔려나갔다. 먹기 좋은 크기와 적당한 가격이 아주 좋은 전략이었던 듯 점점 더 많이 팔릴 기세다.

나도 한 개를 집어 맛보았는데 정말 먹기 편하고 맛있었다.

미우라도 초코바나나를 먹으러 왔다. 미우라는 잠시 후에 연극 무대에 서야 해서인지 긴장한 표정이었다. 돈을 받고 자신에게 초코바나나를 건네준 사람이 나라는 사실조차도 알아차리지 못한 듯했다.

그리고 정오가 지나서 하루나가 왔다. 하루나가 내게 말을 걸 때까지 누군지 몰랐다.

"아키토, 나 왔어."

가슴께에 빨간 리본이 달린 캐러멜색 카디건에 체크 무늬 스커트를 입은 하루나가 부끄러운 듯 나를 보고 있다.

"어울리려나? 이거 중학교 때 입던 거야."

하루나는 살짝 두 팔을 펼쳐 보였다.

"응, 잘 어울려"

너무나도 눈부신 하루나의 모습에 나는 다른 데로 시선을 돌리며 말했다.

"고마워."

다시 하루나에게로 눈을 돌리자 하루나는 수줍게 웃고 있다. 나는 환자복이 아닌 하루나의 모습을 보고, 순간 심장 발작이 일어난 게 아닐까 싶을 정도로 가슴이 두근두근 뛰었다.

"이거 내가 쏘는 거야."

나는 아무렇지도 않은 듯이 하루나와 하루나의 어머니에게 초코바나나를 하나씩 내밀었다.

"고마워. 맛있겠다!"

하루나는 정말로 맛있는지 초코바나나를 입안 가득 넣고 먹었다. 컨디션은 좋아 보인다.

"아키토가 아는 분들이야?"

에리가 물었다.

"아, 응."

"그렇구나. 곧 교대 시간이니까 함께 돌아보고 오는 게 어때?"

"괜찮겠어?"

"응. 괜찮아."

에리가 배려해 준 덕에 나는 가게 당번에서 벗어났다.

하루나의 어머니는 둘이서 돌아보고 오라며 마음을 써주었다.

"저 여학생이 전에 말했던 어릴 적 친구야?"

"응. 맞아."

"응, 예쁜 애구나."

"그런가?"

하루나와 시끌벅적한 복도를 걸어가며 대화를 나눴다. 학교에서 하루나와 이렇게 나란히 걷다니, 아직도 믿어지지가 않는다. 설레는 마음을 억누르고 하루나와 보폭을 맞춰 걸었다.

다른 반이 열고 있는 메이드 카페나 크레이프 매장 등 하루나는 이쪽으로 가자, 저쪽도 가보자 하면서 나를 이리저리 끌고 다녔다. 하루나는 귀신의 집에도 들어가고 싶다고 했지만 하루나의 건강이 염려되어 그곳은 들어가지 않았다.

"미안, 좀 쉬어도 돼?"

야외 포장마차들을 돌아보며 걷다가 하루나는 내게 양해를 구하고 근처 벤치에 앉았다. 가까이 들여다보니 이마에 땀이 배어 나와 있다.

"괜찮아? 마실 것 좀 사 올 테니까 쉬고 있어."

힘들어하는 하루나를 그 자리에 남겨두고 나는 자판기에서 사과 주스를 샀다.

분명 하루나는 몸 상태가 좋지 않으면서 그 사실을 감추고 무리해서 여기까지 왔을 것이다. 사실은 외출할 수 있을 정도의 몸 상태가 아닐 터였다. 그래도 이날을 너무도 손꼽아 기다렸기에 여기까지 왔다는 걸 알 수 있었다. 나는 하루나의 어머니에게 이 얘기를 하러 갈까 생각했지만, 아까까지 마냥 좋아하며 돌아다니던 하루나를 떠올리고 발길을 돌려 하루나에게로 돌아갔다.

"여기, 사과 주스."

"고마워."

하루나는 종이팩에 든 사과 주스를 꼴깍꼴깍 마셨고 조금 편안해졌는지 웃음을 지어 보였다.

"역시 오길 잘했어. 나 지금 너무 즐거워."

"그렇다면 다행이야. 힘들면 말해. 어머님께 연락드릴 테니까."

"괜찮아. 이제 슬슬 아야카네 연극이 시작되니까 체육관으로 가자."

문화 축제의 일정표와 손목시계를 번갈아 보더니 하루나가 말했고, 우리는 체육관으로 향했다.

"아, 여기 있었구나!"

그 소리에 돌아보자 하루나의 어머니가 잰걸음으로 달려왔다. 휴대폰을 한 손에 들고 조금 다급해하는 모습이다.

"엄마, 왜 그래?"

"미안, 하루나. 엄마가 좀 급한 일이 생겨서 지금 병원에 가 봐야 해. 그러니 아쉽지만 오늘은 이만 돌아가자."

하루나의 표정이 순간 어두워졌다. "그래도……" 하고 말을 꺼내더니 어깨를 축 늘어뜨렸다.

"이만하면 많이 놀았잖아. 다음에 또 같이 나오자."

하루나는 대답하지 않았다. 하루나에게 '다음'이 올 거라는 보장은 없다. 외출할 기회는 오늘이 마지막일지도 모른다. 게다가 다음은커녕 하루나에게는 내일이 온다는 보장도 없지 않은가. 그건 물론 나도 마찬가지지만.

"저…… 제가 하루나를 병원까지 데려다줄 테니 한 시간만 더 여기 있게 해주세요. 하루나, 미우라의 연극을 무척 기대하고 있었거든요. 부탁드려요."

나는 깊이 머리를 숙였다. 하루나는 진작부터 이날을 기다려 왔고, 미우라도 하루나를 위해서 매일 연극 연습에 몰두했다. 최소한 한 시간만이라도, 하며 머리를 연신 조아렸다.

"으음, 하지만······."

"엄마, 그렇게 해줘. 조금만 더 있다 갈게."

하루나도 머리를 숙였다. 하루나의 어머니는 당황해하면서 "알았으니까 둘 다 얼굴 들어" 하고 말했다.

"그럼 한 시간만 더 있다가 돌아오는 거다. 만약 무슨 일 있으면 바로 연락하고."

하루나의 표정이 단박에 밝아졌다. "고맙습니다" 하고 나는 또 머리를 숙였다.

하루나의 어머니를 배웅한 뒤, 우리는 체육관으로 갔다.

직전까지 3학년의 밴드 공연이 있었던 듯 관내는 많은 학생으로 북적거리고 있었다.

약간 겁먹은 듯한 하루나의 손을 잡고 비어 있는 자리를 찾아가 앉았다.

"기대 돼."

"응. 나도."

몇 분 후, 미우라네 반의 연극 시작을 알리는 안내 방송이 나왔다.

인기 있는 미우라가 나온다고 해서인지 체육관에는 사람들이 계속해서 밀려들었다.

"이어서 2학년 E반의 연극, 〈백설공주〉입니다!"

체육관 안에 불이 꺼지고 스포트라이트가 무대 위의 내레이터를 비추면서 〈백설공주〉 공연이 시작되었다.

여왕 역은 내가 1학년 때 같은 반이었던 분위기 메이커 다케모토였다. 여장을 한 다케모토의 섬뜩하고도 매력적인 연기에 관내는 폭소로 뒤덮였다.

그 후에도 다케모토의 오버스러운 연기로 끊임없이 웃음이 터져 나왔다.

무대가 어두워졌다가 장면이 바뀐다. 주연인 백설공주의 등장이다. 무대 한가운데로 스포트라이트가 비추자 그곳에는 백설공주로 분장한 미우라가 있었다.

미우라가 등장하고부터 관내의 분위기가 확 바뀌었다. 바로 전까지의 웃음 모드는 사라지고 긴장된 분위기가 감돌았다. 미우라의 연기는 진지함 그 자체였고 긴장감이 관객석까지도 전해지는 듯했다. 익살스러운 연기를 보였던 다케모토도 미우라에게 이끌려 멋지게 여왕을 연기했다.

관내에 있는 모두가 미우라의 뛰어난 연기를 넋을 잃고 바라보았다. 옆에 있는 하루나도, 그리고 나도.

이야기는 막바지로 접어들어 백마 탄 왕자님이 등장했다. 왕자 역은 쇼타다.

왕자가 백설공주에게 입을 맞추자 백성공주가 되살아났다. 입을 맞추는 순간, 몇몇 여학생들이 꺄악 소리를 질렀다. 입맞춤은 실제로는 하는 시늉만 하는 거라고 저번에 들었는데도 내 눈에는 진짜로 하는 것처럼 보였다.

연극이 끝나자 실내는 우렁찬 박수 소리로 가득 찼다.

"아야카, 정말 예뻤어."

하루나는 눈물을 글썽이며 말했다.

"응. 그렇네."

하루나가 말한 대로였다. 평소의 말씨가 거친 미우라와는 다른 사람 같았고, 진부한 표현이지만 마치 백설공주가 빙의한 듯했다.

우리는 여운이 감도는 체육관을 나와 미우라를 기다렸다.

"하루나! 와줘서 고마워!"

얼마 지나 미우라가 백설공주 옷을 입은 채 나오더니 하루나를 끌어안았다. 하루나는 부끄러운 듯 웃으며 "아야카, 너무 예뻤어" 하고 말했다.

그러고 나서 곧 미우라는 사진을 함께 찍자고 졸라대는 후배 여학생들에게 둘러싸였다.

"미안해 하루나! 나중에 봐!"

그렇게 말하고 오늘 탄생한 대배우는 체육관으로 다시 들어갔다. 여전히 미우라는 내가 있는지조차 알아차리지 못한 것 같아서 신경이 쓰였지만.

"오늘 정말로 오길 잘했어. 너무너무 즐거워."

하루나는 웃으며 말했지만, 내게는 울고 있는 듯이 보였다.

하루나와 나는 함께 버스를 타고 병원으로 향했다.

차 안에 사람이 많아서 비어 있는 자리가 하나밖에 없다. 나는 당연히 하루나를 앉게 했다. 고마워, 하루나는 조그만 소리로 말하고 의자에 앉았다. 무척 피곤했는지 하루나는 그대로 창밖을 바라본 채 아무 말도 하지 않았다.

나는 버스 손잡이를 잡고 체중을 실어 버스가 움직이는 대로 몸을 맡겼다.

나도 모르게 시선이 하루나에게로 간다. 지금 눈앞에 있는 사람은 하루나다. 언제나 병원 안에서만 있던, 그 하루나다. 새삼 생각해보니 역시 쑥스럽다. 하지만 한편으로는 기뻤다.

몇십 분 후 버스가 꽃가게 앞 정류장을 지날 때였다. 하루나가 "저것 좀 봐!" 하고 소리를 질렀다.

나는 창밖으로 시선을 향했다. 20대쯤 되어 보이는 여성이 마침 꽃가게에서 나오는 참이었다. 여성은 커다란 꽃다발을 가슴 한가득 안고 행복한 듯이 미소지으며 경쾌하게 걸어갔다.

그 여성이 안고 있는 꽃은 전부 거베라였다.

"몇 송이나 될까? 저 거베라."

하루나는 몸을 앞으로 쑥 내밀고 창밖을 유심히 바라보았다.

버스가 다시 출발했지만 하루나는 그 여성이 보이지 않을 때까지 반쯤 몸을 돌리고서 눈으로 좇았다.

병원에 도착해 하루나가 옷을 갈아입는 동안 나는 병실 문 앞에서 기다렸다.

"다 됐어!"

마치 숨바꼭질할 때처럼 리듬을 탄 목소리가 들려와 안으로 들어갔더니 하루나는 익숙한 환자복 차림으로 침대에 누워 있었다.

"하루나, 혹시 몸이 안 좋았던 거 아냐?"

"응, 약간. 하지만 무리해서라도 가길 잘했어."

하루나는 힘없는 목소리로 대답했다.

그 후 조금 더 이야기하다가, 하루나가 많이 피곤할 것 같아서 오늘은 그만 돌아가려고 자리에서 일어났다.

"있잖아, 만약 내가 죽으면."

하루나는 거기까지 말하고 입을 다물었다. 만일을 가정해 얘기하고 있지만 하루나가 죽으면 이라니, 생각하고 싶지 않았다.

"입 맞춰서 되살려줄래?"

장난을 치는 건가 싶었지만 하루나는 진지한 표정으로 나를 보고 있다.

바로 대답하지 못하고 있었더니 하루나는 "농담이야" 하고 장난스럽게 웃었다.

백설공주처럼 정말로 다시 살아날 수 있다면 나는 주저 없이 하루나에게 입을 맞출 것이다. 하지만 하루나는 백설공주가 아니다. 더구나 나는 그 왕자처럼 소중한 사람을 구할 수 없다. 나는 하루나에게 아무것도 해줄 수가 없다. 그렇게 생각하자 나 자신이 비참하고 한심하기가 짝이 없다.

"어라, 아키토? 왜 그래?"

"응?"

"우는 거야?"

나도 모르게 눈물이 뺨을 타고 흘러내렸다. 나는 얼른 눈물을 닦았다.

"미안해. 농담이었어. 그렇게 입맞춤하기가 싫은 거야? 농담이니까 울지 마, 응?"

마치 어린아이를 달래듯, 하루나는 당황하면서도 장난스럽게 말했다. 나는 눈물이 자꾸 흘러나와서 억지로 웃음을 지어 보였다.

"그런 게 아니라, 왠지 아까 그 백설공주가 생각나서. 미우라가 연기를 너무 잘해서……."

어설픈 변명을 하는데 눈물이 주르륵 흘러내렸다. 몇 번이고 닦았지만 멈춰지지가 않았다.

"특히 마지막에 쓰러지는 장면이 너무 인상적이어서 뭔가 감동스럽다고 해야 하나……."

목소리가 떨려 나왔지만 나는 눈물을 흘린 이유를 감추려고 필사적으로 얼버무렸다. 눈물은 마를 새 없이 계속 흘러내렸다.

하루나는 "응, 그랬어. 응, 응." 하고 함께 울었다. 그렇게 둘이서 한없이 울었다.

한참 지나서 하루나는 울다 지쳤는지 어느새 잠들었다.

더는 있을 수 없는 심정이 되어 병실을 나왔는데 문 앞에서 미우라가 눈물범벅이 되어 서 있었다. 나는 얼굴을 돌리고 그 자리를 떠났다.

눈물이 멈춘 것은 버스 정류장에 도착하고 나서였다.

다음 날부터는 아무 일도 없었다는 듯이 셋이서 하루나의 병실에서 학교 축제 이야기도 하고, 시시한 잡담을 나누면서 예전처럼 시간을 보냈다. 하루나의 상태는 괜찮은 건지 나쁜 건지 잘알 수가 없었고 얼굴에도 아무런 표시가 나지 않았다.

학교 축제가 끝나고부터 미우라는 내게 상냥해졌다. 상냥해졌다기보다 내가 보기에는 백설공주 역이 다 빠져나가지 않은 것같았다. 미우라는 아무래도 전형적인 빙의형 배우인 모양이다.

어차피 그렇다면 이대로 평생 빙의된 채로 있으면 좋겠다고 생각했지만 일주일 후에는 예전의 미우라로 되돌아왔다.

되돌아온 후에는 예전보다 더 내게 깐깐하게 굴었다. 하루나에게 너무 친밀하게 군다는 둥, 하루나와의 거리가 가깝다는 둥 하면서 마치 남자친구를 지나치게 속박하며 제멋대로 구는 여자 같았다. 게다가 하루나라고 이름을 부르지 말고 하루나 짱이라고 부르라는 둥, 그런 참견까지 들었다.

하루나와 나, 둘만의 즐거운 시간은 어디로 가버린 걸까 싶어 한숨이 나왔지만 지금 이건 이것대로 즐겁다. 무엇보다 하루나가 즐거워해서 기뻤다.

실은 나도 요즘 몸이 별로 좋지 않다. 최근 며칠은 미열이 계속되고 있어, 한 번은 하루나 앞에서 일어서다가 머리가 어찔하고 현기증이 나는 바람에 걱정을 끼치기도 했다.

나는 여전히 한 달에 한 번은 병원에 검사를 받으러 다니고 있다. 경과는 그다지 좋지 않은 듯, 기쿠치 선생님도 만날 때마다 심각한 표정을 짓는다.

"아키토, 나 좀 그려줄래?"

그날 하루나의 병실에서 둘이서 이야기를 하다가 갑자기 하루나가 그런 말을 꺼냈다. 나는 조금 당황했지만 "좋아"라고 대답하고 스케치북을 펼쳤다.

하루나는 침대 아래로 다리를 내린 자세로 앉아서 머리칼을 귀 뒤로 넘기고 부끄러운 듯 웃었다. 그 몸짓에 순간 가슴이 몹시 뛰어서 눈을 내리감았다. 하지만 그려야 하는 모델을 안 볼 수는 없는 노릇이라 어쩔 수 없이 하루나에게로 다시 시선을 돌렸다.

나는 우선 윤곽부터 그리기 시작했다. 어느 정도 형태가 잡히자 그다음에는 어렴풋이 표정을 그리고, 윤기 나는 머리카락을 묘사했다. 평소에 인물을 그리는 일은 거의 없었기에 쉽지 않았지만 부지런히 연필을 놀렸다.

"계속 같은 자세로 있는 거, 꽤 힘드네."

아직 몇 분밖에 되지 않았는데 하루나는 겸연쩍은 듯 웃으며 꼼지락꼼지락 움직였다.

"힘들면 누워도 돼. 이제 상상해서 그리면 되니까."

"아냐, 괜찮아."

하루나는 이렇게 말하며 등을 쭉 폈다. 목부터 위쪽을 다 그리고 나서 하루나의 가냘픈 몸을 그려나갔다.

환자복 사이로 얼핏 보이는 어여쁜 쇄골. 약간 볼록한 가슴에 희고 가느다란 손끝. 지금까지 하루나를 이렇게 찬찬히 뜯어 바라본 적이 없었기 때문에 심장 고동이 빨라지기 시작했다.

고요한 적막이 흐르는 병실에 연필 소리만이 귀를 울렸다. 그리면 그릴수록 점점 멋쩍어져서 마지막에는 서둘러 마쳤다.

"다 그렸어?"

"응, 다 됐어."

나는 하루나에게 스케치북을 건넸다.

"와아, 역시 아키토는 그림을 잘그리네."

"그런가?"

하루나는 환한 얼굴로 내가 그린 그림을 뚫어져라 들여다봤다.

"아, 근데 약간 이상해."

"이상하다니, 어디가?"

하루나는 장난스럽게 웃으며 검지로 자신의 눈 밑을 가리켰다.

"봐 여기. 내 눈 밑에 점이 있잖아."

"어, 그래?"

나는 침대로 가 앉아서 하루나의 눈을 바라보았다. 그러고 보니 하루나의 오른쪽 눈 밑에 조그마한 점이 하나 있었다.

"이것도 그려야지. 내 매력 포인트인데."

하루나와의 거리가 무척 가까웠다. 나는 더 이상 가슴이 두근거리면 심장에 안 좋을 것 같아 의자로 돌아가려고 일어섰다. 그때 하루나가 내 손을 잡았다.

"……하루나?"

하루나는 내 손을 잡은 채 얼굴을 숙이고 있다. 따뜻하고 부드러운 손이다. 나는 침대에 다시 앉아 하루나의 얼굴을 들여다보았다. 하루나도 얼굴을 들고 나를 마주보았다. 뺨이 살짝 불그레하다.

우리는 그대로 몇십 초 동안 서로를 바라보았다. 시간이 멈춘 거라고 느껴질 만큼 고요해서 그 순간은 정말이지 두 사람만의 세계였다.

그때 갑자기 병실 문이 벌컥 열리는 바람에 나는 잽싸게 하루나의 곁에서 떨어져 앉았다.

"어머나, 내가 혹시 중요한 순간에 문을 연 거야?"

미우라가 입구에 서서 양손으로 얼굴을 감싸듯 입을 가리고 어색하게 물었다.

"아, 난 그만 가볼게. 늦으면 집에서 야단맞거든."

나는 하루나 쪽을 보지 않고서 도망치듯이 병실을 빠져나왔다.

버스에 올라타고 나서도 뛰는 가슴이 진정되지 않았다.

다음에 하루나를 만났을 때 하루나는 별달리 어색해하지도 않았고 그 일을 전혀 신경 쓰지 않는 모습이었기에 안심했다. 그 대신 미우라에게는 하루나한테 허튼짓 했다가는 가만두지 않을 거야, 하고 따가운 눈총을 받았다.

그로부터 일주일이 지났을 무렵, 하루나의 병세가 급격히 악화되었다.

나는 그날도 학교 수업이 끝난 뒤 미우라와 함께 하루나의 병실을 찾아갔다. 하지만 하루나의 병실에는 아무도 없었다. 휴게실에도, 이제는 추워서 사람이 부쩍 줄어든 옥상에도 하루나의 모습은 보이지 않았다.

다시 하루나의 병실로 돌아와 지나가는 간호사에게 물어보았다. 하루나는 아침부터 열이 나서 저녁이 될 때까지도 열이 내리지 않더니 잠시 호흡부전에 빠져 중환자실로 옮겨졌다고 한다. 다행히 지금은 상태가 안정되었고 이대로 아무 일 없으면 내일은 일반 병동으로 돌아갈 수 있다고 했다.

중환자실은 면회가 금지되어 있어서 우리는 하루나를 만나지 못한 채 발길을 돌려야 했다.

"하루나 괜찮겠지?"

버스를 기다리면서 미우라가 걱정스러운 얼굴로 중얼거렸다.

"괜찮을 거야, 아마도."

"아마도라니 그게 뭐야?"

나는 대답하지 않았고 미우라도 더 이상 아무 말도 하지 않았다.

나는 후회했다. 언젠가 이런 날이 올 거라고는 생각하고 있었다. 오늘은 다행히 잘 버텨주었지만 자칫하면 하루나는 죽었을지도 모른다. 언젠가 올 거라고 생각해도 그것이 오늘일지 아닐지는 나도 하루나도 알 수 없다. 만약 지금 하루나가 죽는다면 마지막으로 하루나와 나눈 얘기가 뭐였는지, 생각이 나질 않았다.

나는 항상 눈앞의 현실에서 도망쳐왔다. 아직 괜찮겠지, 아마 괜찮을 거야. 며칠 전까지 즐겁게 웃는 하루나를 보고 그렇게 생각했다. 하지만 하루나가 시한부를 선고받았던 반년이라는 시간은 이미 지났고, 나는 그 현실을 받아들이지 못하고 외면해왔다. 아직 괜찮겠지, 아마 괜찮을 거야, 할 게 아니다. 당장 내일이 최후일지도 모르고, 오늘이 마지막일지도 모른다. 그렇게 생각하고 하루나를 대했어야 한다.

그것은 하루나에게만 해당되는 얘기가 아니다. 하루나 걱정만 하고 있지만 나 역시도 언제 죽을지 모른다. 나의 심장이 멈추는 날은 내일일지도 모르고, 어쩌면 오늘일지도 모른다. 그 사실을 확실히 가슴에 새겨둬야만 한다.

잠시 후 버스가 다가왔다. 우리는 아무 말 없이 버스에 올라 각자 집으로 갔다.

하루나가 눈을 뜬 것은 이틀 후 정오 무렵이었다.

점심시간에 혼자 도시락을 먹고 있는데 하루나에게서 메시지가 도착했다.

걱정 끼쳐서 미안해. 이제 괜찮으니까 시간 나면 또 놀러와.

나는 그 메시지에 '오늘 학교 끝나고 갈게'라고 답장을 보낸 후, 슬그머니 웃음이 나려는 걸 참고 도시락을 단숨에 먹어버렸다.

나는 방과 후에 미우라의 교실을 찾아갔다. 분명 미우라에게도 하루나가 메시지를 보냈을 거라고 생각했기 때문이다.

"아키토, 어쩐 일이야?"

마침 미우라와 같은 반인 쇼타가 교실에서 나왔다. 동아리에 가는 길인지 검은색 에나멜 가방을 어깨에 메고 있다.

"미우라에게 용건이 있어서."

"미우라? 미우라는 점심때 조퇴했는데. 조퇴가 아니라 무단으로 가 버린 것 같지만. 휴대폰을 보더니 바로 뛰쳐나갔어."

"……그, 그랬구나. 알았어."

나도 조퇴했으면 좋았을걸, 하고 한숨을 내뱉고는 버스 정류장으로 갔다.

하루나의 병실에 도착하자 예상대로 미우라가 이미 와 있었다. 학교를 땡땡이치면 되냐? 하고 말했지만, 하야사카는 하루나보다 학교가 중요한가 봐? 라고 반박하는 바람에 아무 대답도 하지 못했다.

나와 미우라의 대화를 들은 하루나는 어쩔 줄 몰라 하며 웃었다. 나는 이렇게 하루나가 난감한 듯이 웃는 모습이 좋다.

하루나는 침대에서 상반신을 일으키고 몸을 맡기듯이 기대

앉아 미우라와 이야기를 하고 있었다. 안색이 그다지 좋지 않다. 거베라 꽃도 시들어 아래로 고개를 숙이고 있다.

"두 사람에게 다 미안해. 이런 나를 보러 항상 이렇게 와줘서."

"괜찮아, 괜찮아. 나야 그렇다 치고 하야사카는 맨날 한가해서 오히려 하루나가 상대해주는 걸 고마워해야 한다니까."

그리 틀린 말도 아니어서 이번에도 되받아칠 수가 없었다.

그 후 미우라는 아르바이트 시간이라며 먼저 돌아갔다. 만날 수 있어 다행이었다면서. 아르바이트하고 하루나 중에서 어느 쪽이 더 중요하냐고 묻고 싶었지만 말싸움으로는 이길 재간이 없어 그만뒀다.

떠들썩했던 병실에 적막이 찾아왔다.

오랜만에 하루나와 둘이만 남자 왠지 어색해져서 긴장이 되었다. 둘만 있는 건 하루나가 내 손을 잡았던 그 날 이후 처음이다.

"있잖아. 우리 처음 만난 날, 기억나?"

하루나가 느닷없이 이야기를 꺼냈다. 하루나는 침대에 몸을 기댄 채 허공을 바라보았다.

"물론 기억나지. 하루나가 휴게실에서 그림을 그리고 있을 때 내가 말을 걸었잖아."

그날 일을 잊을 리가 없다.

"그랬지. 그때 왜 나한테 말을 걸었어?"

말을 걸기 전부터 알고 있었고 호감이 생겨 뒤를 따라갔다고
는 도저히 말할 수 없다. 나는 말을 골라서 하루나의 질문에 대
답했다.

"……하루나는 모르겠지만 실은 나, 예전부터 널 알고 있었거든."

"응? 어떻게?"

"우연히 병원에서 스쳐 지나갔어. 4층 복도에서. 역시, 그건 기
억 안 나지?"

말하고 나서 바로 후회했다. 왜 병원에 있었느냐고 물으면 곤
란하다. 하지만 하루나는 아무것도 묻지 않고 "그랬구나. 몰랐
어" 하고 웃기만 했다.

"나 말야, 굉장히 기뻤어. 매일 혼자 그림만 그리다 보니까, 이
러다 난 고독하게 죽어가겠구나 싶었거든. 외로웠고, 울면서 그
림을 그린 적도 있어. 나 같은 건 아무한테도 보이지 않는구나
생각하니 불안하고 두려웠어."

하루나는 여기서 말을 멈췄다. 벽시계의 초침 돌아가는 소리
가 하루나의 다음 말을 재촉하는 것처럼 들렸다.

"그런데 그때 아키토가 나에게 말을 걸어준 거야. 너무 놀라서
솔직히 그때는 긴장했어. 머릿속이 새하얘져서 지금은 무슨 말
을 했는지도 생각이 안 나."

"그랬구나. 굉장히 침착해 보였는데 속으론 긴장했다니. 왠지

재미있네."

그 무렵의 하루나는 냉정하고 침착한 태도에 무표정해서 처음 인상은 그다지 좋은 편이 아니었다. 그래도 나는 하루나에게 자꾸 마음이 끌려서 몇 번이나 만나러 갔다. 그날들이 꽤 먼 옛날처럼 느껴져서 왠지 그리움이 훅 밀려왔다.

"그래도 기억나는 것도 있어. 나, 빨리 죽고 싶다고 말했잖아? 그때는 정말로 그렇게 생각했거든. 하지만 지금은 달라. 죽고 싶지 않아. 더 살고 싶어. 아키토랑 더 함께 있고 싶어. 죽으면 또 혼자가 될 것만 같아서 그게 제일 두려워."

하루나의 눈에서 눈물이 넘쳐흘렀다. 하루나의 눈물을 지금까지 몇 번이나 봤을까. 볼 때마다 늘 가슴이 아리다.

"아키토는 깨닫지 못할지도 모르지만 나, 시한부 선고를 받은 지 이미 반년이 지났어."

그건 물론 알고 있었다. 나는 하루나를 위로할 말이 나오지 않아서 분한 마음에 입술을 깨물었다. 시계의 초침 소리가 이번에는 나를 재촉했다.

"……맞다, 이 얘기 알아? 시한부 1년을 선고받은 사람이 그 후 10년이나 더 살았다는 얘기."

나는 머릿속 기억의 서랍을 억지로 열어 그 이야기를 생각해 냈다. 그것은 내가 시한부를 선고 받고 절망에 빠진 채 하루하루를 보내고 있을 때, 뭔가 희망이 없을까 하며 매달리듯이 찾다가 발견한 인터넷 뉴스였다.

같은 병은 아니지만, 정말로 10년이나 더 살았던 사람이 세상 어딘가에 존재했던 것이다.

"10년이나 더 살았대?"

"응. 하루나도 그 사람처럼 10년, 아니 20년도 더 살 수 있을지 몰라. 그러니까 말야, 그렇게 비관하지 않아도 돼."

하루나에게, 그리고 나 자신에게도 이르듯이 말했다. 그 기사를 보았을 때 내 마음에 한 줄기 빛이 비춘 것은 사실이다.

"20년이라……. 그럼 나도 아키토도 그땐 서른일곱 살이 되겠네. 그때까지 살아보고 싶다."

"살 수 있어, 분명히."

"그럴까. 고마워."

그러고 나서 우리는 잠시 아무 말도 하지 않았다. 벽시계의 초침 소리에 지금은 마음이 편안하다.

"나, 결심했어."

침묵을 깨고 하루나가 말했다. 그 목소리에는 말한대로 뭔가 단단히 마음을 먹은 듯한 강인함이 깃들어 있었다.

"10년이나 20년이 아니어도 좋으니까, 하루라도 더 살 거야. 그렇게 결정했어."

"좋은 생각이야."

"하루라도, 한 시간이라도, 아니 일분일초라도 더 오래 살 거야. 그러니까 나, 앞으로 매일 병과 싸울래. 오늘 죽지 않으면 내가 이긴 거야. 내일도, 모레도 싸울 거야. 20년 동안 계속 싸울래. 아키토뿐만이 아니라 아야카하고도 더 함께 있고 싶고, 내가 하루라도 오래 사는 게 효도일 테니까."

"훌륭하네 하루나는. 하루나라면 반드시 이길 수 있어."

하루나라면 반드시 이길 수 있다. 마음이 강인한 하루나라면.

나는 진심으로 그렇게 생각했다.

"고마워. 노력할게."

하루나는 나를 보며 애정이 듬뿍 담긴 표정으로 웃었다.

"그러니까 아키토도 노력하기다!"

뭘 말하는 걸까 생각했지만 나는 "그래. 여러 가지로 노력할게" 하고 미소를 지었다.

다음 날부터 하루나는 다시 의식을 잃고 계속 잠을 잤다.

하루나와 마지막으로 이야기를 하고 난 지 일주일이 지났다. 나도 미우라도 매일 병원에 갔지만 하루나는 여전히 깨어나지 못했다.

"어서 와요, 거베라 군. 오늘은 혼자 왔네."

어제 하루나의 병실을 찾았을 때 거베라가 시들어 있었기에 나는 또 꽃집에 들렀다. 미우라는 하루나가 나날이 쇠약해져 가는 모습을 보는 걸 견딜 수 없다며 이틀 전부터 병원에 오지 않고 있다. 분명히 조만간 눈을 뜰 테니까 하루나에게 문자가 오기를 기다릴게. 그렇게 말하고 미우라는 지금도 하루나의 문자를 기다리고 있다.

"거베라 여섯 송이 주세요."

"그래요."

값을 지불하고 꽃을 받아들었다.

"친구가 병원에 오래 있네."

"……네. 최근에는 계속 의식이 없어요. 병문안을 가도 이야기를 할 수 없으니 가는 의미도 없지만요."

억지로 웃는 표정을 지으며 대답했다. 제대로 웃음이 지어졌는지는 모르겠다.

"의미 없는 일은 없어. 친구가 눈을 뜰 때까지 만나러 가 줘."

"눈을 뜰지도 알 수 없지만요."

아주머니는 아무것도 모르면서, 라고 생각하니 그만 가시 돋친 말투가 되어버렸다. 나는 가볍게 머리를 숙이고 발길을 돌렸다.

"그거 알아? 거베라는 말이지, 일 년에 두 번 피는 꽃이야. 봄에 피고 여름에는 쉬었다가 다시 가을에 피고 겨울에는 또 쉬지.

그리고 이듬해 봄에 또 꽃이 피어. 거베라 군의 친구도 거베라처럼 또 한번 피어나면 좋겠네."

아주머니의 말에 나는 뒤를 돌아보고 다시 한번 고개 숙여 인사한 뒤 가게를 나왔다.

하루나는 오늘도 온화한 표정으로 잠들어 있었다. 나는 소리도 없이 계속 잠만 자는 하루나 옆에 앉아 스케치북에 처음 하루나에게 말을 걸던 날을 그렸다.

희고 눈부신 빛으로 감싸인 휴게실 창가 자리에 앉아 혼자 쓸쓸하게 그림을 그리고 있던 하루나. 나는 조금 떨어진 곳에서 하루나를 보고 있었다.

그날의 광경은 지금도 뚜렷하게 떠오른다. 하루나가 입고 있던 환자복 색깔과 무늬, 테이블에 놓여 있던 색연필의 종류, 하루나가 그리던 그림. 내 머릿속에는 사진처럼 선명한 기억으로 남아 있다.

하루나는 지금도 병과 싸우고 있다. 하루라도, 한 시간이라도, 일 분, 일 초라도 오래 살기 위해서 필사적으로 싸우고 있다. 오늘의 싸움에서 이겨도 쉴 틈도 없이 또 싸워야 한다. 하루나는 죽을 때까지 날마다 싸움을 계속해야 한다. 싸움이 끝나는 것은 하루나가 졌을 때뿐인 것이다.

하루나는 20년 간 계속 이기겠다고 말했지만 현실은 만만치 않다. 시한부 반년이라고 선고받은 소녀가 20년이나 살다니, 기적이라도 일어나지 않는 한 있을 수 없는 일이다. 하지만 그렇기에 더욱더 마음을 굳게 먹는 것이 중요하다. 그러면 기적이 일어날지도 모른다.

나는 그림을 그리면서 최근 반년 동안에 있었던 일들을 떠올렸다.

그저 죽음을 기다리고만 있던 나의 눈앞에 하루나가 나타났다. 절망만으로 가득 찼던 나의 하루하루는 그날부터 크게 달라졌다. 어느 사이엔가 나는 내 병에 대해서는 싹 잊을 정도로 하루나에게 빠져들었다.

하루나를 만나지 못했더라면 나는 지금쯤 어떻게 되어 있을까. 생각만 해도 끔찍하다.

나는 두 번 다시 누군가를 좋아하는 일은 없을 거라고 생각했다. 아니, 좋아해서는 안 된다고 생각했다.

하지만 나는 하루나를 사랑하게 되었다. 나나 하루나가 죽을 때까지의 시한부 사랑은 이제 곧 막을 내리려고 하는지도 모른다. 짧고 허무한, 그리고 살얼음 같은 사랑.

나는 아직 하루나에게 전하고 싶은 말이 두 가지 있다.

하나는 내 병에 관해서다. 제대로 털어놓고, 지금까지 숨겼던 것을 사과하고 싶다. 그리고 하루나와 함께 나도 내 병과 마주해 싸우는 거다.

그리고 또 하나는, 하루나에게 내 마음을 전하고 싶다. 널 좋아해, 라고. 사실은 하루나가 이렇게 되기 전에, 밝고 건강했을 때 빨리 전했어야 했다.

이제 하루나가 의식을 되찾으면 그 자리에 하루나의 어머니가 계시든 미우라가 있든, 나는 하루나에게 좋아한다고 말할 거다. 그것이 내 마지막 미션이다.

그림을 그리던 손을 멈췄다. 하루나를 생각하고 있자니 어느새 눈에 눈물이 고여왔다. 두 번 다시 하루나 앞에서는 울지 않으려고 참아왔지만 한번 눈물이 터지자 하염없이 흘러내렸다. 한동안 소리도 내지 않고 울었고, 결국 그림은 완성하지 못했다.

다음 날 병실에 도착하자 다시 병세가 급변했는지 하루나의 입에 인공호흡기가 끼워져 있고 몸에는 가느다란 관이 여러 줄 꽂혀 있었다.

나는 할 말을 잃고 절망했다.

그 후로도 이틀 동안 학교가 끝나는 대로 하루나를 만나러 갔지만 하루나는 깨어나지 못했다.

"하야사카, 너 하루나 좋아하지?"

그날 하루나의 병원에 갔다가 돌아오는 버스 정류장 앞에서 일주일 만에 병원을 찾아온 미우라가 느닷없이 물었다. 아무리

기다려도 하루나에게서 문자가 오지 않자 상황을 살피러 온 것이다. 부쩍 야윈 하루나를 보고 미우라는 상당히 충격을 받았는지 지금까지 아무 말이 없었다.

"별로…… 좋아하지 않는데?"

"감추지 않아도 돼. 보면 다 아는데. 넌 얼굴에 다 드러나니까."

나는 고개를 숙이고 아무 말도 하지 않았다.

"하루나가 눈을 뜨면 말야, 꼭 말해 줘. 분명히 기뻐할 거야."

"……기뻐하려나."

"넌 남자니까 우물쭈물하지 말고 말해. 약속이다."

"……응, 그럴게."

버스가 오자 미우라는 잽싸게 뒤쪽 좌석으로 가서 앉았다. 나는 앞자리에 앉아 창밖을 바라보았다. 가을바람에 마른 잎이 쓸쓸히 날리고 있다.

우울한 기분에 빠진 채로 며칠이 지났다.

어느 날 학교가 끝나고 나는 에리, 쇼타와 신사를 찾아갔다. 셋이서 어릴 적 이야기를 하다가 에리가 오랜만에 가고 싶다고 말을 꺼냈기 때문이다. 우리는 역 앞에 있는 카페에서 커피를 마시고 나서 우리 집 근처에 있는 신사로 향했다.

평일인데도 저녁노을로 물든 경내에는 참배하러 온 사람들이 많았다.

"오랜만이네 여기. 초등학교 6학년 때 셋이서 온 게 마지막이었나?"

앞서 걸어가던 쇼타가 뒤를 돌아보며 물었다.

"아마 그럴 거야. 그때 좋았지."

에리가 대답하며 웃었다.

내게 이 신사는 나쁜 기억밖에 없다.

초등학교 4학년 때쯤인가, 셋이 함께 새해 첫 참배를 하러 왔을 때 나는 오미쿠지로 '흉(凶)'을 뽑았다. 5학년과 6학년 때는 연속해서 '대흉(大凶)'을 뽑아드는 쾌거를 이뤘다. 그리고 6학년 새해 참배에서 돌아가는 길에는 지갑을 잃어버려 끔찍한 새해를 맞이하기도 했다. 그때 대흉에 트라우마가 생겨서 그 후로는 새해 참배를 가지 않았다.

"아키토는 매년 대흉을 뽑았지?"

"매년은 아니야. 4학년 때는 흉이었고 3학년 때는 그래도 '말길(末吉)'이었다고."

내가 반론하자 에리와 쇼타가 마주 보며 웃었다.

"그게 자랑할 일이냐."

"이따 다 같이 오미쿠지 뽑아보자!"

에리가 그렇게 말했지만 나는 별로 내키지 않았다.

그 후 참배를 마치고 나는 건강을 기원하는 부적을 두 개 샀다. 하나는 하루나를 위해, 또 하나는 나를 위해.

"아키토! 빨리빨리!"

에리가 손짓으로 부르기에 나는 할 수 없이 오미쿠지 대열에 줄을 섰다.

"좋았어! 대길(大吉)이다! 어디 보자, 기다리는 사람이 바로 옆에 있다고 쓰여 있네."

쇼타는 대길이 나온 모양이다. 쇼타는 매번 대길을 뽑아드는, 나와는 정반대의 인간이다. 기다리는 사람이란 틀림없이 에리일 것이다.

"나는 '길(吉)'이야. 이거 대길 다음으로 좋은 거지? 다행이다."

에리도 늘 대길 아니면 길을 뽑았던 것 같다.

두 사람에 이어 나도 좋은 걸 뽑으려고 오른손에 힘을 주어 오미쿠지를 뽑았다. 예상은 했지만 역시나 '흉(凶)'이다. 나도 모르게 대흉이 아니어서 다행이다, 하고 기뻐하고 있다.

소망—기원해도 이루어지지 않으니 지금은 참고 인내할 때

연애—잘 되지 않으니 단념하자

건강—신에게 기도하세요

흉이다 보니 어느 한 가지도 좋은 일은 적혀 있지 않았다. 기

원해도 이루어지지 않는다면서 신에게 기도하라니 앞뒤가 맞지 않는다.

"뭐, 어차피 점이니까. 그렇게 신경 쓰지 마, 아키토."

쇼타가 나를 위로했다. 에리도 내게 연민의 눈빛을 보냈다.

"하지만 말야, 별자리 점과 달리 신사에서 뽑는 오미쿠지는 신의 계시 같아서 왠지 꽤 심란하긴 하지."

내가 부정적으로 말하자 쇼타가 "그럼 내 대길이랑 바꿔줄게"라고 말해서 더 슬퍼졌다.

깊이 한숨을 쉬면서 그 제안을 거절하고 오미쿠지를 주머니에 쑤셔넣었다.

나는 또 한번 줄을 서서 오미쿠지를 샀다. 이번 건 하루나 몫이다, 하며 아까보다도 오른손에 힘을 줘 뽑았지만 이번에는 '말길(末吉)'이었다.

소망—생각하지 못한 형태로 이루어질 것이다

연애—단념하세요

건강—마음이 약해지지 않으면 낫는다

나을 수 없다고. 마음속으로 그렇게 중얼거리고 어깨가 축 처져서는 두 사람에게 위로받으며 그 자리를 떴다.

나는 집에 도착해서 방에 불도 켜지 않고 책상 앞으로 가 건강 기원 부적을 손에 꼭 쥐고서 마음을 모아 기원했다. 기원해도 이루어지지 않는다고 쓰여 있었지만 그런 건 해보지 않으면 모르는 일 아닌가. 그렇게 생각하며 기도했다.

하루나가 살 수 있기를.

하루나가 깨어나기를.

하루나와 다시 한번 이야기할 수 있기를.

나는 어떻게 되어도 좋으니까 그 대신 하루나만은, 하고 빌었다.

어느새 눈물이 흘러내리고 있었다. 나는 주머니에서 휴대폰을 꺼내 울면서 떨리는 손으로 하루나에게 문자를 보냈다.

하루나, 이제 그만 일어나야지. 그렇게 오래 자다가는 깨어난 날 밤에 잠이 안 올걸. 하루나가 깨어나면 중요한 할 말이 있으니까 둘이서 얘기하자.

보내기 버튼을 눌렀다.

하루나에게서 답장은 오지 않았다.

그로부터 엿새 후 아침에 하루나는 세상을 떠났다.

신의 계시대로, 내 소망은 이루어지지 않았다.

전해진 마음

　평소와 다름없는 일요일. 오후에 하루나에게 가려고 생각하고 있었기에 내가 잠에서 깬 것은 오전 10시를 조금 지나서였다.

　일어나 휴대폰을 확인하자 여섯 건의 메시지가 들어와 있었다. 부재중 전화도 다섯 건. 모두 미우라가 보낸 것이었다.

　불길한 예감에 사로잡힌 나는 메시지를 보기가 겁나서 선뜻 열지 못했다.

　첫 부재중 전화는 오전 7시 19분. 그 후 바로 또 전화가 걸려왔고 그다음은 메시지 네 건이 잇달아 들어왔다. 그 후에도 부재중 전화 세 통에 메시지가 두 건 도착해 있었다. 마지막 연락은 20분 전이다.

　내가 태평하게 자고 있는 동안에 심상치 않은 사태가 일어난 거라고 바로 추측할 수 있었다.

휴대폰을 손에 들고 꼼짝하지 못한 채 몇 분이 흘렀다. 머릿속에 불길한 상상이 떠오르려고 해서 애써 떨쳐버렸다.

엄지손가락으로 스마트폰 화면을 터치만 하면 되는데도 여전히 망설이고 있다. 나는 또 눈앞의 현실에서 도망치려 하고 있었다.

메시지를 열지 않은 채 다시 몇 분이 지날 무렵 미우라에게서 전화가 걸려왔다. 나는 반사적으로 통화 버튼을 누르고 말았다.

울음소리에 섞여 무슨 말인지 알아들을 수가 없는 목소리가 휴대폰을 통해 귀에 전해졌다.

"……하루나, 결국 가버렸어."

흐느껴 우는 미우라의 그 말만은 확실히 들렸다.

각오는 되어 있었다. 일어나 휴대폰을 보았을 때부터. 아니, 그보다 훨씬 전부터. 그런데 알고 있었으면서도 손이 떨리고 다리가 후들거리고 눈물이 쏟아져나왔다. 시야가 점차 흐려졌다. "왜 이럴 때 자고 있는 거냐고! 하루나, 마지막으로 눈 떴었는데! 네 이름을 수도 없이 불렀단 말이야!"

미우라는 절규하며 나를 몰아세웠다. 미우라의 말을 듣고 나는 쓰러져 미친 듯이 울었다.

침대에서 굴러떨어져 주변이고 뭐고 아무것도 신경 쓸 새 없이 그저 울부짖었다.

믿을 수 없었다. 분명 나는 지금 악몽을 꾸고 있는 거다. 틀림없다. 그렇지 않으면 이건 잘못 걸려온 전화다. 어딘가의 하루나라는 똑같은 이름을 가진 사람이 죽은 것이다. 내가 잘 아는, 난처한 듯이 웃으며 언제나 쓸쓸한 표정을 하고 있는, 내가 사랑하는 하루나가 아니다.

분명히 아니, 절대로 아니다. 나는 억지로 그렇게 되뇌었다. 하지만 눈물은 그칠 줄을 몰랐다. 닦아도 닦아도 멈추지 않았다.

"거짓말, 거짓말이야. 거짓말이라고!"

나는 머리를 움켜쥐고 수없이 소리쳤다.

옆방에 있던 나쓰미가 무슨 일인가 하고 방으로 뛰어 들어왔지만 나는 거들떠보지도 않고 하염없이 울었다.

나쓰미는 영문도 모른 채 나를 붙잡고 함께 울었다.

바닥에 나뒹굴고 있는 휴대폰에서는 아직 나를 원망하는 미우라의 목소리가 새어나오고 있었다. 그러고 나서 나는 울고 있는 나쓰미를 달래주고 정신을 차리지 못한 채 병원으로 향했다.

미우라에게 언어맞을 각오는 되어 있었지만 내가 병원에 도착했을 때는 미우라에게도 그럴 기력이 남아 있지 않았다. 미우라는 울다 지쳐서 코를 훌쩍거리며 벽에 기대어 있었다.

사복 차림으로 하루나의 어머니도 울고 있었다. 눈과 코가 새빨갛게 부어올라 있다.

하루나는 병에 지고 말았다. 하지만 꿋꿋이 싸웠다.

하루나는 잠들어 있을 때와 똑같이 온화한 표정으로 누워 있었다. 나는 하루나의 시신을 앞에 두었지만 더욱더 하루나의 죽음을 받아들일 수 없었다.

그저 잠들어 있는 것으로밖에 보이지 않았다. 금방이라도 눈을 뜨고 안녕, 하고 다정하게 미소를 지을 것만 같았다. 하지만 내가 불러도 하루나는 눈을 뜨지 않았다.

생명이 빠져나간 하루나의 얼굴은 백설공주처럼 아름다웠다. 나는 입을 맞추는 대신에 하루나에게 "애썼어" 하고 속삭인 뒤 다시 눈물을 흘렸다.

아마 새벽녘에 하루나의 상태가 급변한 모양이다.

하루나의 어머니에게 연락을 받은 미우라는 민낯으로 집에서 뛰어나왔다고 한다. 병원으로 가는 도중에 몇 번이나 내게 전화를 걸고 메시지를 보냈던 것이다.

미우라가 병원에 도착했을 때 하루나는 잠시 의식을 되찾았다. 단 몇 분에 불과했지만 하루나는 내 이름을 불렀다고 한다. 그 후 호흡 부전 상태가 되었고 마침내 하루나는 숨을 거뒀다.

하루나가 괴로워하고 있을 때 나는 잠에 빠져 있었다. 하필이면 이럴 때 매너 모드를 해제하는 걸 깜빡 잊고 잠들었던 것이다.

첫눈이 내리고 유난히도 추운 날, 몇 사람만 모인 가운데 하루나의 장례식이 치러졌다.

하루나의 어머니가 "마지막까지 하루나와 함께 있어주렴" 하고 당부했기에 미우라와 나는 화장터까지 동행했다. 하지만 나는 너무나도 괴로워서 하루나가 화장되기 전에 그곳을 빠져나왔다. 뼈만 남은 하루나를 보고 싶지 않았다.

집으로 돌아오는 도중에 공원에 들러 그네에 쌓여 있는 눈을 털어내고 앉았다. 흔들흔들 그네를 흔들면서 나는 거기서도 울었다.

하루나는 열일곱 해밖에 살지 못했다.

17년이라는 숫자는 세월만 생각하면 길게 느껴지지만, 사람의 인생이라고 생각하면 너무도 짧다.

하루나는 행복했을까. 17년을 살면서 만족했을까.

나는 그럴 리가 없잖아, 하고 한숨을 내쉬었다.

나 역시도 얼마 안 있어 죽게 된다. 정말로 불행한 인생이다. 태어나서 죽을 때까지 내 인생은 뭐 하나 좋은 일이 없었다.

나도 하루나도 불행한 인간이었던 것이다. 단지 그뿐이다.

다시 한숨을 내뱉고 그네에서 일어서는데 휴대폰이 울렸다.

휴대폰을 주머니에서 꺼내 화면을 보니 미우라에게 걸려온 전화였다. 또 화를 내겠지 싶었지만 할 수 없이 받았다.

"너 어디야? 맘대로 빠져나가고, 너무한 거 아냐?"

"미안."

"뭐, 상관없지만. 그것보다 전해줄 물건이 있는데 지금 어디 있어?"

미우라는 하루나의 어머니에게 하루나가 나와 미우라 앞으로 각각 쓴 편지를 전해 받았다고 했다.

나는 오던 길을 되돌아가 장례식장 밖에서 미우라를 만나 편지를 건네받았다. 편지라고는 했지만 정확하게는 스케치북을 한 장 뜯어서 두 번 접었을 뿐이다.

집에 도착해서 바로 방으로 들어가 찬찬히 편지를 펼쳤다.

짧은 글이었다. 거기에는 빨강, 주황, 노랑색의 세 송이 거베라도 색연필로 그려져 있었다. 세게 문지르면 사라져버릴 것만 같은, 쓸쓸하지만 아름다운 그림이었다.

아키토에게.

아키토. 내가 아키토를 만난 건 정말 행운이야.

괴롭기만 했던 하루하루가 즐거운 날들로 바뀌었거든.

아키토는 매일같이 나를 만나러 와주었고 아야카도 데리고 와주었어.

얼마나 감사한지 몰라. 고마워.

나는 아마도 평생 웃을 만큼을 웃은 것 같아.

그리고 평생 흘릴 눈물을 흘렸어.

빨리 죽고 싶어 하던 내가 아키토를 만난 후로는 살고 싶다는 생각을 하게 됐어.

그래서 매일 병과 싸우겠다는 마음을 먹을 수 있었어. 가능하다면 더, 더, 함께 있고 싶어.

하지만 만약의 경우를 위해서 이 편지에 하고 싶은 말을 쓰려고 해.

아키토 덕분에 나는 행복했어.

아키토도 행복해져야 해.

내 몫까지 오래 살아 줘.

천국에서 아키토가 오래도록 이쪽으로 오지 말라고 기도할 거야.

할아버지가 된 아키토와 천국에서 다시 만날 날을 기다리고 있을게.

그리고 마지막으로, 아키토에게 하고 싶은 말이 있어.

편지는 거기서 끝나 있었다.

뒤집어 뒷면에서 그다음 글을 찾았지만 아무것도 적혀 있지 않았다.

하루나는 마지막으로 내게 무슨 말을 하고 싶었던 걸까.

어쩌면 하루나는 편지를 쓰다가 의식을 잃은 걸까? 아니면 여기까지 쓰고 잠시 쉬려고 했다가 그대로 잊어버린 걸까. 하루나라면 그럴 수도 있겠네, 하고 나는 서글픈 웃음을 지었다.

하루나가 마지막으로 무슨 말을 전하려 했는지는 모르지만, 행복했다고 쓰여 있어서 나는 구원받은 심정이 되었다.

나와 만난 게 행운이라고 쓰여 있다. 그 말이 너무도 기뻐서 몇 번이나 편지를 읽고 함께 그려져 있는 거베라를 손으로 어루만지면서 나는 울고 또 울었다.

장례식을 치른 지 일주일이 지나도 여전히 나는 하루나의 죽음을 슬퍼하면서 앞으로 나아가지 못하고 있었다. 하루나와 주고받았던 수많은 말을 떠올리면서 매일 밤 눈물을 쏟았다.

그날도 나는 잠자기 전에 하루나를 생각했다.

'하루라도, 한 시간이라도 아니, 일분일초라도 더 오래 살 거야.'

하루나의 그 말이 내 마음에 줄곧 걸려 있다.

생각에 생각을 거듭한 끝에 나는 한 가지 결단을 내렸다.

수술을 받자.

만약 하루나라면, 하고 생각해보았다. 생명을 몇 년 연장할 수 있을지도 모른다면 하루나는 망설이지 않고 수술을 받았겠지. 내가 수술을 받지 않는다면, 그런 선택지조차 없었던 하루나는 분명 화를 낼 거야.

하루나에게 이 이야기를 털어놓았다면 하루나는 내게 수술을 받으라고 했을 게 틀림없다. 하루라도 더 사는 것이 하루나의 목표였다. 나도 하루나처럼 병과 싸워야만 한다.

다음 날, 아버지가 퇴근해서 돌아오자 나는 거실로 가서 아버지와 어머니에게 드릴 말씀이 있다며 소파로 오시게 했다. 두 분은 내게서 심상치 않은 표정을 알아차렸는지 자세를 바로잡았다.

"나, 수술 받고 싶어. 비용이라든가 여러 가지 부담을 드리게 되겠지만 그래도 받고 싶어요. 수술 받아도 될까?"

"당연하지."

아버지가 바로 대답했다.

"부담이라니 무슨 말을 하는 거니. 돈은 조금도 걱정하지 않아도 되니까, 기쿠치 선생님에게 당장이라도 소개장을 써달라고 하자."

어머니가 웃어 보이며 말했다.

"사실은 더 빨리 받아야 했는데 이렇게 시간 끌어서 미안해요. 그리고 엄마, 아빠. 정말 고마워. 지금까지도, 앞으로도."

어머니는 입을 막고 조용히 눈물을 흘렸다. 나는 또 어머니를 울리고 말았다. 진짜 나는 불효자식이다.

"별소리를 다 한다. 하지만 용케도 수술받을 결심을 해주었구나. 정말 다행이야."

"누가 그러더라고요. 하루라도, 한 시간이라도 아니, 일분일초라도 더 사는 게 효도라고."

아버지는 놀란 듯 눈이 커지더니 흐뭇한 미소를 보였다.

"맞는 말이다. 응, 그럼. 그렇고 말고."

아버지도 울었다. 안경을 벗고 눈가를 누르면서 "목욕하고 나오마"라며 눈물을 감추려는 듯 황급히 자리를 떴다.

이러면 되는 거지? 하루나. 보이지 않는 하루나에게 마음속에서 물었다.

응, 좋아. 잘했어. 하루나의 목소리가 들리는 듯한 기분이 들었다.

내 수술은 새해가 되어 바로 시행되었다.

검사가 있다고 해서 수술하기 며칠 전에 입원했다. 병원은 상상할 수도 없을 만큼 멋진 건물이어서 마음이 조금 편해졌다.

정밀 검사를 실시한 결과, 수술의 성공 확률은 더 줄어들어 있었다. 30퍼센트나 40퍼센트 정도라고 권위 있는 의사 선생님이 심각한 표정으로 말했다. 하지만 만약 수술을 받지 않으면, 종양의 위치가 안 좋아서 크기가 더 커질 경우 혈류가 차단되어 돌연사를 일으킬 가능성이 있다고 한다.

심장과 폐의 역할을 해주는 인공심폐 장치를 사용해 심장을 일시적으로 정지시키고 종양 일부를 제거하는 수술을 한다고 한다. 그 후에도 전문용어가 섞인 설명을 한참 동안 들었지만 내게는 너무 어려워서 다 이해하지 못했다.

수술이 성공하면 몇 년은 더 살 수 있을지도 모른다, 꼭 성공시킬 거다, 하고 의사 선생님은 불안에 휩싸여 어쩔 줄 모르는 나를 격려해주었다. 하지만 아무리 실력 좋은 의사가 격려해주어도 내 마음은 여전히 불안했다.

나는 어릴 때부터 운이 나빴다. 설령 수술 성공 확률이 99퍼센트라고 해도 조금도 안심할 수 없다. 하물며 이번에는 30~40퍼센트라고 한다. 불안할 수밖에 없다.

나는 열 개 중 아홉 개가 당첨되는 추첨이라도 대개 꽝인 한 개를 뽑는 불운한 인간이다. 솔직히 말해서 무서웠지만, 나는 더이상 아무것도 잃을 게 없다. 수술이 실패하면 하루나를 만날 수 있을 테니까 그래도 좋지 뭐.

수술은 여섯 시간이나 걸렸다고 한다.

수술 중에 나는 꿈을 꾸었다.

여느 때처럼 하루나의 병실을 찾아가 하루나와 이야기를 나눴다. 하루나는 때때로 난감한 듯이 웃었고, 그 모습을 보며 나도 웃었다. 병실에는 따뜻하고 감미로운 시간이 흐르고 있었다.

장면이 바뀌어 나와 하루나는 이상한 곳에 있다. 푸른 하늘에 푸른 바다, 하늘에는 무지개가 걸려 있고 주위에는 형형색색의 꽃이 피어 있다. 나는 이곳을 본 적이 있다.

우리는 아무 말 없이 손을 잡고 초원과 같은 이곳을 걸어갔다. 그러자 앞쪽에 환상적인 계단이 보였다. 하늘로 이어진 무지갯빛 계단이다.

내가 하루나에게 처음 말을 걸었을 때 하루나의 스케치북에 그려져 있던 그 무지갯빛 계단.

그곳은 하루나가 그린 그림 속 세계였다.

하루나는 내 손을 놓고 혼자서 그 계단을 올라갔다. 나는 쫓아가려고 했지만 하루나는 다정하게 미소를 지으며 고개를 가로저었다. 나는 하루나가 한 발 한 발 계단을 올라가는 모습을 울면서 바라볼 뿐이었다.

하루나가 보이지 않게 되었을 때 나는 눈을 떴다. 쓸쓸하고 아린 꿈이었다.

수술은 끝나 있었다.

수술은 기적적으로 성공했고 나는 이틀 후 중환자실에서 깨어났다. 수술 후의 통증이 상상 이상으로 심해서 침대에서 일어날 수가 없었다.

나는 한동안 도시의 병원에 입원해 있기로 했다.

입원 생활은 참으로 지루했다.

꽤 먼 곳에 있는 병원인데도 에리와 쇼타가 신칸센(최첨단 기술로 일본 내 각지를 연결하는 고속철도)을 타고 만나러 와주었다. 정말 이 두 친구에게는 고마울 따름이다. 수술을 받기로 했다는 얘기를 했을 때도 두 사람은 불안에 떨며 안절부절못하던 나를 격려해주었다.

에리와 쇼타는 힘들게 멀리까지 왔는데 주변 구경도 못하고 하루 종일 내 말상대가 되어 주고는 저녁이 다 되어서 돌아갔다.

입원 생활이 3주를 지날 무렵, 나는 너무 심심해서 별생각 없이 스마트폰으로 '사쿠라이 하루나'라고 하루나의 이름을 검색해보았다. 내가 좋아하는 잡지 모델을 검색해 사진을 쭉 훑어보다가 문득 생각이 나서 하루나의 이름을 입력해보았을 뿐, 그저 시간 때우기였다.

검색 결과가 표시되었다.

SNS에는 성과 이름이 같은 사람이 표시되기고 하고, 한자는 조금 다르지만 같은 이름의 애니메이션 캐릭터도 있어서 나도 모르게 웃고 말았다.

다음 페이지로 넘기자 어떤 블로그가 눈에 띄었다. '사쿠라이 하루나의 비밀 블로그'라는 제목이 붙어 있어 덜컥 가슴이 뛰었다. 하지만 설마 진짜로 하루나는 아니겠지. 비밀이라면서 이름을 통째로 제목에 붙이다니 바보 아냐, 하면서 클릭해보았다.

첫 글을 보고 손이 떨려왔다.

그 블로그는 분명히 내가 잘 아는 그 하루나가 쓴 블로그였기 때문이다. 내 이름이 나와 있어서 바로 알 수 있었다. 나는 순서대로 글을 읽어나갔다. 미우라의 이름도 나오는 걸 보니 역시 하루나의 블로그가 틀림없다.

그 블로그에는 거짓 없는 하루나의 속마음이 고스란히 쓰여 있어서 읽기 시작하자마자 눈물이 흘러나왔다.

"괜찮아, 학생?"

병실이 다인실이어서 옆 침대에 누워 있던 40대 정도의 짧은 머리 아저씨가 알아차리고 걱정스레 물었다.

"괜찮⋯⋯습니다."

그렇게 대답을 하고 이불에 얼굴을 묻었다.

블로그를 읽으면서 계속 웃다가 울다가를 반복했다.

읽다가 문득 이 블로그에는 댓글을 달 수 있게 되어 있다는 걸 알았다.

이제 하루나에게는 전해지지 않겠지만, 나는 하루나가 쓴 첫 글로 되돌아가 모든 글에 댓글을 쓰기로 했다.

🖊 7월 17일. 맑음. 컨디션 그럭저럭.

엄마가 휴대전화를 사준 지 일주일이 지났다. 이제야 겨우 익숙해졌다. 아무튼 요즘은 아키토와 매일 연락할 수 있어서 즐겁다. 전부터 줄곧 일기를 쓰고 싶었다. 하지만 노트라는 실물로 남는 게 싫어서 이 블로그를 만들었다. 제목은 상당히 고심한 끝에 나의 비밀 블로그라고 붙였다. 여기라면 아무도 눈치채지 못할 거고 뭐든지 자유롭게 적을 수 있다. 오늘부터 매일 게으름 피우지 말고 열심히 써야지!

ㄴ 나도 하루나와 날마다 연락할 수 있어서 무척 즐거웠어. 우리, 많은 얘길 나눴지? 가끔 그때 주고받은 문자를 다시 읽어보곤 해. 그리고 제목에 풀네임이 들어가 있는데, 나중에 마음이 바뀌어 변경한 걸까? 하루나답네. ☺
　_아키토

📍 7월 20일. 흐림. 컨디션 양호.

최근에는 날씨가 더워져 옥상에 가지 못해 속상하다.

아키토는 오늘부터 여름방학이라고 한다. 즐거울 것 같아서 부럽다. 나는 날마다 여름방학 같은걸. 그리고 용기 내어 아키토에게 함께 불꽃놀이를 보자고 말했다. 분명 좋아하는 사람이 있겠지 싶어서 거절할 거라고 생각했다. 하지만 아키토는 함께 보자고 말해주었다. 기뻐서 눈물이 날 뻔했다. 작년에는 혼자 봤기에 이번에는 정말 기대된다. 몸 상태가 나빠지지 않으면 좋으련만.

ㄴ 눈물이 날 뻔할 정도로 기뻤구나. 강한 척하지 말고 솔직히 내 병을 털어놓았

더라면 불꽃놀이를 함께 볼 수 있었을 텐데. 약속 못 지켜서 정말로 미안해.

_아키토

🌸 8월 5일. 맑음. 컨디션 최고.

오늘은 검사가 있는 날이었다. 담당 선생님은 미간에 주름이 잡혀 있어 표정이 무섭다. 외출하고 싶다고 부탁했더니 안 된다고 하셨다. 요즘은 컨디션도 좋은데. 그 후에 웬일인지 아키토가 거베라 여섯 송이를 들고 오전 중에 와주었다. 나한테 빠져 있구나. ☺

좀 더 이야기하고 싶었는데 아키토는 바로 돌아갔다. 어릴 적 친구랑 영화를 보러 간다고 했다. 혹시 아키토가 좋아하는 사람이 그 친구일까. 나 같은 환자보다 건강한 사람이 좋겠지……. 사실은 불꽃놀이도 그 친구랑 보고 싶은 걸까.

└ 이날이 바로 내가 쓰러진 날이네. 그때 얘기했어야 하는데. 미안. 그리고 환자니 건강한 사람이니 그런 건 관계없어. 불꽃놀이도 하루나랑 같이 보고 싶었어. _아키토

🌸 8월 13일. 비. 컨디션 그럭저럭.

요즘 아키토가 오지 않는다. 여름방학이라 실컷 노느라 바쁜 건가. 바다나 수영장, 또는 축제라든지 여름엔 즐거운 일이 많으니까. 분명 여름방학을 신나게 보내고 있겠지. 모처럼 여름방학인데 굳이 내 병문안을 올 리가 없을 거야. 메

시지 답장도 예전보다 늦어져서 쓸쓸하다. 나는 오늘도 온종일 그림을 그리며 보냈다.

일기예보에서 불꽃 축제날에 비가 온다고 한다. 그날은 맑았으면 좋겠다.

└ 나도 쭉 병원에 있었어. 매일 괴로웠지. 쓸쓸하게 해서 미안. _아키토

🔖 8월 15일. 비. 컨디션 별로 좋지 않음.

불꽃 축제 전날이다. 비는 그칠 기미가 보이지 않는다. 고요한 병실에서 데루데루보즈 인형을 잔뜩 만들었다. 나는 슬프지만 데루데루보즈만은 웃는 표정으로 해주었다. 꼭 내일 불꽃 축제를 화창한 날씨로 만들어주겠지?

아키토는 오늘도 오지 않았다. 이제 오지 않으려나. 메시지도 전혀 보내지 않는 걸 보니 여자친구가 생겼는지도. 그러고 보니 오늘 매점에 가려고 1층에 내려갔다가 아키토와 닮은 사람이 재활 센터로 들어가는 걸 봤다. 여기 있을 리 없는데, 좀 닮았다고 아키토라고 생각하는 나는 바보다.

└ 바보 아냐. 나 맞아. 설마 네가 봤을 줄은 생각도 못 했어. 하루나에게만은 눈에 띄지 않으려고 기를 쓰고 도망 다녔는데, 지금 생각하니 나야말로 바보 같아. _아키토

🔖 8월 16일. 비오다 갬. 컨디션 좋지 않음.

아침에는 비가 내렸지만 저녁부터 맑게 개었다. 역시 내가 만든 데루데루보즈는 효과가 굉장해. 하지만 모처럼 날이 개었는데 아키토가 오지 않았다.

울면서 혼자 불꽃놀이를 보고 있는데 아키토에게 전화가 걸려왔다. 무척 놀랐고 또 반가웠다. 아키토의 목소리를 들으면서 불꽃놀이를 보았다. 둘이 나란히 서서 불꽃놀이를 보고 있는 것 같아서 가슴이 두근두근했다. 아키토가 내년에는 꼭 함께 보자고 말해주었다. 이번에는 아마도 내가 약속을 깰 차례일 거야. 하지만 정말 기뻤다.

가슴이 마구 뛰어서 아키토에게 내 마음을 전했다. 하지만 불꽃 터지는 소리에 듣지 못한 모양이다. 분명 다시는, 말하지 못하겠지.

└ 그날은 지금까지 본 불꽃놀이 중에서 제일 예뻤어. 함께 보지 못해서 정말 미안해. 전부 솔직히 털어놓았더라면 같이 볼 수 있었을 텐데. 마음이라니, 혹시 고백? 그거라면 직접 듣고 싶었는데. _아키토

🔖 9월 7일. 맑음. 컨디션 좋지 않음.

오늘 아키토가 드디어 와주었다. 기뻐서 얼굴을 본 순간 눈물이 날 뻔했다. 하지만 왠지 심통이 나서 전혀 서운하지 않은 척했다. 거베라도 여섯 송이를 사다 줘서 정말 기뻤다. 거베라도 오랜만이다.

아키토는 기운이 좀 없어 보였다. 약간 마른 것 같기도 해서 걱정된다.

뭔가 숨기고 있는 듯한 그런 기색이었다. 처음 만났을 때부터 그랬다. 뭔가를

혼자 끌어안고 있는 듯한 그런 느낌.

하지만 나는 묻지 않았다. 아키토가 말해줄 때까지 기다려야지.

> ㄴ나도 만나서 기뻤어. 여섯 송이만이 아니라 더 많이 사 갔으면 좋았을걸.
> 그리고 내 병에 관한 거, 결국 끝까지 말하지 못해서 미안해. _아키토

그 후로는 블로그 글이 일주일 건너뛰기도 하고 이주일이 지나기도 하는 등 대중 잡을 수가 없었다. 바로 그즈음부터 하루나의 병세가 악화되기 시작했던 기억이 떠올랐다.

그래도 하루나는 내 앞에서 밝게 행동했고 걱정을 끼치지 않으려고 약한 소리를 하지 않았다. 사실은 괴로웠으면서, 하루나는 언제나 강한 모습을 보였다. 나는 그걸 눈치챘으면서도 계속 모르는 척했다. 현실을 직시하고 싶지 않아서 하루나에게 남아 있는 날에 대해서는 되도록 생각하지 않으려 했다. 그렇게 나는 평정심을 잃지 않으려고 애썼다.

🖋 9월 21일. 흐림. 컨디션 나쁨.

오늘은 아키토의 생일이다. 한참 전에 생일을 들은 이후로 잊지 않으려고 스케치북에 메모해 두었다. 어떻게 축하해줄까, 뭘 선물해줄까. 두 달쯤 전부터 몰래 계획을 세웠다. 하지만 결국 몸이 안 좋아지는 바람에 아무것도 준비하지

못했다. 아키토에게 들키지 않도록 며칠 전부터 장식용 색종이를 접어 준비해 놓았는데 결국 꾸미지 못했다. 하지만 폭죽만은 준비가 되었기에 문 뒤에 숨어 있다가 아키토를 축하해 주었다. 아키토가 엄청 놀랐나 보다.

선물은 준비 못 해서 미안해.

   └ 등 뒤에서 폭죽 세례를 받기는 처음이라 깜짝 놀랐어. 몸도 안 좋았으면서. 고마워. 어떤 의미론 지금까지 생일 중에서 가장 잊을 수 없는 날이 되었어. _아키토

📍 9월 28일. 맑음. 컨디션 나쁨.

오늘은 잊을 수 없는 하루였다.

아키토가 아야카를 데리고 왔다. 이제 두 번 다시 만날 수 없을 거라고 생각하고 있었는데. 아야카가 울고, 나도 울었다. 둘이서 엄청 울었다. 아키토가 난감해했다.

두 사람이 돌아간 뒤에 밤늦게까지 아야카랑 전화로 많은 이야기를 나눴다. 병실에서 그렇게 수다를 떨었는데도 여전히 할 말은 끝도 없이 남아 있다. 너무 즐거워서 실컷 웃었다. 이렇게 밤샘을 해보긴 처음이다. 무료 통화를 이용하는 방법을 배웠기에 내일 또 통화하자고 약속했다. 기다려진다.

죽기 전에 아야카와 화해할 수 있어서 다행이다. 아키토에게 감사할 따름이다. 정말 고마워.

└ 고맙긴. 근데 정말로 마우라를 데려오느라 애를 먹긴 했어. 고생한 보람이 있어서 다행이야. 그래도 하루나의 건강이 나빠지기 전에 더 일찍 데려갔어야 했는데. _아키토

🔖 10월 13일. 비. 컨디션 그럭저럭.

어제 아야카와 약속했다. 아키토와 아야카네 학교에서 이번 달 말에 문화 축제가 있다고 한다. 아야카 반에서는 백설공주 연극을 한다고 해서 보러 가기로 약속했다. 아키토네 반은 초코바나나 가게를 연다고 한다. 나는 먹어본 적이 없는 거라서 어떤 맛일지 먹어보고 싶다.

그날은 뭘 입고 갈까. 오랜만에 교복을 입고 가고 싶네. 엄마한테 화장도 해달라고 해야지. 미용실에도 가고 싶다.

그리고 아키토의 소꿉친구도 만나봐야지. 분명 예쁜 애일 거야.

└ 초코바나나는 처음이었구나. 그렇게 재료를 아껴서 만든 엉터리 말고 제대로 된 걸 만들었으면 좋았을 텐데. 소꿉친구라니 에리 말이야? 하루나를 에리에게도 정식으로 소개할 걸 그랬네. _아키토

🔖 10월 28일. 맑음. 컨디션 별로 좋지 않음.

오늘은 기다리고 기다리던 아키토와 아야카네 학교 축제일. 사실은 몸 상태가 좋지 않았지만 엄마에게 거짓말을 하고 함께 축제에 갔다. 아키토의 소꿉친구

는 인정하고 싶지 않지만 정말 예쁘고 좋은 애였다. 아키토를 잘 부탁한다고 말할걸.

몸이 지치긴 했지만 둘이서 교내를 돌아다니는 건 즐거웠다. 아키토는 자상하게도 걸음이 느린 내게 보폭을 맞춰주었다.

그리고 아야카. 너무 예뻤다. 반짝반짝 빛나 보였고 연극도 감동적이었다. 아야카뿐만 아니라 그 학교에 있던 학생들 모두 빛나고 있었지만, 내가 있을 곳은 아무 데도 없기에 부러웠다.

끝나고 나서 아키토가 병원까지 데려다줬는데 내가 이상한 말을 해서 그만 아키토를 울리고 말았다. 아키토가 우는 모습은 처음이었다. 가슴이 너무 아파서 나도 울어버렸다. 미안해.

└ 미우라 정말 연기 잘하더라. 그리고 그때 갑자기 울어서 미안. 왠지 슬퍼져서 나도 모르게 울게 되었어. 사실은 그때 하루나에게 내 마음을 전했어야 했어. 하루나도 분명 기다리고 있었을 텐데. _아키토

🖊 10월 30일. 맑음. 컨디션 좋지 않음.

오늘은 아키토에게 나를 그려달라고 했다. 뚫어져라 쳐다보고 있으니 부끄러웠는데 아키토도 그림을 그리면서 줄곧 수줍어했다. ☺

아키토가 옆에 앉았을 때 나도 모르게 손을 잡고 말았다. 남자 손을 잡은 건 아빠 말고는 처음이었다. 아키토의 큰 손은 역시 남자애 손이구나 하고 당연한

것을 생각하게 했다. 손을 오래 잡고 있고 싶었지만 아야카가 들어오자 아키토는 금세 돌아갔다. 너무도 두근두근해서 심장이 멈추는 줄 알았다.

ㄴ 하루나가 갑자기 손을 잡아서 나도 심장이 멎는 줄 알았어. 하마터면 하루나에게 죽임을 당할 뻔했다니까. ☺
미우라 녀석, 혹시 일부러 그 순간에 문을 열었던 건지도 몰라. 아니, 분명 그랬을 거야. _아키토

🖊 **이 글은 잠겨 있습니다.**

그다음 11월 5일 글에는 잠금 설정이 되어 있었다. 비밀번호 네 자리 숫자를 입력해야만 내용을 볼 수가 있다. 나는 여러 가지 조합의 숫자를 번갈아가며 입력해보았지만 다 실패했고 결국 포기했다. 무슨 내용이 쓰여 있는지 궁금했지만 나중에 다시 비밀번호 풀기에 도전하기로 하고 그다음 글로 넘어갔다.

하루나가 마지막으로 쓴 글이었다.

내가 하루나와 마지막으로 대화를 나눈 그날 밤.

내가 돌아간 뒤에 하루나는 이 글을 썼겠지.

🖊 **11월 18일.**

나, 의식을 잃었었나 보다. 자칫하면 죽을 뻔했다고.

아키토와 아야카에게 메시지를 보냈더니 둘 다 와주었다. 아야카가 먼저 돌아간 뒤 오랜만에 아키토와 둘이서 이야기를 나눴다. 처음 만났던 날의 이야기를 하면서 가슴에 아릿하게 그리움이 밀려왔다.

아키토가 1년의 시한부 인생을 선고받은 사람이 10년이나 더 살았다는 얘기를 해주었다. 나도 그 사람처럼 되고 싶어서 매일 병과 싸우기로 결심했다.

그리고 잠자기 전에 엄마와 아키토, 아야카에게 편지를 쓰고 스케치북에 끼워 두었다.

편지의 마지막에 아키토에게 내 마음을 전했다. 아키토라면 분명 알아차릴 거다. 다른 사람이 읽어도 상관없도록 우리 둘만이 알 수 있게 썼다. 하지만 아키토는 둔감하니까 알아차리지 못할 수도 있어. 알아차리면 좋겠는데.

— (덧붙임) 11월 18일. 22시 33분.

지금까지 쓴 글을 전부 읽어보았다.

내가 죽으면 이 블로그는 어떻게 되는 걸까. 나중에 없어지는 걸까, 아무도 모른 채 영원히 남아 있는 걸까. 어느 쪽이든 슬프다. 그래서 제목을 바꿨다. 아키토나 아야카가 언젠가 발견해주면 좋겠다.

 └ 이날이 하루나랑 마지막으로 대화를 한 날이었지. 그날 밤 하루나와 이야기하지 않았다면 난 분명 수술을 받지 않았을 거야. 하루나, 정말 고마워.

네가 아니었다면 나는 벌써 죽었을 텐데.

매일 병과 싸우던 하루나, 정말 대단했어. 이제 편히 쉬어.

그리고 블로그 제목 바꿔줘서 고마워. 덕분에 찾아냈어.

편지라니, 그 편지? 아무것도 쓰여 있지 않던데? 집에 들어가면 다시 한번

확인해볼게. _아키토

모든 글에 답장을 썼고, 마지막에는 울면서 썼다.

다시 한번 하루나를 만난 것 같은 그럼 심정이었다.

결국 편지에 쓰여 있다는 '하루나의 마음'이 뭔지는 알 수 없
었다. 나도 하루나도 마지막까지 하고 싶은 말을 하지 못한 채
끝나고 말았다.

에필로그

내가 퇴원한 것은 그로부터 얼마 후였다.

퇴원하던 날, 아버지와 어머니 그리고 나쓰미가 마중을 와주었다. 아버지가 운전하는 차의 조수석에는 어머니가, 그리고 뒷좌석에는 나쓰미와 내가 앉았다. 집까지 4시간 정도 걸리는 장거리였고 이렇게 네 식구가 오랜 시간 드라이브를 하기는 꽤 오랜만이었다.

"오빠 건강도 좋아졌으니까 이제 가족여행 갈 수 있지?"

나쓰미가 몸을 앞으로 내밀며 물었다.

"그렇지. 하지만 좋아졌다고 해도 완전히 나은 건 아니니까 오빠 컨디션 봐서."

침착하게 대답하는 아버지와 백미러로 눈이 마주쳤다. 나는 곧 차창 밖으로 시선을 돌렸다. 차는 고속도로로 들어섰다.

"여행 언제든 괜찮아. 온천이든 유원지든."

나는 안전벨트를 매면서 말했다.

"정말? 언제 갈까? 할머니도 곧 퇴원하신다니까 할머니도 함께 가요!"

내 말에 나쓰미가 바로 반응을 보였다.

"다음 주말도 좋고, 아니면 봄방학에도 여행갈까? 괜찮지 아키토?"

"응, 괜찮아요."

어디로 갈까? 하며 어머니가 웃었다. 나쓰미도 좋아라 하며 웃는다. 백미러 너머로 보이는 아버지도 흐뭇하게 미소를 짓고 있다.

그 후에도 집에 도착할 때까지 대화가 끊임없이 계속되어 차 안은 줄곧 화기애애했다.

나는 하루나의 이야기를 처음으로 가족에게 털어놓았다. 4시간이나 있었기에 하루나와 만나서고 나서의 이야기를 하기에는 충분했다. 나는 웃다가 울다가를 반복하면서 전부 이야기했다. 아버지도 어머니도 나쓰미도 따뜻한 표정으로 내 이야기를 들어주었다.

우리 가족은 예전처럼 다시 화목한 가족으로 돌아간 것 같았다.

나는 2월 중순에 복학했다.

내가 심장병이라는 사실은 반 전체에 다 알려졌다. 하긴 겨울 방학이 끝나고부터 한 달이나 학교에 가지 못했으니 선생님도 아이들에게 말하지 않을 수 없었던 모양이다. 물론 시한부라는 사실만은 비밀에 부쳤다.

다른 반인 미우라에게는 내가 직접 말했다. 학교에서는 이야 기하기 어려워서 밤에 전화를 걸었다. 그냥 심장병이라고만 알려주고 오래 살 수 없다는 말은 하지 않았다.

"여어, 하야사카. 입원했었다며? 너 안 나오는 동안 자리가 바뀌었는데 나랑 또 옆자리야. 얼마 안 남았지만 3학기(일본은 4월에 신학년이 시작되며, 3학기제로 운영되는 학교 대부분 봄방학을 포함하여 1월에서 3월까지 3학기다)도 잘 부탁해."

다카다가 안경을 꾸욱 밀어올리며 말했다.

이번에는 교실 한가운데 줄의 맨 뒷자리다. 내 자리에서 비스듬한 앞쪽 자리에 에리도 있다. 나쁘지 않은 자리다.

"다카다, 그 안경 말인데 얼굴 크기에 안 맞는 거 아니냐? 책보다 안경을 먼저 사야 할 것 같은데."

내가 내친김에 그렇게 말하자 다카다의 안경 너머 작은 눈이 동그래졌다.

"아, 아니, 난 이대로 괜찮아. 내가 좋아서 그러는 건데 뭐."

다카다는 그렇게 말하고 책을 펼쳐서 읽기 시작했다.

앞으로는 하고 싶은 말을 솔직하게 하기로 마음먹었다. 수술 덕분에 당장 죽을 위험은 없어졌지만 언제 죽어도 좋을 만큼 후회 없이 살아가기로 결심했으니까.

그날 방과 후, 나는 오랜만에 미술실로 향했다. 일 년 정도 나가지 않았지만 그래도 나는 엄연한 미술부원이다. 동아리 활동이 없는 날이라 미술실에는 아무도 없었다. 텅 빈 교실 뒤쪽 선반을 바라보니 아직 내 유채화 도구들이 있었다. 전부 꺼내 와 이젤에 새하얀 캔버스를 올려놓고 먼저 연필로 밑그림을 그렸다. 내 인생 마지막 작품을 그리겠다는 미션을 달성해야 해서 캔버스에 망설임 없이 연필을 놀렸다.

밑그림을 다 그리고 나서 이번에는 목제 팔레트에 유화물감을 짜 놓고 그림에 색을 칠해나갔다. 오랜만에 맡는 물감 냄새가 코를 자극했다. 마음이 편안해지는 냄새다.

그림을 그리다가 문득 생각했다. 이것을 마지막 작품이 아니라, 제2의 인생의 첫 번째 그림으로 하자고. 시한부 1년을 선고받은 지 1년이 지났다. 하루나와 만나지 않았더라면 나는 지금쯤 죽었겠지. 그러니까 이 그림은 하루나가 내게 준 제2의 인생을 여는 첫 번째 그림으로 여기기로 했다. 애초에 내게서 그림을 빼면 아무것도 남지 않는다. 역시 내게는 그림밖에 없다.

혼자 고개를 주억거리며 아무도 없는 미술실에서 시간도 잊은 채 그림을 그리는 데 몰두했다. 차분히 캔버스를 마주하기는 아주 오랜만이었고, 깨닫고 보니 어느새 밖이 캄캄해져 있었다.

나는 그날부터 일주일에 걸쳐 그림을 완성했다.

그림이 완성된 날은 내 옆에 에리가 있었다. 에리에게 내가 최근 방과 후에 미술실에 가는 것을 들키는 바람에 정황을 설명해주었다.

"제2의 인생 첫 그림이라고? 다 그리면 보여주기다."

그렇게 말하기에 어쩔 수 없이 에리를 데리고 갔다.

"그림이 참 예쁘다. 이 남자애가 아키토고 이 여자애가…… 하루나라고 했나?"

내가 그린 그림을 뚫어져라 바라보며 에리가 물었다. 쇼타와 에리가 먼 병원까지 병문안을 와주었던 날, 두 사람에게 하루나에 관해 다 얘기했었다.

"응. 맞아."

"왠지 여름이 물씬 느껴져서 좋네. 특히 불꽃이 너무 예뻐. 굉장히 인상적이고 뭐랄까, 아무튼 완전 불꽃놀이야."

"무슨 소리야, 그게."

나는 피식 웃으며 유채 도구를 정리하기 시작했다. 내가 특히나 정성 들여 그린 불꽃 부분을 칭찬받아서 조금 기뻤다.

내가 그린 그림은 그날 이루지 못한 약속이었다. 나는 그 약속을 그림으로 그렸다.

병실 창으로 바라보던 무지갯빛으로 빛나는 수많은 불꽃. 가운데에서 바깥으로 퍼지면서 길게 꼬리를 그리는 모습은 내가 봐도 잘 묘사했다. 나와 하루나는 나란히 서서 그 불꽃을 올려다본다. 병실 창에는 데루데루보즈가 잔뜩 매달려 있다. 물론 침대 탁자에는 봄과 가을에 피는 그 꽃도 그렸다. 형형색색의 거베라 여섯 송이가 병실을 화사하게 물들이고 있다.

뒷모습을 그린 거라 나와 하루나의 표정은 보이지 않지만 분명 두 사람 다 웃고 있을 것이다. 이걸로 약속을 지킨 게 되지는 않겠지, 하고 완성된 그림을 바라보며 나는 미소를 지었다.

100점을 주고 싶었지만 약속을 지키지 못했으므로 1점을 깎아 99점으로 점수를 매겼다.

주말에 아침부터 비가 내렸지만 하루나에게 성묘를 가려고 집을 나섰다. 이미 여러 번 묘소를 찾아갔다는 미우라에게 위치를 물어 혼자 갔다.

소리 없이 그칠 줄 모르고 내리는 보슬비가 의외로 마음을 편하게 해주어 발걸음이 가벼웠다. 늘 타던 버스에 올라 맨 뒷자리에 앉았다.

성묘를 하러 가는 것이니 꽃을 사야 한다.

나는 이미 단골이 된 그 꽃가게로 들어갔다.

"어머나, 거베라 군 아냐? 오랜만이네. 친구가 퇴원했나 보다고 생각했지."

아주머니는 꽃에 물을 주면서 서글서글하게 웃었다. 여전히 꽃처럼 환한 웃음이었다.

"아녜요. 그렇진 않지만……."

"오늘도 거베라 줄까?"

나는 거베라 쪽으로 손을 뻗다 말고 다른 꽃을 골랐다.

"오늘은 이 꽃을 사러 왔어요."

나는 추도·성묘용이라고 쓰여 있는 꽃을 집어 아주머니에게 건넸다.

"아아…… 그래."

아주머니의 목소리가 촉촉이 가라앉았다.

분위기가 어색해져서 아무 말 없이 꽃값을 계산했다.

아주머니의 얼굴을 보지 않고서 가게 문으로 향했다. 여느 때처럼 나를 불러세우는 아주머니의 목소리는 들리지 않았다.

나는 걸음을 멈추고 뒤돌아보았다.

"저, 뭐 하나 여쭤봐도 돼요?"

아주머니는 숙이고 있던 얼굴을 들고 "응. 뭔데?" 하고 물었다.

다시 이 가게에 올 일이 있으면 아주머니에게 물어보려고 하던 게 있었다.

줄곧 궁금했다.

"거베라 세 송이에는 어떤 의미가 있어요?"

하루나가 내 앞으로 쓴 편지에 그려져 있던 세 송이의 거베라 그림.

아무리 여러 번 읽어도 적혀 있지 않았던 '하루나의 마음'. 그렇다면 그림에 뭔가 의미가 있는 게 아닐까 하는 생각이 머리를 스쳤던 것이다. 그것이 하루나가 내게 전하고 싶었던 말이 아닐까.

내 질문에 아주머니는 후훗 하고 웃더니 대답했다.

"세 송이의 거베라에는 말이야, '당신을 사랑합니다'라는 의미가 있단다."

그 말을 들은 순간 내 가슴에는 격심한 통증이 몰려왔다. 동시에 눈에서 눈물이 배어 나와, 흐르지 않도록 참아야 했다. 하지만 억누를 수가 없었다. 결국 눈물이 흐르더니 멈출 새 없이 뚝뚝 떨어졌다.

굳이 그림으로 전하지 않아도 되잖아. 직접 말해주든, 편지에 써줬어도 좋았는데. 하지만 그건 하루나가 수줍은 마음을 최대한 감추려 했던 것이라고 생각하자 가슴이 더없이 뜨거워지고 끝없이 눈물이 터져 나와 내 뺨을 적셨다.

지금 당장 하루나를 만나고 싶다. 하루나를 만나 내 마음을 전하고 싶다. 미칠 것 같이 하루나가 그립다.

아주머니는 아무 말도 하지 않고 당황한 기색도 없이 잠자코 나를 바라봐주었다.

사랑하기를 단념했던 하루나가 나를 사랑해주었다. 그 사실이 무엇보다도 기뻤다.

나 혼자만이 아니었던 것이다. 하루나도 '시한부의 사랑'을 했던 것이다.

"죄송해요. 역시 이 꽃 말고 거베라로 세 송이 주세요."

내가 떨리는 목소리로 말하자 아주머니는 자상하게 웃으며 "나도 그게 좋을 거 같아"라고 말했다.

버스를 내리자 비가 그치고 구름 사이로 해가 얼굴을 내밀고 있었다. 마치 하루나가 여기야, 하고 나를 이끌어주듯이 하늘에서 비추는 빛의 끝에 하루나의 묘가 있었다.

하루나는 아버지와 같은 묘지에 묻혀 있었다.

묘비에는 '사쿠라이가의 묘'라고 쓰여 있었다. 지석(誌石)에는 하루나의 이름과 나이, 사망 연월일이 새겨져 있었다.

새겨진 글자를 손가락으로 어루만졌다. 특히 17세라고 새겨진 글자에 가슴이 아팠다.

꽃 항아리에 빨강, 노랑, 주황색 세 송이의 거베라를 꽂았다.

역시 세 송이는 쓸쓸한 느낌이 났지만, 이대로가 좋다.

두 손을 가슴 앞에 모으고 눈을 감으니 하루나의 모습이 떠올랐다.

내 기억 속의 하루나는 언제나 웃고 있다. 약간 난감한 듯이 웃는 그 웃음. 나는 부드럽고, 안아주고 싶어지는 하루나의 웃는 얼굴을 좋아했다.

내 인생 최후의 사랑이라고 할 수 있는 시한부의 사랑은 반년 남짓한 짧은 나날이었고, 짧았지만 내게는 더없이 소중한 시간이었다.

하루나와 만남으로써 나는 내 병과도 마주할 수 있었다.

부모님과 다시 옛날처럼 함께 웃을 수 있게 되었다.

내팽개쳤던 내 인생을 되찾을 수 있었다.

나는 하루나가 없었다면 수술을 받지도 않았을 것이다. 하루나는 내게 조금 더 살아갈 시간을 주었다.

눈을 뜨고 하늘을 올려다본다. 하루나가 그렸던 그림처럼 아름다운 푸른빛이 펼쳐져 있었다. 방금 전까지 비가 내렸기 때문일까, 하늘에는 무지개가 걸려 있었다. 그 무지개를 보고 나는 문득 생각났다.

하루나의 그림에는 반드시라고 해도 좋을 정도로 무지개가 그려져 있었다. 무지갯빛 계단과 무지갯빛 파라솔이나 불꽃. 하루나는 무지개를 좋아했구나. 나는 다시 한번 하늘을 올려다보았다.

눈물이 한 방울 뚝 떨어졌다.

나는 주머니에서 휴대폰을 꺼내 하루나가 마지막으로 쓴 블로그에 새로운 댓글을 덧붙였다.

└ 하루나의 마음, 오롯이 전해졌어. 나도 하루나를 사랑해. _아키토

나는 온 길을 되돌아갔다. 등 뒤에 하루나가 서 있는 듯한 느낌이 들어서 뒤돌아본다.

당연히 그곳에는 아무도 없었다.

거베라꽃 세 송이가 하늘하늘 바람에 흔들리고 있었다.

시한부 1년을 선고받은 친구를
좋아하게 된 이야기

내가 하루나가 쓴 블로그의 존재를 알게 된 것은 하야사카 아키토가 세상을 떠나기 사흘 전의 일이었다. 그날 내 휴대전화로 하야사카가 메시지를 보내왔다. 거기에는 하루나의 블로그 주소가 링크되어 있었다. '아무도 접속하지 않으면 혹시 없어질지도 모르니까 알려줄게'라는 문장 한 줄도 덧붙여져 있었다.

　나는 하루나의 블로그 일기를 하나하나 읽어나갔다. 무엇보다도 하야사카에게 질투가 났다. 하루나가 하야사카 얘기만 잔뜩 써놓고 내 얘기는 조금밖에 쓰지 않았기 때문이다. 하지만 어쩔 수 없는 일이다. 하루나가 가장 힘들 때 곁에 있어 준 사람이 하야사카였으니까. 예전에 하루나와 나는 둘도 없는 절친이었지만 한번 어긋난 일이 있어 그 후로 소원해졌다. 하지만 하야사카는 언제나 하루나의 곁에 있던 소중한 사람이다.

블로그에 쓰인 글을 전부 다 읽고 나니 주르르 눈물이 흘러내렸다. 하루나의 하루하루를 떠올리면서 우리가 만나지 못했던 2년간의 공백을 후회했다. 하야사카에게 하루나의 블로그를 왜 이제서야 알려준 건지 불평하려 했지만 내가 하야사카의 병실을 찾아갔을 때 이미 하야사카는 혼수상태에 빠져 있었다. 그리고 하야사카는 눈을 뜨지 못한 채 그대로 먼 길을 떠났다. 하루나의 곁으로.

하야사카는 하루나의 블로그 글에 전부 댓글을 적어놓았다. 나도 뭔가 쓰려고 했지만 그만뒀다. 왠지 그대로 두는 게 좋을 것 같았다.

하루나가 마지막으로 쓴 글의 바로 앞글은 비밀번호로 잠겨 있었다. 나는 비밀번호를 예측해 여러 번 시도했지만 결국 열지 못했다. 하지만 하야사카는 이 비밀번호가 걸린 글을 본 게 틀림없다. 이 글에는 답글이 두 개나 달려 있었으니까.

내가 처음 하루나와 만난 것은 유치원 때였다.

나는 유치원에 다니면서 반년 동안은 하루나의 존재를 알지 못했다. 하루나는 이 무렵부터 몸이 약해서 툭하면 등원하지 않아 친구가 한 명도 없었다.

내 주변에는 늘 아이들이 모여들었지만 하루나는 언제나 외톨이였다.

"너, 이름이 뭐야?"

어느 날 나는 유치원 운동장에 있는 모래터에서 혼자 산을 만들고 있던 하루나에게 말을 걸었다.

"……사쿠라이 하루나."

하루나는 나를 흘낏 한번 보고는 짤막하게 대답했다.

무표정하게 조그만 삽을 들고 묵묵히 산을 쌓고 있었다.

"으응, 하루나구나. 근데 왜 다른 애들하고 안 놀아? 저기서 같이 술래잡기 할래?"

"아니."

"왜?"

하루나는 산을 만들면서 내 쪽을 보지도 않고 대답했다.

"엄마가 나는 몸이 약해서 달리면 안 된다고 그러셨어."

"그래? 하루나는 병에 걸린 거야?"

"응."

"어떤 병인데?"

"희귀한 병. 나도 그거밖에 몰라."

그때 내 눈에는 하루나의 눈에 눈물이 어른거리는 것처럼 보였다.

"그렇구나. 그럼 나도 여기서 하루나랑 같이 산 만들래!"

그렇게 말하자 하루나는 얼굴을 들고 이상하다는 듯이 나를 쳐다봤다. 그애는 순간 웃음을 보이더니 다시 금방 무표정이 되었다.

"자, 이거."

하루나는 내게 작은 삽을 빌려주었다. 나는 그 삽을 받아들고 하루나와 함께 모래놀이를 했다. 두 사람 다 손을 새까맣게 물들여가며 커다란 산을 만들었다.

다음 날부터 하루나는 몸이 안 좋아져서 두 달 정도 유치원에 오지 않았다.

우리는 초등학교에서도 늘 붙어 다녔다.

하루나가 학교에 오는 날은 항상 함께 등교했다.

매일 아침 하루나의 집으로 갔고, 하루나가 나오면 기뻐했다. 하루나의 몸이 안 좋아 쉬는 날은 어머니가 대신 나와서 "여기까지 와줬는데 미안하구나" 하고 알려주면 나는 혼자서 학교로 갔다. 하루나는 초등학교 때도 결석하는 날이 많다 보니 내가 아는 한에서는 친구가 한 명도 없었다.

중학교에 올라가고부터는 더 자주 학교를 빠졌다.

하루나는 1년 반 정도 입원해 있던 적도 있어서 고등학교 진학은 체념하고 있었다. 건강이 회복되면 방송통신고등학교에 다니겠다고 말했지만 결국 그 소망도 이루지 못했다.

하루나는 입버릇처럼 장래에 어머니처럼 간호사가 되고 싶다고 말하기도 했다. 나는 자상한 하루나에게는 딱 맞는 직업이라고 생각했다. 어릴 때부터 어머니가 일하는 모습을 보면서 하루나는 간호사를 동경했는지도 모른다.

나는 하루나의 병에 관해 자세히는 알지 못했다. 알려고도 하지 않았다. 태어날 때부터 몸이 약한 아이구나, 뭐 그런 애도 있겠지, 이 정도밖에 생각하지 않았다.

설마 생명과 관련된 병이었다니, 하야사카에게 듣기 전까지는 전혀 몰랐다.

중학교 졸업식을 이주일 앞둔 날, 그때까지는 몸 상태가 좋았던 하루나가 입원하게 되었다. 졸업식만큼은 꼭 참석하겠다고 단단히 벼르고 있던 하루나는 너무나도 크게 낙심했다.

"아직 이주일 더 남았으니까 어떻게 그때까지는 퇴원할 수 없으려나?"

곧바로 병문안을 가서 그렇게 물었지만 "안 될 것 같아" 하고 하루나는 울음이 터질 것 같은 표정으로 대답할 뿐이었다.

그 말대로 하루나는 졸업식에 오지 못했다.

나는 졸업식이 끝나자마자 병원으로 달려갔다.

"나 졸업했어, 하루나."

나는 무신경하게도 하루나에게 졸업장을 펼쳐 보이며 웃었다. 하루나가 "축하해"라고 말해줄 거라고 생각했다. 그러나 하루나는 "잘됐네" 하고 무뚝뚝한 말투로 대답할 뿐이었다.

이때 하루나는 여느 때와 좀 달랐다.

내가 무슨 말을 해도 건성으로 대꾸할 뿐 웃음도 짓지 않았다.

졸업식 이야기를 하고 새로 다니게 된 고등학교 이야기가 나오자 결국 침대에 올라가더니 다른 쪽을 보고 누웠다.

나는 졸업식도 못 가고 고등학교도 다닐 수 없게 되어서 하루나가 마음이 좋지 않겠구나 싶어 당황하며 사과했다.

"미안, 하루나. 빨리 병이 나았으면 좋겠어. 하루나도 고등학교 가고 싶을 텐데."

"……이제 날 좀 내버려 둬."

"응? 하루나 왜 그래?"

"이제 여기 오지 마!"

"왜 그러는 거야?"

내가 부러워서 질투하는 거라고 생각했다.

"됐으니까, 고등학교 생활 재미나게 하라고."

"하루나 너, 아프다고 해서 그렇게 대충 놔 버리는 거 좋지 않아. 병 때문에 괴로운 건 알지만 건강한 나도 여러 가지 괴로운 일이 많단 말이야. 너만 힘든 게 아니라고."

나는 빠르게 쏘아붙였다.

"……뭐가 괴로운데?"

"뭐?"

얼음처럼 차가운 하루나의 말투에 나는 순간 멈칫했다.

"말해 봐, 뭐가 괴로운데? 아야카가 힘든 게 대체 뭔데? 정말로 괴로운 경험을 해본 적도 없는 주제에 다 아는 것처럼 말하지 말라고!"

하루나는 거칠게 내뱉으며 나를 쏘아보았다. 하루나가 이렇게 감정적으로 나오는 건 처음이었지만 나도 나대로 마음이 상해서 되받아쳤다.

"뭐하는 거야! 비련의 여주인공이라도 된 것 같아? 그런 식으로 비관적으로 굴면 언제까지고 병도 안 나을 거라고!"

나도 하루나랑 똑같이 목소리가 커졌다. 나도 당연히 괴로운 일 한두 가지쯤은 있다. 경험한 적도 없는 주제라니, 그런 말을 듣자 화가 나서 생각지도 않았던 말을 내뱉고 말았다.

하루나의 눈에 눈물이 맺혀 있는 것을 몇 초 지나서야 알아차렸다. 하루나는 아무 말 없이 필사적으로 눈물을 참고 있었다. 나는 뭔가 말하려고 했지만 결국 아무 말도 못 하고 도망치듯이 병실을 빠져나왔다.

나중에 듣기로는 하루나가 그 며칠 전에, 자신이 앞으로 오래 살지 못한다는 사실을 어머니에게 들었다고 한다. 나는 그런 사정도 모르고 하루나에게 너무 심한 말을 하고 말았다.

하지만 당시 나는, 말이 조금 지나치긴 했지만 그런 식으로 말한 하루나도 잘못한 거라고 고집을 꺾지 않았다.

그러고 나서 나는 고등학교에 입학해 새로운 친구들이 생겼고, 아르바이트까지 시작해서 하루나를 생각하는 시간이 점차 줄어들었다.

입학 후에는 계속해서 남학생들에게 고백을 받았다. 성가셨지만 아주 싫지도 않았다. 중학교 때부터 나는 내가 이성들에게 호감을 끄는 외모라는 걸 알고 있었다. 남자들은 모두 다정했고 여자 친구들도 자연스레 주위에 모여들었다.

주위 사람들에게 필요한 사람인 것 같은 기분이 들어서 솔직히 기뻤다. 하지만 뭔가가 부족했다. 그 뭔가가 하루나였다는 걸 이제 와서 깨달았다.

나는 고교 1학년 때, 한 학년 위인 선배와 사귀었다. 단지 잘생긴 남자를 만난다는 우월감에 빠져 사귀었던 것뿐이다.

그런데 그가 나를 너무 속박하려고 해서 한 달쯤 사귀다가 차버렸다. 그 무렵의 나는 남자친구를 만나는 것보다 여자 친구들하고 노는 게 훨씬 재미있었다.

하루나 생각은 아주 가끔씩밖에 나지 않게 되었던 고교 2학년 그날, 다른 반 남학생이 날 교실 밖으로 불러냈다.

또 고백하려는 건가 하고 한숨을 쉬며 복도로 나가자 웬 존재감 없는 얼굴을 한 남학생이 서 있었다.

"날 불러낸 용건이 뭐야? 아니 그보다, 넌 누군데?"

내가 그렇게 묻자 그 우중충한 남자애는 말했다.

"사쿠라이 하루나라고 알지?"

나는 뜻밖의 말에 내 귀를 의심했다.

이 우중충한 남자애 입에서 하루나의 이름이 나오다니, 너무 놀랐다. 대체 얘는 누구야? 하루나하고 어떻게 아는 사이지? 나는 그를 의심스러운 눈으로 노려보았다.

그것이 하야사카 아키토와 나의 첫 만남이었다.

하야사카는 하루나에 대해 알고 싶다고 했다. 나는 당혹스러웠지만 기뻤던 것을 기억한다.

그 후 나는 하야사카에게 납치되어 2년 반 만에 하루나와 재회하게 되었다.

조금 어른스러워진 하루나는 예전보다 야위었고, 어딘가 무리해서 웃고 있는 것처럼 보였다.

하루나와 재회하고 나서는 지루했던 일상이 완전히 바뀌어 너무도 즐거웠다. 밤늦게까지 하루나와 문자를 주고받고 전화로

수다를 떨었으며, 아르바이트가 있는 날도 학교가 끝나면 바로 병원에 들렀다.

하야사카 덕분에 나는 하루나와 화해할 수 있었다. 하야사카에게는 정말로 고마워하고 있다.

마지막으로 하루나와 지낸 시간은 고작 두 달도 안 되었지만 내게는 무척 소중한 시간이었다.

하루나가 세상을 떠나고 나서는 또다시 시시한 일상이 찾아왔다.

나는 몇 개월 동안 무기력한 상태에서 벗어나지 못했다. 복도에서 가끔 하야사카와 스쳐 지나치기도 했지만 대화를 나누는 일은 거의 없었다.

하야사카는 여전히 존재감 없는 얼굴로 학교생활을 잘하고 있는 듯이 보였다.

내가 하야사카와 다시 이야기를 나누게 된 것은 고교 3학년 여름방학 때의 일이다. 반 아이들이 대학 입시 공부에 열중하고 있고, 하야사카와 내가 각자 전문대학교로 진학이 결정되었을 무렵이었다. 내가 아르바이트로 정신없던 시기이기도 했다.

하야사카와 친하게 지내는 무라이 쇼타로부터 하야사카가 입원했다는 소식을 들었다.

나는 바로 병원으로 달려갔다.

"네가 심장병이라고 듣긴 했지만, 많이 안 좋은 거야?"

예전에 심장병이 있다고는 본인에게 직접 들어 알고 있었지만 그때는 생명을 잃을 수도 있는 심각한 병인 줄은 몰랐다.

"나, 심장에 종양이 있어서 얼마 안 있으면 죽게 돼."

"뭐라고?"

"어? 말 안 했었나?"

"못 들었는데. 장난치는 거야?"

"아니, 진짜로."

장난치는 거라고 생각했다. 하지만 하야사카의 눈은 거짓말을 하고 있는 눈이 아니다. 하루나가 세상을 떠난 후 하야사카는 분위기가 달라졌다. 인생을 달관한 듯한, 체념한 듯한 그런 느낌이었다.

"일단 중환자니까, 앞으로는 상냥하게 대해줘라."

"잘은 모르지만 아마 중환자는 그런 말을 스스로 하지 않을 거야."

내가 그렇게 말하자 하야사카는 피식 웃더니 스케치북을 펼쳐 그림을 그리기 시작했다. 그 모습을 보자 하루나가 생각나 가슴이 옥죄어왔다.

"그거, 하루나는 알고 있었어?"

"몰랐을 거야. 걱정할까 봐 말 안 했어."

"그랬구나."

그러고 나서 한동안 침묵이 이어졌다.

하야사카가 색연필을 사용해 그림을 그리는 소리만이 병실에 울렸다. 경쾌하고 기분 좋은 소리가 마음을 편안하게 해주었다.

"무슨 그림 그려?"

"무슨 그림인지 맞혀 봐."

하야사카는 그렇게 말하고도 손을 멈추지 않고 계속해서 그림을 그렸다.

하루나도 그림을 잘 그렸지만 하야사카도 그에 지지 않을 실력이었다. 그가 그리고 있는 그림은 풍경화 같았다. 녹음이 있고 꽃이 잔뜩 피어 있으며 하늘에는 무지개가 걸려 있어 아름다웠다.

"잘 모르겠지만 어딘가의 꽃밭?"

"아니."

"아, 그래? 그럼 정답은?"

"천국."

"뭐?"

내가 되묻자 하야사카가 풋 하고 웃음을 터트렸다.

"왜 웃는 건데?"

"아니, 그냥 하루나랑 처음 만났을 때가 생각나서 그만."

"뭐야 그게."

뭐가 그렇게 우스운 건지 나는 알 수가 없었다. 불길하게 천국이니 뭐니 그런 그림을 그리다니.

나는 손목시계를 보고 일어섰다.

"나 이제 그만 갈게. 어쨌든 몸조리 잘해."

"몸조리 잘하라니, 그 미우라가 전에 없이 상냥하네."

"뭐라고 했냐?"

"아무것도 아냐."

나는 피식 웃으면서 병원을 나섰다.

설마 하야사카까지 살날이 얼마 남지 않았다니, 너무 놀랐다.

상황을 이해하려고 해도 머리가 멈춘 듯했다. 작년 겨울에 하루나가 우리 곁을 떠난 지 얼마나 됐다고.

나는 돌아가는 버스 안에서 머릿속이 혼란해 급기야는 내릴 곳을 지나칠 뻔했다.

집에 돌아가 우선 목욕을 했다.

마음을 진정시키고 차분히 생각할 시간이 필요했다.

욕조에 몸을 담그고 하야사카와의 대화를 다시 되새겨 보다가 문득 떠오르는 게 있었다.

그건 하루나가 죽기 전에 내 앞으로 보낸 편지에 쓰여 있던 말이었다.

아키토를 잘 챙겨 줘.

하루나가 남긴 편지에는 분명히 그렇게 쓰여 있었다. 읽었을 때 나는 이 말의 의미를 알지 못했다. 왜 내가 하야사카를 챙겨 줘야 하지? 하루나의 부탁이라고는 해도 의문이 남는 말이었다.

분명 하루나는 하야사카에게 병이 있다는 것을 알고 있었던 것이다. 그렇지 않으면 그런 말을 쓸 리가 없다. 하야사카 녀석, 은근히 멍청한 구석이 있으니 틀림없이 허점을 드러내 하루나에게 들킨 거겠지.

나는 문득, 하루나가 울고 있던 날의 일이 떠올랐다.

그건 분명 학교 축제가 끝나고 며칠이 지났을 때였다.

내가 하루나의 병실에 들어가자 하루나는 눈이 새빨갛게 부어서 울고 있었다. 이유를 물어도 아무 대답도 하지 않고 그저 한없이 눈물만 흘렸다.

하루나는 그날 하야사카의 병을 알게 된 것인지도 모른다.

그 후, 하야사카는 바로 퇴원했다.

여름방학을 이용해 검사 입원을 했던 것뿐이라고 한다. 하루나의 부탁이니까 챙겨주는 정도까지는 아니더라도 하야사카를 지켜보기로 했다.

이 무렵부터 나는 하야사카라는 사람에게 관심이 생기기 시작했다. 이성으로서의 관심이 아니라 왜 하루나가 이 밋밋한 남자를 좋아한 것인지, 그 의문에 대한 답을 알고 싶었다.

　하루나가 나 말고 다른 사람에게 마음을 연 적은 지금까지 단한 번도 없었기 때문이다. 그게 신기했기에 나는 학교에서 하야사카를 눈으로 좇게 되었다.

　"하루나. 하야사카를 좋아하는 거지?"

　하루나가 살아 있을 때 언젠가 한번 이렇게 물은 적이 있다.

　"어? 어떻게 알았어?"

　"네 얼굴에 다 쓰여 있다니까."

　"진짜? 아키토에게는 말하지 마."

　"당연하지. 그런데 하야사카의 어디가 좋아?"

　그런 우중충한 녀석의 어디가 좋은 건지 신기했다. 하루나는 아마도 그 녀석 말고는 좋아할 수 있는 다른 대상이 없어서 마지막으로 연애 놀이를 하고 싶은 걸까, 이런 생각까지 들었다.

　"아키토는 다른 사람들과 달랐어."

　"다르다니 뭐가?"

　"아키토는 말야, 내가 병을 앓고 있다고 말해도 내게서 떠나가지 않았어. 초등학교랑 중학교 때는 내가 병에 걸린 걸 말하면 모두 내게서 멀어졌거든. 그래서 친구가 없었어."

　사쿠라이는 병으로 아프니까 같이 놀자고 하면 안 돼. 옛날에 모두 하루나를 배려해서 그렇게 말했던 것이 생각났다.

"아야카랑 아키토만은 병에 걸렸다고 말해도 변함없는 태도로 대해줬어. 그래서 두 사람은 내게 특별한 존재야."

"그랬구나. 그래서 하야사카를 좋아하게 된 거야?"

"물론 그것뿐만은 아니야. 아키토는 자상하고 그림도 잘그리는 데다 웃으면 귀엽기도 하고, 그 밖에도 많아."

"그런가?"

하루나는 뺨을 붉게 물들이며 꽃병에서 주황색 거베라 한 송이를 꺼내 들고 살며시 향기를 맡았다.

그런 이야기를 했던 기억이 문득 떠올랐다.

그때부터 하야사카는 고등학교를 졸업할 때까지 한 번도 입원하는 일 없이 건강한 아이들과 똑같은 일상을 보냈다.

하지만 졸업식 날 이틀 뒤에 몸 상태가 나빠져 입원하게 된 모양이었다.

이번에는 이주일 정도 입원했고 나는 그동안 세 번이나 병문안을 갔다.

매번 거베라를 사 갔기 때문인지 꽃가게 아주머니에게 거베라 짱이라고 불리게 되었다.

나는 봄에 미용 전문대학에 진학했다.

예전부터 장래 희망 같은 건 없었다. 진로 문제로 고민하던 때, 무심코 집어 든 팸플릿이 그 전문학교였다. 네일 아트를 좋아해서 '그럼 미용계로 나가 볼까' 하고 가벼운 마음으로 진학을 결정했다. 하야사카는 미술 전문대학에 진학했다.

"아야카, 오늘 미팅 있는데 같이 안 갈래?"

입학한 지 두 달이 지났을 무렵, 수업이 끝나고 돌아갈 채비를 하고 있는데 학교에서 친해진 미쿠가 물었다. 미용계 전문대학에는 남학생이 없어서 거의 매주 열리는 미팅에 참석해 만남의 기회를 찾고 있는 분위기다.

"미안. 난 오늘 볼일이 있어서. 다음에 또 불러 줘."

"그래? 알았어."

남자들에게 인기가 많을 것 같은 나긋한 목소리로 미쿠가 말했다. 목소리뿐만 아니라 아담한 체격에 외모도 예쁘장하다.

나는 미쿠에게 손을 흔들어 인사하고 약속 장소로 발길을 향했다.

약속한 카페에 도착하자 하야사카가 이미 자리에 앉아 나를 기다리고 있었다.

"환자를 기다리게 하다니 간이 크군."

"그럴 때만 환자 행세하는 건 얍삽하지 않나?"

나는 여느 때처럼 가벼운 인사를 주고받고 커피를 시켰다.

하야사카를 만나는 건 두 달 만이다. 물론 내가 만나자고 했다. 솔직히 말해서 하야사카와는 더 이상 만날 필요는 없지만 왠지 그냥 내버려둘 수가 없다. 일단 하루나의 부탁이기도 하고.

"요즘은 좀 어때?"

"요즘? 뭐, 즐거워. 그림 그리는 게 더 좋아졌고."

"그쪽 말고."

"그쪽?"

나는 손으로 턱을 괴고 "몸 말이야" 하고 어이없어하며 물었다.

"아아, 몸 상태 말이군. 전혀 문제없어. 걱정했나?"

"별로. 그냥 물어본 것뿐이야."

"흐응."

쌀쌀맞게 말했지만 걱정하지 않았다면 거짓말이다. 학교와 아르바이트로 최근에는 바빴지만 그래도 아주 조금은 하야사카가 걱정되긴 했다.

"넌 어때?"

"어떠냐니?"

"지금 네일 아트 배우고 있다며? 네일리스트가 되는 길이 험난해서 우울하다든가 학과 애들하고 마음이 잘 안 맞아서 우울하다든가, 그런 거."

"어째서 우울하다는 전제가 된 거지?"

내가 그렇게 말하자 하야사카가 웃었다. 조금 쓸쓸해 보이는 웃음이다.

"뭐 이래저래 힘들긴 하지만 나도 즐겁게 잘하고 있어."

"그래?"

"응."

침묵이 어색해서 나는 커피를 홀짝홀짝 마셨다.

커피를 특이하게 마시네, 하고 하야사카가 또 웃는다.

그런 쓰잘데기 없는 얘기를 한 시간쯤 하다가 헤어졌다.

나는 원래부터 남자가 싫다. 그렇다고 여자를 좋아한다는 건 아니다. 내게 접근해오는 남자들은 대개 나에 대해 제대로 알지도 못하면서 고백을 한다. 한 번도 이야기를 나눠본 적이 없는 녀석들이 사귀자고 한 적도 있다.

"첫눈에 반했어요. 저랑 사귀어주세요!"

중학교와 고등학교 때 그런 말을 자주 들었다.

결국은 외모를 보고 나를 좋아하는 남자가 많았고, 내면을 보고 좋아해주는 남자는 지금까지 한 사람도 없었다.

이렇게 말하는 나도 진심으로 다른 사람을 좋아해본 적이 없다.

나는 진정한 사랑을 모르는 사람이었다. 그렇기에 더더욱 하루나와 하야사카가 부러웠다. 머지않아 끝이 올 거라는 걸 알면서도 어떻게 이 두 사람은 서로를 사랑하는 걸까?

얼마 안 있어 죽을 테니까 마지막으로 연애를 하고 싶어서 좋아한 것으로는 보이지 않았다.

하루나도 하야사카도 남아 있는 시간 동안에 단지 순수하게 서로를 사랑했다.

"아야카, 얼마 전에 알게 된 사람들하고 볼링 치러 갈 건데 같이 갈래?"

그다음 주 금요일, 미쿠가 또 모임에 나를 불렀다. 매번 거절하기도 미안해서 이번에는 미쿠의 제안에 순순히 응했다.

"그래."

"좋았어! 자, 그럼 가는 거다."

그날 밤 약속된 장소로 가자 미쿠 외에도 같은 과 유카와 에미가 먼저 와 있었다.

모두 평소보다 화장이 짙고 향수 냄새도 심했다. 예쁘게 차려입고 세심히 손거울을 들여다보고 있다.

그 후 남자들이 도착하자 바로 볼링장으로 향했다.

그들은 우리보다 한 학년 선배로, 왠지 약간 경박해 보이고 껄렁껄렁한 느낌이 나서 첫인상이 최악이었다.

"네가 아야카니? 소문대로 예쁘네. 전화번호 좀 알려 줘."

아직 만난 지 몇 초도 지나지 않았는데 그렇게 들이대는 남자도 있었다.

그 후 볼링 시합이 시작되었지만 나는 빨리 돌아가고 싶은 마

음뿐이었다. 즐겁지 않은 건 아닌데 왠지 분위기에 어울릴 기분
이 나지 않았다.

　이유가 뭔지는 사실 알고 있었다.

　나는 그날 정오쯤에 하야사카에게 메시지를 보냈다.

　살아 있나?

　하야사카에게서 먼저 연락이 올 리도 없거니와 우리에게는
공통된 친구도 없어서 만약 하야사카에게 무슨 일이 생긴다 해
도 나는 그 사실을 알 수가 없다. 그래서 며칠에 한 번씩 생존 확
인을 하고 있다. 물론 이건 하루나를 위해서다.

　예전 같으면 바로 살아 있지, 하고 답장이 온다. 하지만 이날
은 아직 답이 없었다.

　"아까부터 휴대폰만 들여다보고 있던데 남자친구 답장 기다
리나?"

　내 옆에 앉아 있던 긴 머리칼을 한 남자가 그렇게 물었다. 아
까 각자 자기소개를 했지만 이름은 벌써 잊어버렸다.

　"그런 거 아녜요. 그냥 친구요."

　"흐응, 그렇군. 그런 남자는 내버려 두고 나랑 전번 교환하자
고. 잠깐 줘 봐."

장발남은 내 휴대폰을 멋대로 가져가더니 자신의 전화번호를 입력하기 시작했다.

"여기, 저장했어."

"……아, 네."

휴대폰을 돌려받고 보니 다쿠야라는 남자의 이름이 새 친구로 메신저 앱에 표시되어 있었다. 다쿠야는 셀카로 찍은 자신의 얼굴을 프로필 사진으로 설정해놓고 있었다. 꽤 제멋에 취해 있는 남자구나 싶었다.

"이번에 다쿠야 차례야!"

"어이쿠, 미안."

이번에 다쿠야가 칠 차례였다. 다쿠야는 귀찮다는 듯이 일어나 10파운드짜리 볼링공을 한 손으로 가볍게 들어 올리고 멋진 포즈로 공을 굴렸다. 파팟 하고 볼링핀 쓰러지는 소리가 경쾌하게 울렸다. 핀은 전부 보기 좋게 쓰러졌다.

"좋았어!"

다쿠야는 주먹을 쥐어 들어 보이며 승리의 포즈를 하고는 미쿠와 친구들하고 하이파이브를 했다. 내게도 두 손바닥을 들어 올리기에 나는 무표정하게 손바닥을 마주 댔다.

그다음에 내가 던진 공은 레인을 절반쯤 굴러가다가 거터(레인 양쪽에 파인 홈통)로 빠졌다.

집에 돌아가자 휴대폰이 띵똥 하고 울렸다.

하야사카인가 기대하고 화면을 보니 다쿠야가 보낸 메시지다.

오늘 즐거웠어! 다음엔 둘이서 놀자고!

귀여운 토끼 이모티콘도 함께 보내왔다. 눈이 하트 모양인 토끼다. 나는 한숨을 쉬고 나서 엄지손가락을 바짝 치켜세운 판다 이모티콘만 달랑 보냈다.

하야사카에게서 답장이 온 것은 다음 날 아침이었다.

미안. 계속 그림을 그리느라 몰랐네. 오늘도 살아 있어.

이 글을 보고 나는 절로 미소가 지어졌다.

죽었는 줄 알았네. 살아 있으면 재깍 답장 좀 하지??

보내기 버튼을 누르려다가 그만뒀다. 그리고 죽었는 줄 알았네, 라는 문장을 지우고 보냈다.

곧바로 휴대폰이 울렸다. 하야사카가 아니라 이번에는 다쿠야였다. 나를 이미 여자친구로 여기는 걸까. 다쿠야는 나의 오늘

일정을 꼬치꼬치 캐물었다.

나는 성가셔서 바쁘다는 표정과 몸짓을 하는 곰 이모티콘만 보내고 휴대폰 화면을 닫았다.

그 후로도 다쿠야는 집요하게 메시지를 보내왔다. 처음에는 가볍게 대꾸했지만 결국 못 이기고 카페에서 만나기로 했다. 나는 줄곧 하야사카를 생각하느라 다쿠야와 무슨 이야기를 했는지는 별로 기억나지 않았다. 나는 이날도 하야사카에게 생존 확인을 위해 연락했지만 답장이 없어서 초조하기 이를 데 없었다. 다쿠야와는 두 시간 정도 이야기하다가 노래방에 가자고 하는 걸 아르바이트가 있다며 거짓말을 하고 헤어져 돌아왔다.

하야사카에게 답장이 온 것은 또 다음 날이 되어서였다.

요즘 더워졌네. 나는 오늘도 살아 있어. 그러고 보니 오늘 우리랑 같은 학교에 다녔던 다카다를 만났어. 콘택트렌즈를 끼기 시작했다던데?

다카다라는 애가 있었나 싶었지만 전혀 생각나지 않았다.

살아 있으면 재까닥 답장하라고! 그건 그렇고 이번 주말에 시간 돼? 또 늘 만나는 카페에서 이야기하지 않을래? 근데 다카다가 누구였더라?

몇 분 후에 답장이 왔다.

미안. 이번 주는 바빠. 다음 주라면 괜찮아. 다카다는 안경 사이즈가
얼굴에 안 맞던 녀석이야.

내가 만나자는 걸 거절한 남자는 지금까지 한 사람도 없었는
데, 하고 낙담하면서 문자를 보냈다.

알았어, 그럼 다음 주에 봐. 또 연락할게. 아아, 그 애?

그렇게 회신하고 이번에는 다쿠야에게 답장을 보냈다.
이번 주말에도 만나자고 하는데, 어차피 시간이 비어 내키지
는 않지만 그러겠다고 했다.
토요일이 되어 나는 다쿠야와 노래방에 갔다. 그가 '그대에게'
라는 노래 가사 부분을 '아야카에게'로 바꿔 부르는 통에 닭살이
쫙 돋았다. 다쿠야는 앉을 때마다 나에게 가까이 붙어 앉는다.
바로 뿌리치는데도 자꾸만 허리에 팔을 감아왔다. 역시 오는 게
아니었어.

그다음 주에 나는 하야사카를 만나러 갔다.

전에 만났던 카페에서 하야사카는 나보다 먼저 와서 커피를 마시고 있었다.

"늘 일찍 오네. 한가해?"

"늦게 온 사람이 오자마자 할 말이야? 여전히 배짱이 좋군."

나는 후훗 하고 웃으며 자리에 앉았다.

"몸은 어때?"

주문한 커피가 나오자 나는 늘 하는 질문을 했다.

"몸은 그냥 그래."

"그래?"

그냥 그렇다고 대답하는 건 분명 좋지는 않다는 뜻이다. 하야사카는 커피를 한 모금 마시고 창밖으로 시선을 돌렸다.

"벌써 2년이 다 되어가네……."

나는 하야사카가 무슨 말을 하는 건지 바로 알아차렸다.

"그러네. 바로 얼마 전 일 같은데."

"나는 어젯밤 꿈에 하루나가 나와서 정말 어제 일만 같아."

"나도 가끔 하루나 꿈을 꿔. 역시 너, 아직도 헤어나지 못하고 있구나."

"너도 그렇잖아."

이제 몇 달만 있으면 하루나가 우리 곁을 떠난 지 2년이 된다. 하야사카도 나도 아직 하루나가 못 견디게 그립다. 우리는 하루나와의 추억을 이야기하기 시작했다. 벌써 몇 번이나 들었던 하루나와 하야사카가 처음 만났을 때의 이야기를 묻기도 하고 하루나와 나의 첫 만남 이야기를 나누기도 했다. 하루나에게 편지로 하야사카를 잘 챙겨 달라고 부탁받은 얘기도 했다. 하야사카는 "무슨 의미일까?" 하며 의아해하는 표정을 지었다.

어느새 바깥이 어두워져 있었다. 손목시계를 보니 벌써 두 시간이나 이야기에 몰두해 있었다.

"벌써 시간이 이렇게 됐나. 이제 그만 돌아갈까?"

"그러자. 내가 낼게."

가방에서 지갑을 꺼내려고 하는데 하야사카가 손으로 제지했다.

"됐어. 내가 낼게."

"그래도 만나자고 한 건 나니까, 역시 내가 낼……."

"됐다니까. 어차피 나는 곧 죽을 거니까 돈을 다 써야 하거든."

나는 말문이 막혔다. 내 모습을 알아차렸는지 하야사카는 "농담이야" 하며 능청을 떨었다. 계산서를 들고 계산대로 향하는 그의 뒷모습을 바라보면서 나는 온 힘을 다해 눈물을 참았다.

그날 밤, 나는 하루나가 떠올랐다. 아까 하야사카가 한 말을 하루나도 한 적이 있었기 때문이다.

"아, 아야카. 내가 낼게."

그날 하루나와 나는 과자와 주스를 사서 함께 먹으려고 병원

안에 있는 매점으로 갔었다.

"무슨 소릴. 나 아르바이트 월급 들어와서 부자니까 내가 낼게."

"괜찮으니까 그 돈은 모아둬. 아야카에게는 미래가 있으니까, 지금부터라도 저축해야지."

그 말에 쓰리도록 가슴이 아팠다. 눈에는 눈물이 차올랐다.

"봐, 나도 부자라니까. 돈 쓸 데가 없어서 올해 받은 세뱃돈이 아직도 이렇게나 많아!"

하루나는 그렇게 말하며 자그마한 지갑을 열었다. 그 안에는 오천 엔짜리 지폐 두 장이 가지런히 접힌 채 들어있었다.

나는 참고 있던 눈물을 흘리고 말았다.

"아야카? 왜 그래?"

"미안. 아무것도 아냐."

나는 눈물을 닦고 억지로 웃어 보이며 얼버무렸다.

하루나의 말은 물론이고, 내가 눈물이 난 이유는 그뿐만이 아니었다. 하루나의 지갑에 붙어 있던 낡고 색 바랜 키홀더. 그건 틀림없이 초등학교 수학여행 때 내가 하루나에게 사다 준 곰돌이 열쇠고리였다.

그 생각이 떠올라 하마터면 하야사카 앞에서 울 뻔했다.

역시 하야사카와 있으면 하루나와의 일이 떠오른다.

나는 이불 속으로 파고들어가 잠을 청했다. 하지만 눈에는 하루나가 어른거려 좀처럼 잠을 이룰 수 없었다.

　그로부터 한 달 후, 내가 다니는 학교는 여름방학에 들어갔는데, 과제도 많은 데다 더위도 심해서 우울했다.

　하야사카와는 연락을 주고받을 뿐 그 후로는 한 번도 만나지 않았다.

　그 대신 다쿠야와는 매주 만나고 있다. 다쿠야는 연애 경험이 많아서인지 거절하기가 어려울 정도로 다가왔다. 물론 나는 연애 감정이 전혀 없었다.

　여름방학이 시작되고 며칠이 지났을 무렵, 하야사카가 입원했다. 이번에는 여름방학을 이용한 검사 입원이 아니라 몸에 이상이 생겼다고 했다.

　여느 때처럼 살아 있냐? 하고 연락하자 다음 날 입원 중이라며 브이자 사인 이모티콘을 붙여 태평스럽게 답장을 보내왔다.

　내가 병원으로 달려가자 하야사카는 그림을 그리고 있었다. 그 병실은 우연히도 하루나가 사용하던 개인실이었다.

　"여기밖에 빈 병실이 없다더라고. 엄청난 우연 아니냐? 왠지 하루나가 된 것 같은 기분이야."

　"무슨 바보 같은 소리야. 그보다 몸은 괜찮은 거야?"

　"전이됐대."

"뭐가 됐다고?"

"전이되었다고."

하야사카가 너무나도 태연해서 나는 처음에 제대로 알아듣지 못했다.

"전이라니 그거 위험한 거 아냐?"

"위험할 거야."

하야사카는 그림을 그리는 손을 멈추지 않고 마치 남의 이야기를 하듯이 대답했다.

나는 할 말을 찾지 못해 침묵을 선택했다.

"종양이 척추로 전이됐대."

그렇게 말한 하야사카의 표정에는 단념의 빛이 떠올랐다.

"어떻게 그렇게 아무렇지도 않게 말할 수 있어? 그거 꽤 아니, 엄청 나쁜 상태잖아!"

"그렇지."

"그러니까 왜 더 당황하거나 그러지 않는 거냐고. 두렵지 않아?"

"뭐가?"

"아니, 그러니까……."

나는 또 말문이 막혔다.

"예전에는 두려웠어. 무섭고 슬프고 분하고 괴로웠지. 하지만 지금은 그냥, 드디어 올 게 왔구나 싶은 그런 느낌이야."

"그게 뭐야. 무슨 말인지 하나도 모르겠어."

"건강한 미우라는 알 수 없겠지. 하루나라면 알아줄 거야."

짜증이 났다. 사람이 걱정하고 있는데 그 태도는 뭐냐고. 종양이 척추로 전이되었다면서 어째서 그렇게 침착한 건지 도저히 이해할 수가 없었다.

"흐음. 빨리 죽어서 하루나를 만나고 싶은 거로군."

"딱히 그런 건 아니지만, 만날 수 있다면 기쁘지."

"바보 아냐? 그럼 빨리 죽으면 되겠네."

나는 가방을 거칠게 집어 들고 병실을 나왔다.

정류장에 도착해 버스를 기다렸다. 한여름의 뜨거운 태양이 나의 몸을 달궜고, 온몸에 땀이 촉촉이 배어 나왔다. 짜증 난 기분이 가라앉지를 않는다. 그건 더위, 그리고 나 자신에 대한 분노였다.

왜 그렇게 심한 말을 내뱉었을까. 빨리 죽으면 되겠다니, 실제로 그런 생각은 눈곱만큼도 없었다. 무심코 아무 생각 없이 그런 말이 입에서 튀어나왔다.

나는 예전에 하루나에게도 심한 말을 한 적이 있다. 나도 모르게 감정적이 되어서는 생각지도 못했던 말을 뱉고 말았다. 나는 그때부터 조금도 성숙해지지 못한 것이다.

분노가 슬픔으로 바뀌었다. 나는 그 자리에 쭈그리고 앉아 두 손으로 얼굴을 감쌌다.

　중학교 졸업식 후, 하루나에게 심한 말을 퍼부었을 때도 나는 이렇게 버스를 기다렸었지. 나는 지금도 그때와 달라진 게 없다.

　사과하고 싶다. 지금 당장 하야사카에게 사과하고 싶다. 버스는 아직 오지 않는다. 병실로 돌아갈까. 아니, 하야사카의 얼굴을 보기가 겁이 났다. 망설이다 가방에서 휴대폰을 꺼냈다.

　아까는 말이 지나쳤어. 미안.

　하지만 보내기 버튼을 누르지 못했다.

　보내려던 메시지를 삭제했을 때 새로운 메시지가 도착했다. 다쿠야다.

　아야카, 다음 주 한가해? 바다 보러 가자, 바다! 축제도 있고 야간 수영장도 좋아. 불꽃놀이도 열린대. 어쨌든 전부 가보자!

　나는 한숨을 쉬고 나서 갈 수 있으면 갈게, 라고 답장을 보낸 후, 다가온 버스에 올라 맨 뒷자리로 가서 쓰러지듯이 앉았다.

　결국 사과하지 못한 채로 일주일이 지나고 말았다. 하야사카에게는 그때부터 한 번도 연락하지 않았다. 다쿠야에게서만 숱하게 연락이 왔다.

오늘은 다쿠야와 바다에 가기로 약속했지만 공교롭게도 비가 와서 취소되었다. 나는 갑자기 시간이 났기에 뭘 할까 생각했다.

하야사카를 만나러 가볼까. 그런 생각이 들어 모처럼 새로 산 프릴 달린 수영복을 서랍장에 넣어 두고 외출할 준비를 했다.

집을 나와 버스 정류장까지 걸었다. 밖에는 비가 많이 내리고 있어서 나온 것을 바로 후회했다. 하야사카는 지금 뭘 하고 있을까. 하루나처럼 오직 그림을 그리고 있을까.

병원에서 한 정거장 전 정류장에서 내려 꽃가게에 들렀다. 그 꽃을 사 가면 하야사카의 기분이 좋아질 것이다.

"어머나, 거베라 짱 아냐? 오랜만이네. 오늘도 거베라 사러 왔나?"

"안녕하세요. 다섯 송이 주세요."

"다섯 송이?"

꽃값을 치른 후, 꽃을 받아들고서 발길을 돌려 가게를 나오려고 할 때 "아, 맞다" 하며 아주머니가 말했다.

"거베라 군은 잘 있고? 요즘 통 안 오네."

"아아, 네. 잘 있을 거예요. 아마."

"그래. 다음에 또 오라고 전해 줘."

"알겠습니다. 참, 그 애 이름은 하야사카 아키토고요, 저는 미

280

우라 아야카라고 해요. 기억해주시면 좋겠어요."

"어머, 그러니? 기억해둘게."

아주머니는 방긋 웃으며 대답했다. 거베라 쨩이라고 불리는
게 딱히 싫은 건 아니지만 거베라 쨩과 거베라 군이라고 하니 왠
지 좀 거북해서 일단 이름을 알려주었다.

병원에 도착해 엘리베이터를 타고 4층 버튼을 눌렀다.

온 것까지는 좋았지만 하야사카는 아직 입원해 있는 걸까. 만
약 퇴원하고 없으면 그걸로 된 거지 뭐. 엘리베이터에서 내린 후
천천히 걸어서 병실 앞에 도착했다.

하지만 문을 열려던 손이 멈칫했다.

역시 돌아갈까. 2년 만에 하루나를 만나러 왔을 때도 나는 한
참을 문 앞에서 망설였다. 그때는 하야사카가 이끌어 줘서 마음
을 다잡을 수 있었다. 하지만 지금은 곁에서 용기를 북돋아 주는
사람이 없다.

몇 분이 지나도록 나는 그 자리에서 움직일 수 없었다.

역시 돌아가자. 온 길을 되돌아가려고 병실 앞에서 돌아섰다.

"뭐 하나?"

"아…….."

복도 맞은편에서 걸어온 하야사카가 스케치북을 한 손에 들
고 의아한 표정으로 나를 보고 있었다. 몇 초간 서로를 바라보다

가 하야사카는 아무 말 없이 병실로 들어갔다. 내가 뒤쫓아 병실로 들어서자 하야사카는 반쯤 세워져 있는 침대에 등을 기대고 앉았다.

"거베라 사 왔구나."

"⋯⋯응. 꽂아둘게."

세면대에 놓여 있던 꽃병에 물을 받고 다섯 송이 거베라를 꽂아 침대 탁자에 올려두었다.

나는 침대 옆에 있던 둥근 의자에 앉았다. 침묵이 흘러 약간 어색하다.

하야사카는 창밖을 멍하니 바라보고 있다.

"있잖아⋯⋯ 지난번에는 미안."

나는 불쑥 중얼거리듯이 말했다.

"괜찮아. 신경 안 쓰고 있었는걸."

하야사카는 스케치북을 펼쳤다. 그러고는 색연필로 가볍게 그림을 그리기 시작했다.

"등 아파?"

"응. 조금."

"그렇구나."

창밖에서 번쩍하더니 천둥소리가 크게 울렸다. 하야사카는 전혀 개의치 않고 그림을 계속 그려나갔다.

나는 천둥소리에 겁먹으면서 스케치북을 들여다보았다. 하야사카는 불꽃놀이를 그리고 있었다. 무지갯빛 불꽃이 밤하늘에 피어 있고 한 소녀가 방 안에서 그 불꽃을 올려다보고 있다. 창 위쪽에는 데루데루보즈가 잔뜩 매달려 있었다.

"그 그림 속 여자애, 하루나야?"

하야사카는 아무 말 없이 계속해서 그림을 그리고 있고, 다시 천둥이 치면서 굉음을 냈다.

"지금 거 꽤 가까이에 떨어졌네."

손끝으로 시선을 둔 채 하야사카가 말했다. 나는 그러네, 하고 대답했다.

"다음 주에는 활짝 개면 좋을 텐데."

"다음 주? 왜?"

"금요일에 불꽃 축제가 있는데 이 병실에서 볼 수 있거든."

아아, 생각났다. 그러고 보니 다쿠야가 같이 가자고 한 불꽃 축제다. 갈지 말지는 아직 결정하지 않았다.

"2년 전에 여기서 하루나랑 함께 보기로 약속했었어. 내가 입원하는 바람에 결국 같이 못 봤지만."

"그런 일이 있었구나. 그래서 이 그림을 그리고 있던 거야?"

"하루나가 어떤 마음으로 불꽃을 보고 있었을까 하고. 그때 전화를 걸었더니 울고 있었거든."

처음 듣는 이야기였다. 그림을 그리던 손을 멈추고 하야사카는 색연필을 내려놓았다.

"하야사카는 왜 하루나를 좋아했어?"

나는 뭐라고 말해야 할지 몰라 그렇게 물었다. 하지만 줄곧 궁금했던 일이다. 병실에만 있는 하루나보다, 밖으로 나가 어딘가 같이 놀러 갈 수 있는 사람을 사귀는 게 좋을 거라고 생각했다.

"나 말야, 심장에 종양이 발견되고 나서 인생을 체념했었어. 공부도 그만두고 고2가 되고서는 친구를 사귀는 것도, 그리고 누군가를 사랑하는 것도 다 단념했어."

"얼마 안 있으면 죽는다는 걸 알았으니까?"

"물론 그렇지. 미우라라면 어땠을 것 같아?"

나라면, 하고 생각해보았다. 나도 분명 많은 걸 포기했을 것이다. 아르바이트를 그만두고 어쩌면 학교도 그만뒀을지 모른다. 계속 집에만 틀어박혀서 매일 죽음의 공포에 떨고 있었을지도 모른다.

하지만 솔직히 너무 현실감이 느껴지지 않아서 나는 잘 상상이 가지 않았다. 그래도 하루나와 하야사카에게는 그것이 현실이었던 것이다. 당시 아직 열여섯 살이었던 하야사카는 얼마나 큰 절망감에 휩싸였을까. 나는 짐작도 할 수 없었다.

"아마도 나 역시 같았을 거야. 어쩌면 자살했을지도 몰라."

"나도 매일 죽고 싶었어. 하지만 죽고 싶지 않은 마음이 더 커서 죽을 수 없었어."

하야사카는 자신이 그린 그림으로 시선을 떨구었다. 그림 속의 하루나를 보고 있는 것 같았다.

"그럴 때 하루나를 만난 거야. 나와 같은 처지인데도 아니, 더 힘든 상황인데도 하루나는 자신의 운명을 담담히 받아들이고 있어서 나와는 전혀 다르다고 생각했어."

"……하루나는 강하니까."

"나도 처음에는 그렇게 생각했어. 하지만 사실은 누구보다 여리고 외로움을 잘타는 데다 울기도 잘하는, 하루나도 그런 평범한 여자애였어. 마지막에는 필사적으로 병과 싸웠고. 뭐라고 하면 좋을까, 그런 하루나를 나도 모르는 사이에 좋아하게 된 거야."

그랬구나. 나는 그제야 이해가 되었다.

하루나가 부러웠다. 만약 내 생명이 앞으로 얼마 남지 않았다면 나는 분명 아무에게도 사랑받지 못하겠지. 다쿠야도 내 곁에서 떠나갈 게 분명하다. 나는 건강한데도 하루나처럼 마음 깊은 사랑을 받아본 적이 없다.

"하루나와 나는 '시한부의 사랑'을 한 거야."

그 말에 나는 고개를 들었다.

"시한부의 사랑?"

"응. 사랑이 이루어져도 행복이 계속될 리 없는데 바보 같지만 진심이었어. 진심으로 하루나를 좋아했어. 마지막까지 내 마음을 전하지 못했지만 말이야."

하야사카는 그렇게 말하고 쑥스럽다는 듯이 웃었다. 하루나처럼 다정한 웃음이었다.

나는 더 이상 듣고 싶지 않았다. 들으면 들을수록 내 자신이 비참해졌다.

나는 진정한 사랑을 모른다. 지금까지 내가 해온 연애는 하루나와 하야사카가 한 '시한부의 사랑'에 비하면 어지간히도 불운한 연애였다. 좋아하지도 않는 남자와 적당히 사귀어왔다. 내가 한 사랑에 이름을 붙인다면 '유통기한 1개월인 가련한 사랑'일까.

"일기예보를 보니까 다음 주 내내 비가 온다네. 데루데루보즈를 만들까."

하야사카는 창가에 서서 잿빛 하늘을 올려다보았다. 하야사카는 아직 하루나를 사랑하고 있는 거다. 하루나는 죽어서도 여전히 사랑받고 있다.

"그래도 이미 하루나는 가고 없는데, 새로운 사랑을 해보는 게 어때?"

목소리가 떨려 나왔다. 하야사카가 눈치채지 않을까 두려웠다.

"지금부터? 그건 아니지. 하루나와의 사랑이 마지막 사랑이라고 정했으니까."

"그게 뭐냐? 하루나, 하루나, 입만 열면 하루나 소리밖에 할 줄 모르고. 왜 그렇게 연연해하는 거냐고."

말을 마치고 이내 후회했다. 또 이 모양이다. 금세 감정적이 되는 내 나쁜 버릇. 지금 당장 사과하자. 하루나에게도 사과하고 싶다.

"맞아. 한심하지."

하지만 하야사카는 하늘을 올려다본 채 화도 내지 않고 쓸쓸한 표정으로 중얼거렸다.

"정말 한심해. 미련하고 찌질해."

또 내뱉고 말았다. 역시 사과하지 못하는 나. 내 자신이 미워서 눈물이 났다.

"그건 말이 지나치네. 미우라도 하루나를 여전히……."

나를 돌아본 하야사카가 내 눈물을 알아차리고 말을 멈췄다.

"나, 갈래."

나는 휙 일어나 가방을 움켜쥐었다.

"비가 너무 많이 오는데 조금 기다렸다가 가."

나는 그 말에 아랑곳하지 않고 병실을 나왔다.

우산도 아무 소용없이 흠뻑 젖고 말았다. 마침 잘됐다. 버스를 타지 않고 비를 맞으며 걸었다. 나는 어쩌면 스스로도 알아차리지 못했지만 하야사카를 좋아하고 있는지도 모른다. 그러니까 이렇게 울컥 화가 나고 깊이 상처받는 거다.

이런 마음은 태어나서 처음이다.

뺨을 타고 흐르는 게 빗물인지 눈물인지도 알 수 없었다.

한참을 걷다가 발길을 멈췄다. 결국 세 정거장쯤 지나 지붕이 달린 버스 정류장에서 비를 피하며 버스를 기다렸다. 우산은 바람에 뒤집힌 데다 자랑이던 긴 머리칼은 쫄딱 젖고 옷은 물론 속옷까지 다 젖어버렸다.

휴대폰은 괜찮은지 가방 속을 뒤적였다. 다행히 무사한 것 같다. 시각은 오후 6시. 비는 잦아들 기미가 보이지 않는다. 이렇게 홀딱 젖어서 버스를 타기도 망설여졌다.

한번 비를 피해 들어왔더니 더는 걷고 싶지 않다. 어떻게 할까 고민하고 있는데 전화벨이 울렸다.

"……여보세요."

"아야카? 밥 먹으러 안 갈래? 지금 어디야?"

다쿠야였다. 평소 같으면 거절했겠지만 지푸라기라도 잡는 심정으로 그에게 도움을 청했다.

"알았어. 금방 데리러 갈게."

간결하게 상황을 설명하자 다쿠야는 그렇게 말하더니 전화를 끊었다. 다쿠야는 부모님이 사 줬다는 중고 경차를 타고 다녔고, 지금은 대학교 근처에서 혼자 살고 있다. 물론 집세는 부모님이 보내준다고 한다.

20분 정도 지나서 다쿠야가 와주었다.

"우와, 엄청나네. 자, 이 수건 써."

"고마워."

나는 수건을 받아들고 조수석에 올라탔다. 좌석에도 수건이 깔려 있었다.

"어딜 갔던 거야, 이런 날."

"……친구 병문안 갔었어."

"그래? 이 상태로는 음식점에 들어갈 수도 없으니까 우리 집으로 갈까?"

"……응."

편의점에 들러 갈아입을 속옷을 사서 다쿠야가 살고 있는 아파트로 향했다.

다쿠야 집에 도착했을 때는 빗줄기가 약해져 있었다.

신축 건물인지 하얀 벽이 깨끗하고 비교적 산뜻한 건물이었다. 아들에게 자동차를 사 주고 깔끔한 아파트에 살게 지원해주는 걸 보면 다쿠야네 집은 부자인지도 모르겠다.

나는 다쿠야의 집에 들어가서 바로 샤워를 했다. 뭐든 다 씻어 없애고 싶었다. 욕실에 기다란 갈색 머리카락이 한 가닥 떨어져 있었다. 나는 못 본 척하고 욕실을 나왔다.

옷이 마를 때까지 다쿠야의 티셔츠와 트레이닝복을 빌려 입었다. 둘이서 좀 전에 사 온 편의점 도시락을 먹었지만 나는 식욕이 나질 않아 절반도 더 남겼다.

"꽤 우울해 보이는데 괜찮아?"

함께 사 온 콜라를 마시면서 다쿠야가 물었다.

"아니, 아무 일도 없어."

"아니, 분명 뭔가 있어. 나한테는 말하지 못할 얘기인가?"

다쿠야가 다정한 말투로 말한다. 역시 여자를 다루는 데 능숙한 건지 마음을 열고 말 것만 같다.

하지만 다쿠야에게 나는 여러 여자 가운데 한 사람이겠지. 나는 그저 다쿠야의 시간과 욕구를 채워주는 도구에 지나지 않는다.

"다쿠야는 날 어떻게 생각해?"

"어떻게라니. 예쁘다고 생각하지."

"그것뿐이야?"

"아니, 좋아하고 널 더 많이 알고 싶어."

"그런 말, 여러 여자에게 하는 거 아냐?"

"그렇지 않아. 아야카뿐이야."

나는 믿지 않는다. 다쿠야의 말에서는 가벼움이 자연스레 드러난다. 역시 나는 남자에게 사랑받지 못하는 운명이다.

"정말 나를 좋아해?"

"응, 정말이야."

그래도 다쿠야는 사귀자고는 말하지 않았다. 말한다 해도 사귈 마음은 없지만 누군가가 필요로 해주길 원했다. 거짓말이라고 해도 좋아한다는 말을 듣는 건 나쁘지 않았다.

"그럼 만약 내가 불치병에 걸려서 얼마 못 가 죽게 될 운명이라고 해도 변함없이 좋아해줄 거야?"

"……무슨 소릴 하는 거야."

"상상해 봐. 그래도 좋아할 거야?"

다쿠야는 잠깐 생각하더니 "아야카, 혹시 무슨 병이라도 있는 거야?"라고 물었다.

"만약에 말이야."

"만약이라고? 글쎄, 마음은 바뀌지 않겠지만 자신은 없어."

"그렇구나. 그렇겠지."

솔직한 대답이었다. 나도 분명 그러니까. 죽는다는 걸 알고 있는 사람을 좋아할 수 있을지 자신이 없다.

"왜 그러는 건데? 갑자기 그런 걸 묻고."

다쿠야가 내게 다가와 어깨를 바짝 끌어당겼다. 나는 몸을 내맡기고 있었다. 다쿠야의 입술이 내 입술에 닿았다. 나는 이제 아무래도 상관없다는 심정으로 다쿠야가 이끄는 대로 침대로 올라갔다.

밖에는 다시 비가 세차게 내리기 시작했다. 조용한 실내에 그의 숨소리와 비가 창문을 두드리는 소리만 들렸다.

큰비가 쏟아지는 날 밤에 나는 잘못을 저지르고 말았다.

새벽에 눈을 떴다. 옆에서 옷을 벗은 채 자고 있는 다쿠야를 보고 심한 후회가 밀려왔다.

커튼 사이로 빛이 비쳤다. 비는 그친 모양이다.

나는 옷을 갈아입고 살그머니 방을 빠져나왔다.

아무 생각 없이 한 시간 넘게 걸어 집으로 돌아와 바로 샤워를 했다. 울면서 머리칼에 들러붙어 있는 남자 냄새를 지웠다.

그 후 일주일 동안 아르바이트 외에는 외출하지 않고 계속 집에만 틀어박혀 있었다.

다쿠야에게서 여러 번 연락이 왔지만 전부 무시했다.

오늘은 불꽃 축제일.

다쿠야가 이틀 전에 같이 가자고 메시지가 왔지만 그것도 무시했더니 아니나 다를까, 연락이 끊어졌다. 다른 여자에게 연락해보고 같이 갈 상대를 찾은 거겠지.

어제까지는 비가 올 거라는 일기예보가 있었지만 저녁부터 맑음 표시로 바뀌었다.

하야사카는 데루데루보즈를 만들었을까.

저녁이 되어 나는 집을 나와 병원으로 향했다.

내가 가면 귀찮아할까? 얘 또 왔네, 하고 생각하는 건 아닐까.

흔들거리는 버스에서 멍하니 생각했다.

빈손으로 가기가 민망해서 병원에 가기 전에 꽃가게에 들렀다.

"어머, 거베라 짱. 오늘도 예쁘네."

아주머니는 내 이름을 벌써 잊은 것 같았다. 뭐, 아무래도 상관없지만.

"고맙습니다. 거베라 주세요."

"응, 거베라 말이지. 친구 병문안?"

"네, 맞아요."

"그 친구가 혹시 남자일까?"

"그런데요."

아주머니는 싱긋 웃더니 "자, 오늘은 여섯 송이로 가져가요" 하고 말했다.

"아, 네 그럴게요."

몇 송이든 상관없었다. 잘 모르지만 꽃가게에서 추천해주는 거라면 분명 좋은 의미가 있는 개수겠지.

꽃값을 낸 후 꽃을 받아들고 가게를 나오려고 할 때 "아참, 그러고 보니" 하고 아주머니가 뭔가 생각난 듯이 말했다.

"왜요?"

"거베라는 말이지, 보내는 송이 수에 따라 의미가 달라지거든. 여섯 송이는 '당신에게 빠져 있어요'라는 의미가 있어."

"아, 재미있네요."

"그렇지?"

아주머니는 만족스럽게 웃었고 나도 웃어주고는 가게를 나왔다.

"어? 미우라 맞지?"

병원 입구에 도착하자 본 적이 있는 듯한 사람이 있었다. 한 사람은 고2 때인가 같은 반이었던 무라이 쇼타였고, 또 한 사람은 분명 농구부였던 후지모토 에리였다.

"어, 안녕. 하야사카 문병 왔다가 가는 거니?"

"응. 미우라도 아키토 병문안 온 거야?"

"응. 뭐…… 그런 거지."

"그러고 보니 미우라랑 아키토, 고2때쯤 자주 같이 있었지. 아키토에게 신경 써줘서 고마워."

두 사람은 이제 불꽃 축제를 보러 간다고 했다.

나는 그들에게 가볍게 손을 흔들고 엘리베이터를 탔다.

하야사카의 병실 앞에서 나는 한참을 머뭇거렸다.

지난주도 나는 괜히 혼자 화를 내고 심한 말을 쏟아붓고 말았다. 미움받고 있을지도 모른다. 아니, 분명 날 싫어하겠지. 하야사카가 더 이상 오지 않아도 된다고 말해주면 오히려 훨씬 편할 텐데.

몇 분 후 마음을 굳히고 문을 열었다.

"어, 미우라 아냐? 또 와주었구나. 늘 미안하네."

하야사카는 다정하게 웃으며 나를 맞아주었다. 이 남자는 정말, 처음 만났을 때부터 속을 알 수 없는 남자였다.

"화 안 났어? 나한테?"

"왜?"

"왜라니…… 나, 늘 혼자 화내고 심한 말해서 널 상처 입히잖아."

나는 기어들어가는 목소리로 말했다. 겁이 나서 하야사카의 얼굴은 쳐다보지 못했다.

"별로 신경 안 써. 상처받지도 않았고. 오히려 미우라가 상처받은 것 같아서 나도 사과하고 싶었는걸."

"그렇지 않……."

정말 하야사카의 말대로였다. 나는 내가 한 말에 스스로 상처받았다. 혼자 제멋대로 화를 내고 하야사카뿐만 아니라 나 자신까지도 상처 입혔다.

"또 거베라 사 왔구나. 고마워. 게다가 여섯 송이라니."

하야사카는 피식 웃으며 내가 손에 들고 있는 거베라를 보며 말했다.

"아아, 별 뜻 없어. 꽃집 아주머니가 여섯 송이로 가져가래서 산 거지, 너한테 빠져 있는 거 아니라고."

"알고 있어. 그 아주머니 필요 이상으로 친절한 데가 있지."

하야사카는 그렇게 말하고 스케치북을 펼쳤다.

"너 정말 그림 그리는 거 좋아하는구나. 틈만 나면 그림을 그리네."

"그렇지 뭐. 나한테는 역시 이것밖에 없는걸."

"으응."

불꽃놀이가 시작될 때까지 아직 시간이 조금 남아 있었다. 하야사카가 그림을 그리기 시작했기에 나는 내 손에 네일아트를 하기로 했다.

가방에서 네일 도구 세트를 꺼내 손톱에 칠하기 시작했다.

"오오, 역시 네일리스트 지망생이로군. 중환자 병실에서도 연습을 하다니 대단해."

햐아사카는 웃으면서 간죽거렸다. 나는 네일 브러시를 그에게로 들이댔다.

"네 손톱에도 칠해줄까?"

"아니, 사양할게."

하야사카는 계속해서 그림을 그렸고 나는 손톱을 꾸몄다.

남들이 보면 이상한 광경일 수도 있겠지만 이러고 있으니 마음이 편안했다.

"아, 이제 곧 불꽃놀이가 시작되겠네."

얼마간 시간이 흐르고 하야사카가 벽시계를 올려다보며 중얼거렸다.

"나도 여기서 불꽃놀이 같이 봐도 돼?"

"그럼."

하야사카와 나는 창가에 서서 캄캄한 밤하늘을 올려다보았다.
이제 보니 창 위쪽에는 데루데루보즈가 두 개 매달려 있었다.

"아직인가. 이제 시작할 때가 됐는데."

"시간 맞는 거야? ……아!"

내가 시계로 눈을 돌리는 순간 불꽃이 하늘로 솟구쳐 올라갔
다. 너무 예뻐서 잇달아 밤하늘로 쏘아 올려지는 불꽃에 시선을
빼앗겼다.

"불꽃놀이 오랜만에 보는 것 같아. 정말 예쁘다."

여름 밤하늘을 꽃처럼 수놓고 있는 불꽃은 화려한 빛을 퍼뜨
리며 나를 매료시켰다. 하야사카는 아무 말 없이 하늘을 올려다
보고 있었다.

나는 하야사카의 옆얼굴을 보고 놀랐다. 그가 눈물을 흘리고
있었기 때문이다.

왜 우는 건지 묻지 않아도 잘 안다. 아름다운 눈물이었다. 내
가 흘리는 눈물 따위와 비교할 수 없을 만큼 아름답다.

"아아, 미안."

내 시선을 느꼈는지 하야사카는 눈가를 닦았다. 나는 대답하
지 않고 불꽃보다도 하야사카의 옆얼굴을 바라보았다.

"2년 전 일이 떠올라서. 하루나가 여기서 혼자 보고 있었다고 생각하니 눈물이 났어."

불꽃의 빛이 하야사카의 뺨을 비췄다. 눈물이 다시 한번 흘러 내렸다.

"미안, 또 하루나 얘길 해서."

"상관없어. 싫은 거 아냐."

"그래."

나는 시선을 하늘로 돌렸다. 거베라처럼 아름다운 불꽃이 밤 하늘에 피었다.

그러고 나서 두 사람 다 아무 말 없이 가만히 불꽃을 바라보았다.

"하야사카는 아직도 하루나를 좋아하는구나."

불꽃 축제가 끝나고 난 뒤에도 별이 총총 떠 있는 하늘을 바라보면서 나는 하야사카에게 그렇게 말했다.

침대로 돌아간 하야사카는 "그러네. 역시 잊을 수가 없어" 하고 힘없이 대답했다.

"잊을 필요는 없지 않아? 하루나, 천국에서 기뻐할 거야."

"그럴까?"

"당연하지. 분명 하루나도 천국에서 불꽃을 봤을 거야."

"정말 그러면 좋겠어."

손목시계를 보니 면회 시간이 다 되어가고 있었다.

"그럼 난 이제 가볼게. 너랑 너무 오래 있으면 하루나가 질투할지도 모르고."

"알았어. 거베라 고마워. 조심히 가."

"응. 갈게."

나는 병실을 나와 콧노래를 부르며 집으로 돌아갔다.

여름방학이 끝나고 이주일이 지날 무렵, 하야사카가 하루나의 성묘를 가는데 같이 가달라며 연락을 해왔다. 하야사카는 이미 퇴원했지만 전문대는 휴학하고 집에서 요양하고 있다고 한다.

그날 오후에 가자고 하기에 나는 천천히 준비를 하고 집을 나섰다. 왜 이럴까. 단지 성묘를 가는 것뿐인데 마음이 들떴다.

마음에 드는 옷을 골라 입고 화장도 정성 들여 한 후 약속한 장소로 향했다.

우리는 꽃가게에서 만나기로 했다. 물론 우리의 단골인 그 꽃집이다.

하야사카는 나보다 먼저 와 있었다.

"어라, 거베라 군 오랜만이네. 거베라 짱도 어서 와요."

"안녕하세요. 거베라 세 송이 주세요."

"응, 세 송이 말이지?"

아주머니는 기쁜 듯이 환히 웃으며 빨강, 노랑, 주황색 거베라를 손에 들고 계산대로 갔다.

"왜 세 송이야? 너무 적지 않아?"

"괜찮아."

"거베라 세 송이는 말이지……."

"아, 말씀하지 않으셔도 돼요."

하야사카가 아주머니의 말을 막았다. 이상하다고 생각했지만 나는 더 이상 묻지 않았다.

"거베라 군, 또 와요."

그 말에 하야사카는 말을 멈췄다.

"……올 수 있으면, 또 올게요."

아주머니를 돌아보지도 않고 하야사카는 그렇게 대답하고서 가게를 나섰다. 나는 아주머니에게 살짝 고개 숙여 인사하고 그의 뒤를 따라 나왔다.

그리고 버스를 타고 묘지를 찾아갔다. 하야사카는 묘지에 도착할 때까지 세 송이의 거베라를 꼬옥 쥔 채 입을 다물고 있었다.

하루나의 묘지 앞에 도착하자 하야사카는 드디어 입을 열었다.

"여기에 오면 왠지 마음이 안정 돼."

"응. 뭔지 알 것 같아."

눈앞에 있는 것은 그저 돌이다. 하지만 하루나가 잠들어 있다.

여기에 하루나가 있다. 단지 차가운 돌이지만 생전 하루나의 온기가 감싸고 있는 듯한 느낌이 들어 나도 여기에 오면 늘 마음이 편안해진다.

하야사카는 꽃 항아리에 세 송이의 거베라를 꽂고 선향에 불을 붙인 뒤 두 손을 모았다.

"마지막으로 여기 올 수 있어서 다행이야."

눈을 뜨자 혼잣말처럼 하야사카가 말했다.

"마지막이라니 무슨 말이야. 앞으로 한 달쯤 있으면 하루나 기일이니까 또 오면 되지."

"……올 수 있으면, 올 거야."

그렇게 말하는 하야사카의 눈은 어딘가 먼 곳을 바라보는 듯 외로워 보였다. 하야사카는 아무 말 없이 하루나의 묘석을 바라본다.

"이제 그만 돌아갈까?"

하야사카는 시원스레 묘지를 등지고 걷기 시작했다. 나도 바로 뒤를 따라가며 터벅터벅 걷는 하야사카의 구부정한 등을 바라보면서 온 길을 되돌아갔다.

그 후 하야사카는 입원과 퇴원을 반복하더니 11월에 들어서자 움직일 수 없을 정도로 등의 통증이 심해진 탓에 하루나의 기일에는 나 혼자 성묘를 다녀왔다.

나는 최근 학교와 아르바이트가 바빠서 하야사카에게 자주 가보지 못했다. 일단 생존 확인만 매일 할 뿐이었다.

다쿠야에게서도 오랜만에 연락이 왔다. 분명 만나던 여자와 헤어지고 남아도는 시간을 때우려고 또 내게 연락한 거겠지.

"하야사카, 살아 있어?"

오랜만에 찾아간 하야사카의 병실에는 거베라 꽃이 놓여 있었다. 아마도 하야사카의 어릴 적 친구가 사 온 모양이다. 아까 꽃가게에 들렀더니 "요즘 거베라가 많이 팔리네" 하고 주인아주머니가 기쁜 듯이 이야기했다.

거베라 열 송이가 들어 있는 꽃병에 내가 가져온 거베라 다섯 송이를 함께 꽂았다.

"간신히 살아 있어. 간신히."

"농담하는 걸 보니 아직 멀쩡하네."

"아냐, 그렇지도 않아."

하야사카는 괴로운 듯이 몸을 일으키더니 노란색 거베라 한 송이를 뽑아 들었다.

"미우라하고도 이제 곧 헤어지겠지."

쓸쓸한 눈빛으로 거베라를 바라보며 느닷없이 하야사카가 중얼거렸다.

"무슨 소릴 하는 거야. 맘이 너무 약해졌네."

"그냥 알아. 얼마 안 남았다는걸. 하루나도 알았던 걸까."

"내가 어떻게 알아?"

전에 없이 나약한 말이었다. 손에 들고 있는 거베라를 다시 꽃병에 꽂더니 하야사카가 이야기를 시작했다.

"미우라는 처음 만났을 땐 조금 무서웠는데, 사실은 친구를 굉장히 아끼고 자상한 면이 있더라."

"뜬금없이 무슨 소리야. 쑥스러우니까 그만해. 게다가 무섭다니, 뭐냐?"

"바쁠 텐데 자주 병문안 와줘서 고마워. 꽤 힘이 돼."

"……그래? 그럼 다행이고."

하야사카와 처음 만났을 때, 그가 쭈뼛쭈뼛거리던 모습이 생각났다. 그때는 그와 이렇게 친해질 거라고는 상상도 하지 못했다. 이런 병이 있다는 것도 그때는 알지 못했다.

"왜 갑자기 그런 얘길 꺼내는 거야?"

웬일로 솔직한 하야사카의 말에 나는 쑥스러워하며 물었다.

"언제 죽어도 후회 없게, 말할 수 있을 때 말해두려고."

"뭐야 그게. 그만해. 나, 네가 죽으면 곤란해."

"왜 네가 곤란해? 미우라는 하루나가 날 챙겨주라고 해서 이렇게 신경 써주는 거잖아? 내가 죽으면 미우라는 이제 자유의 몸이 되는 건데."

나는 크게 한숨을 쉬었다. 하야사카에게서 해방되어 자유로워지고 싶다는 생각은 눈곱만큼도 한 적이 없다.

"나는 말이지, 물론 처음에는 하루나를 위해서 널 상대해주었지만 지금은 달라. 내가 하고 싶어서 하는 거야."

"잘 모르겠지만 역시 미우라는 자상해."

나 역시도 잘 모른다. 내 마음을 잘 모르겠다. 다만 하야사카가 죽으면 하루나 때와 마찬가지로 우울할 거라는 생각이 든다.

"죽으면 하루나를 만날 수 있으려나."

하야사카는 누워서 허공을 바라보았다.

"몰라 그런 거. 그렇게 하루나를 만나고 싶으면……."

"빨리 죽으면 된다고?"

나는 그런 생각은 하지 않았는데, 하야사카가 웃으면서 말했다.

"아, 아르바이트 갈 시간이야."

나는 손목시계를 보면서 일어섰다. 사실은 아르바이트가 없는 날이지만 더 이상 여기 있다가는 눈물이 날 것 같아서 거짓말을 했다.

"오늘 아르바이트 있었구나. 그런데도 와줘서 고마워. 알바 잘 해!"

"……응. 또 올게."

하야사카는 쓸쓸한 눈빛을 하고 있었다.

그것이 하야사카와 나의 마지막 대화였다.

며칠 후, 아르바이트가 끝난 뒤 하야사카의 병원으로 갔더니 하야사카는 잠을 자고 있었다. 30분 정도 머물렀지만 일어날 기미가 보이지 않아 그냥 돌아왔다.

그다음 날도 나는 또 하야사카의 병원으로 발길을 옮겼다.

그 전에 거베라를 사려고 꽃가게에 들렀다.

"어머 거베라 짱, 어서 와요."

꽃집 아주머니는 언제나 변함없이 웃는 얼굴로 맞아주었다.

"안녕하세요. 오늘도 거베라 다섯 송이 주세요."

"후훗, 여섯 송이 아니어도 돼?"

아주머니는 장난스럽게 웃으며 말했다.

"네, 다섯 송이면 돼요."

"알았어."

다섯 송이의 꽃값을 내고 꽃을 받아들었다.

"뭐 하나 여쭤봐도 될까요?"

"응. 뭐가 궁금한데?"

"세 송이 거베라에는 무슨 의미가 있는 거예요?"

내가 그렇게 묻자 아주머니는 후후 하고 웃으며 대답했다.

"거베라 세 송이는 말이지 '당신을 사랑합니다'라는 의미가 있어. 멋지지 않아?"

"그렇군요. 정말 멋지네요."

하야사카가 하루나의 묘지 앞에 꽂은 세 송이의 거베라에는 그런 의미가 있었던 거구나. 깊이 가슴을 울렸다.

병실에 도착하자 하야사카는 오늘도 평온한 표정으로 마치 죽은 듯이 잠들어 있었다.

볼은 무척 야위었고 팔도 혈관이 뚜렷이 두드러져 보일 정도로 가늘다.

문득 생각난 게 있어 하야사카의 손을 잡았다. 의외로 예쁜 손톱이었다.

나는 가방 속에서 네일 도구를 꺼냈다. 그리고 30분 넘게 가운뎃손가락 손톱에 빨강, 약손가락에는 노랑, 그리고 새끼손가락에는 주황색을 칠했다. 하야사카가 조금도 움직이지 않아서 생각보다 수월하게 칠할 수 있었다.

하야사카가 눈을 뜨면 내가 칠한 네일을 보고 어떤 생각을 할까. 화를 낼까, 난처해할까. 아니면 웃어줄까.

그로부터 일주일이 지나 12월로 들어섰다. 하야사카는 여전히 눈을 뜨지 않는다.

나는 어깨를 움츠리고 눈이 내리는 길을 걸어 병원으로 향했다. 하야사카는 오늘도 평온한 표정으로 잠들어 있다. 하야사카의 손톱에는 내가 칠해놓은 네일이 아직 남아 있다. 하야사카는 이대로 이 네일을 알아채지 못한 채 죽고 마는 것일까. 네일이 지워져서 흐릿해졌기에 하야사카의 손을 잡고 손톱 위에 덧칠을 했다.

돌이켜 보니 이 병실에는 수많은 추억이 있다. 나는 네일을 칠하면서 즐거웠던 날들을 회상했다.

이 병실에서 하루나와 재회하고 그 뒤로는 하루나, 하야사카와 셋이서 많은 이야기를 나누었다. 그 무렵은 날마다 즐거웠고, 줄곧 그런 날들이 계속되기를 바랐다.

하야사카와 함께 웃고 농담을 주고받았으며 싸우기도 했다. 싸움이라고 해도 내가 일방적으로 화를 냈을 뿐이지만.

모든 게 하야사카 덕분이다. 하야사카가 내 손을 이끌어 이 장소로 데리고 와주었다. 그 덕분에 하루나가 우리 곁을 떠나기 전에 화해할 수 있었다. 평생 잊을 수 없을 정도로 즐거운 시간을 보냈다.

하야사카에게 감사한 마음은 이루 다 표현할 수 없다.

처음에는 하루나를 위해서였다. 하루나가 편지에 아키토를 챙겨달라고 썼기 때문에 나는 하루나의 유언에 따랐을 뿐이다.

하지만 지금은 다르다. 내 의지로 여기에 와 있다. 하루나를 위해서가 아니라, 하야사카를 위해서 그를 만나러 오고 있다.

하루나 대신이 되어주지는 못하지만 내가 하야사카를 지탱해 주고 싶다.

하루나와 하야사카가 '시한부의 사랑'을 했다고 한다면, 나의 사랑은 틀림없이 '시한부의 짝사랑'이 되는 건가, 하고 하야사카의 잠든 얼굴을 바라보며 생각했다.

하야사카에게 연락이 온 것은 그로부터 이틀 후의 일이었다.

점심시간에 휴대폰을 확인하자 메시지가 와 있었다.

잘 모르지만 무슨 사이트의 URL이 링크되어 있었고, 링크를 터치하자 어떤 블로그 사이트로 접속되었다.

나는 눈에 들어온 '사쿠라이 하루나의 비밀 블로그'라는 제목에 깜짝 놀라지 않을 수 없었다. 글을 읽어보니 내 친구 하루나가 쓴 게 틀림없었다.

나는 점심 도시락을 먹는 것도 잊어버리고 글을 하나하나 읽어나갔다.

"아야카, 왜 그래? 괜찮아?"

미쿠가 당황해하며 물었다. 어느새 내가 눈물을 흘리고 있던 것이다.

"괜찮아. 미안."

나는 하루나의 블로그가 존재한다는 데도 무척 놀랐지만, 무엇보다 하야사카가 눈을 떠주었다는 사실에 안도했다.

학교가 끝나면 하야사카에게 따지러 가야지. 이런 블로그가 있었는데 왜 더 일찍 알려주지 않았을까. 그렇게 화를 내줄 작정이었다.

글 속에는 잠금 설정이 되어 있는 것도 있어서 내용을 볼 수가 없었다.

그날 우리 학교에서는 전문 네일리스트가 직접 지도를 해주는 특별 수업이 있었다. 그 때문에 면회 종료 시각이 임박해서야 하야사카의 병원에 도착할 수 있었다.

하야사카는 병실에 없었다.

간호사실 데스크로 가는 도중에 한 간호사와 스쳐 지나갔다. 나는 간호사에게 하야사카가 어디 있는지 물었다.

하야사카는 오늘 오전 중에 눈을 떴지만 저녁이 지나서 몸 상태가 급변해 혼수상태에 빠졌고, 중환자실로 옮겨갔다고 한다. 가족 외에는 면회할 수 없다고 해서 나는 안으로 들어가지 못했다.

내일 다시 하야사카를 만나러 와야지. 창밖으로 끝없이 내리는 눈을 바라보며 나는 그렇게 생각했다.

그로부터 사흘 뒤, 나는 겨우 하야사카를 만날 수 있었다.

침대에 누워 있는 하야사카의 얼굴에는 하얀 천이 덮여 있었다. 그렇게 하야사카의 시신과 마주한 나는 그대로 쓰러져 울었다.

연락을 받고 여기에 올 때까지는 어떻게든 눈물을 참을 수 있었다. 하지만 막상 눈앞에서 보자 역시 더 이상은 참을 수 없었다. 하야사카의 부모님과 여동생도, 나보다 먼저 와 있던 하야사카의 소꿉친구 두 사람도 모두 흐느껴 울었다.

하야사카는 시한부 1년을 선고받은 날로부터 약 3년을 더 살았다.

그것은 분명 그 혼자만의 힘이 아니다. 여기에 있는 하야사카의 부모님, 여동생, 친구들, 그리고 하루나. 나는 힘이 되었는지 모르겠지만, 그를 사랑한 사람들과 하야사카 자신이 만들어낸 3년이라는 시간이었다.

하야사카는 하루나와 똑같이 평온한 표정으로 잠들어 있었다. 내게는 아니, 이 자리에 있는 모두에게는 그것이 유일한 구원이었다.

하야사카에게도 물론 아쉬움은 있을 것이다. 열아홉이라는 젊은 나이에 이 세상을 떠난 것이니 없을 리가 없다. 그래도 내게는 하야사카가 짧았지만 행복했다는 표정을 짓고 있는 것처럼 보였다.

나는 울면서 하야사카의 손을 잡았다. 하야사카의 손톱에는 세 송이의 거베라가 아직 남아 있었다.

집으로 돌아가는 도중에 눈이 내렸다. 가로등에 반사된 눈이 반짝반짝 빛나 보였다. 바보 같지만, 하야사카가 내게 고맙다고 말하고 있는 건가 싶었다. 눈이 내리는 거리를 걸어가면서 나는 울고 또 울었다.

하야사카는 나의 메시지를 알아차렸을까. 세 송이 거베라를 그려놓은 네일. 하루나도 말했듯이 둔감한 녀석이니까 분명 눈치채지 못했을 것이다. 하지만 그래도 좋다. 오히려 그게 더 좋을 것 같다는 생각이 든다. 집에 도착해서도 내 눈물은 그칠 줄을 몰랐다.

하야사카의 장례식에는 많은 사람이 찾아왔다. 하루나의 장례식 때보다 더 많은 사람이 하야사카에게 마지막 인사를 하러 와 있었다. 하야사카의 영정 사진은 그가 고등학생 때 찍은 것일까. 천진한 그 웃는 얼굴은 어딘가 어려 보였다.

혈색도 좋고 어두운 구석이라곤 찾아볼 수 없는 웃는 얼굴인 걸 보니 아직 건강했을 때의 하야사카인지도 모른다.

"아, 미우라. 잘 지냈어?"

"아, 후지모토."

하야사카의 어릴 적 친구인 후지모토 에리다. 약간 수척해보였다. 또 한 명의 소꿉친구인 무라이 쇼타도 야윈 듯했다.

하야사카의 아버지는 초연하게 고개를 숙이고 눈물을 참고 있는 것 같았다. 어머니와 여동생은 초췌하기 그지없었다.

하야사카와 내가 다니던 고등학교의 친구들도 몇 명 와 있다. 이름은 잊었지만 안경을 꾸욱 밀어올리면서 울고 있는 남자도 있었다.

나는 마지막까지 눈물을 참으며 하야사카를 떠나보냈다.

하야사카가 세상을 떠난 지 꼭 1년이 지났다.

나는 무사히 취직이 결정되어 내년 봄부터는 정식 네일리스트로 일하게 되었다. 하야사카의 여동생과 후지모토 에리도 내가 일하는 가게에 오겠다고 했다.

그리고 바로 지난 달, 나는 다쿠야에게 고백을 받았다.

"많은 여자랑 만나봤지만 아야카가 가장 좋은 여자였어. 나랑 사귀어 줘."

당연히 거절했다. 다쿠야가 사귀어달라는 말을 채 마치기도 전에 딱 잘라 거절했다. 그 뒤로도 끈질기게 구애를 하고 내가 아르바이트 하는 곳까지 따라다니기에 얼굴에 있는 힘껏 따귀를 날리고 휴대폰은 착신 거부를 걸었다.

조금 심했다 싶었지만 그 이후 다쿠야는 모습을 감추었고, 나는 어차피 이렇게 될 거 한 대 더 갈겨줬으면 좋았으려나, 하고 생각했다. 언젠가 내게도 분명 운명의 상대가 나타나겠지.

나도 하루나와 하야사카가 했던 아름다운 사랑에 지지 않을 정도로 멋진 사랑을 꼭 할 수 있을 것이다. 나는 그렇게 믿고 날마다 살아가고 있다.

줄곧 기운 없이 지내면 하루나가 걱정하겠지. 아마 하야사카도 비웃을 거야.

지금을 살아가고 있는 나는 앞으로 나아가지 않으면 안 된다. 희망을 품고 꿋꿋이 살아가야 한다. 그 아름다운 꽃처럼.

나는 하야사카의 기일에 아침 일찍 그의 묘지를 찾았다. 물론 이곳에 오기 전, 단골이 된 그 꽃가게에서 거베라 꽃을 여섯 송이 사 들고 갔다.

"어머나 거베라 짱이잖아. 자주 와줘서 고마워."

아주머니는 여느 때처럼 자상하게 웃으며 말했다.

나는 거베라 세 송이를 손에 집어 들고 조금 망설였지만, 역시 여섯 송이로 했다. 세 송이를 사면 하루나가 화내려나.

꽃값을 치르고 가게를 나서려는데 아주머니가 "아, 맞다" 하며 나를 불러세웠다.

"거베라 군에게 언제든 또 오라고 전해줄래?"

온화한 표정으로 그렇게 말하는 아주머니에게 "……그럴게요. 전해주겠습니다" 하고 대답했다.

하야사카의 묘지는 아직 새로 세워진 것처럼 깨끗하게 유지되어 있었다. 하야사카의 가족과 친구들이 자주 찾아오고 있는지,

반질반질 윤이 나는 묘석에 아침 햇살이 비추어 반짝반짝 빛나고 있다.

꽃 항아리에 좌우로 세 송이씩 거베라를 꽂고 선향에 불을 붙인 뒤 두 손을 가슴에 모았다.

분명 얼마 안 있어 하야사카의 가족과 친구들이 찾아오겠지. 나는 서둘러 묘지를 떠났다.

하야사카가 소중한 가족과 친구들과 재회하는 데 방해하고 싶지 않았다.

집으로 돌아가 오랜만에 하루나의 블로그를 열었다.

그로부터 몇 번, 아니 수십 번도 더 하루나가 쓴 글을 읽었다. 그때마다 나는 눈물을 흘렸다.

이날도 한번 쭉 글을 읽고 여느 때처럼 잠금장치가 되어 있는 글의 비밀번호에 도전했다. 여러 번 시도해도 여태껏 내용을 볼 수가 없었다.

하루나의 생일과 내 생일, 하루나가 비밀번호로 설정할 만한 숫자를 샅샅이 떠올려 입력해봤지만 헛수고였다.

하지만 오늘은 혹시나 하고 떠오른 숫자가 있어 시험 삼아 그 숫자를 입력해보았다.

내 직감이 맞았다. 비밀번호가 해제되고 거기에는 내가 알지 못했던 그 날의 일이 적혀 있었다.

🖋 11월 5일. 맑음. 컨디션 나쁨.

오늘 나는 아키토의 비밀을 알고 말았다. 오후부터 검사가 있어서 1층으로 내려갔는데 아키토가 있는 게 아닌가. 하야사카는 다른 검사실에서 막 나오는 참이었다. 그곳에는 우리 엄마도 함께 있었는데, 둘이서 심각하게 뭔가 이야기를 주고받았다. 그 뒤 엄마에게 캐물어 전부 들을 수 있었다. 아키토, 심장에 병이 있어 얼마 못 가 죽을지도 모른다고 했다.

믿을 수 없었다.

아키토는 내게 걱정을 끼치지 않으려고 줄곧 비밀로 했다고 한다. 불꽃 축제날도 아키토는 입원해 있었던 것이다. 숨기지 않아도 되는데. 말해줬으면 좋았을걸. 나뿐만이 아니라 아키토도 힘들었겠구나. 괴로운데도, 괴로울 게 뻔한 데도 아키토는 매일 같이 나를 만나러 와주었다. 아키토는 자신에게 남은 시간을 전부 나를 위해 써주었다.

사실은 병을 앓고 있으면서 건강한 척하면서 나를 줄곧 격려해주었다. 그 생각을 하자 눈물이 멈추지 않았다.

나 같은 걸 위해…… 미안해.

나는 어떻게 해야 좋을까.

이대로 모르는 척하고 아키토에게는 아무 말도 하지 않는 게 좋을까…….

분명 내게는 알리고 싶지 않으니까 말하지 않는 거겠지.

어떻게 하는 게 좋은 건지, 어떻게 해야 할지 모르겠다.

나는 아키토를 지탱해주고 의지가 되어 주고 싶다.

하지만 아키토가 죽는 건 보고 싶지 않으니까 먼저 죽을 수 있으면 좋겠다…….

내가 먼저 죽어서 천국에서 아키토를 지켜줘야지. 응, 그렇게 하자.

예상했던 대로 하루나는 하야사카의 병을 알고 있었다. 그날 하루나가 울고 있던 이유는 역시 이것 때문이었던 것이다. 하루나의 심정을 생각하니 찢어질 듯 가슴이 아팠다.

화면 아래에 덧붙임이라는 글자가 보였다.

— (덧붙임) 11월 18일. 오후 8시 58분.

나는 만약 다시 태어난다면 거베라가 되고 싶다. 무슨 색깔이 좋을까. 빨강, 분홍, 주황, 노랑. 모두 예쁘지만 역시 '희망'을 뜻하는 흰색이 좋겠다.

거베라 꽃은 봄과 가을에 판다고 엄마가 말해줬다. 나는 봄에 피는 거베라가 되어 꽃집으로 보내지고, 그러면 아야카가 나를 뽑아 들고, 그렇게 아키토의 병실에 놓여 아키토를 지켜주고 싶다.

며칠이 지나도 시들지 않고 쭉 아키토를 지켜주고 싶다.

시들지 않으면 언제까지나 아키토와 함께 있을 수 있다.

거베라로 다시 태어나면 좋겠다.

하루나의 어여쁜 소망에 나도 모르게 미소가 지어졌다.

이 글을 읽으며 하야사카는 무슨 생각을 했을까. 이 글에는 두 개의 댓글이 달려 있었다.

나는 화면을 스크롤해 내려갔다.

┗ 드디어 이 글을 찾아냈어. 설마 비밀번호가 내 생일이었다니, 뜻밖이야.

병에 관한 거 끝까지 말하지 못해서 미안해. 하루나가 알고 있으리라고는 생각도 못 했네. 많이 놀랐지? 슬프게 해서 미안해.

덧붙임 글도 읽었어. 거베라가 아니라 다음번에는 건강한 소녀로 다시 태어나 행복한 인생을 보내기를 기도할게. _아키토

하야사카가 쓴 글을 다 읽고 나자 눈가가 차츰 뜨거워졌다. 짧은 인생이었지만 두 사람은 행복했던 것이다.

나는 위를 바라보고 수없이 눈을 깜빡거리며 새어 나오려는 눈물을 참았다.

또 한 건의 댓글은 하야사카가 죽기 사흘 전에 쓰였다. 하야사카가 내게 이 블로그를 알려주었던 바로 그날이다.

나는 화면을 더 아래로 내렸다.

┗ 이제 곧 하루나 곁으로 가게 될지도 몰라. 절반은 무섭지만, 또 절반은 기다려지기도 해. 하루나 덕분에 앞으로 살날이 1년이라고 들은 날부터 3년이

나 더 살 수 있었어. 정말 고마워.

그리고 이 블로그를 미우라에게 알려줬어. 아무에게도 알려주지 않으려 했지만 미우라라면 괜찮겠지? 그러고 보니 아까 눈을 떴을 때 손톱에 세 송이의 거베라가 그려져 있던데, 분명 미우라의 소행일 거야. 미우라는 거베라 세 송이의 의미를 모를 테니까 다음에 만나면 의미를 알려주고 놀려 줘야겠어. ☺ _아키토

"알고 있다고. 바보!"

다 읽고 나서 나도 모르게 속마음이 새어나왔다. 동시에 눈물이 한 줄기 흘러내렸다.

닦아도 닦아도 눈물이 주르르 흘러나와 멈추지 않았다. 나는 휴대폰을 가슴에 안고 조용히 흐느꼈다.

정말로 하야사카는 바보다. 하지만 분명 이대로 괜찮다. 내 마음은 전해지지 않았지만 이걸로 됐다. 강한 척하는 게 아니라, 정말로 그렇게 생각했다.

옷소매로 눈물을 닦고 나도 처음으로 하루나의 블로그에 댓글을 남기기로 했다.

└하야사카는 끝까지 바보였어. 하지만 하야사카 덕분에 위안받은 적도 많았어. 이제 편안히 쉬어.

하루나, 하야사카랑 거기서 만났으려나. 어쩌면 하야사카는 천국에 못 갔을지도 모르지만. ☺

하지만 만약 만나면 둘 다 그쪽에서 행복해지길 바라.

이제 시한부 따윈 없으니까 마음껏 사랑하길 바라.

천국은 어떤 곳일까.

나도 몇 년이든 몇십 년이 지나면 그쪽으로 가게 될 거야.

그때는 또 셋이서 즐겁게 수다 떨자. 그 좁은 병실이 아니라 넓고 아름다운 경치를 바라보면서 또 셋이서 함께 웃고 싶어.

그날까지 나는 두 사람 몫까지 열심히 살게. 두 사람이 없는 세상에서 후회 없는 인생을 살아갈게.

하루나, 하야사카, 지금까지 정말로 고마웠어. 나는 너희가 살아 있었던 날들을 절대로 잊지 않을 거야.

편히 쉬어. _아야카

안녕이라고는 말하고 싶지 않았다. 그래서 편히 쉬라고 말을 맺었다.

제대로 마무리를 짓지 못한 건가. 조금 후회했지만 뭐 괜찮겠지, 하고 등록 버튼을 눌렀다.

두 사람에게 닿았을까. 분명 닿았을 거야.

나는 커튼을 열고 창밖을 바라보았다. 새하얀 눈이 부드럽게 춤추듯 내리고 있다.

　나풀나풀 아름답게 흩날리며 떨어지는 눈송이를 보고 있자니 또다시 눈물이 주르륵 흘러내렸다.

　바보 같지만, 두 사람이 잘 자라고 말해주는 것처럼 느껴졌다.

작가의 말

안녕하세요. 모리타 아오입니다.

이 책을 읽어주셔서 감사합니다. 이 책이 데뷔작이에요.

제가 처음 소설을 쓴 것은 2018년 9월인데요, 그때까지 소설을 읽어본 적이 없어 정말 처음부터 시작했습니다. 그저 서점에서서 우연히 손에 집어 든 소설을 읽고 마음에 울림이 있어서 나도 이런 소설을 쓰고 싶다는 생각이 든 게 계기였지요.

당시 제가 사는 홋카이도에는 대지진이 발생해 블랙아웃(홋카이도 전역에 일어난 대정전)이 일어났습니다. 집에 먹을 것이 없어서 바로 편의점으로 달려갔지만 때는 이미 늦었더군요. 살 수 있었던 건 포테이토칩과 구미 젤리, 그리고 미지근한 스포츠음료

뿐이었습니다.

일도 쉽게 되어서 낮에는 소설을 읽으며 공부하고 밤에는 자동차 안에서 스마트폰을 충전시켰고, 기적처럼 손에 넣은 식빵을 베어 먹으며 소설을 썼습니다. 설마 약 2년 후에 데뷔하게 될 줄은, 그때는 전혀 상상도 하지 못했습니다.

이 책을 다 썼을 때 솔직히 확신이 있었습니다. 이건 될 거다, 하고 자신감에 차서 신인상에 응모했는데 결과는 낙선이었습니다.

그 후 원고를 고치고 또 고쳐서 다른 곳에 응모해 최종 단계까지 남았지만 수상은 하지 못했고, 포기하려고 하던 때에 출간 제안을 받았습니다.

이쯤에서 감사의 말씀을 드리고 싶군요.

담당 편집자인 스에요시 씨, 스즈키 씨. 세련되지 못하고 불완전한 이 작품을 적확한 지적과 첨삭으로 더욱 좋은 소설로 만들어 주셨습니다.

표지 일러스트를 그려주신 아메무라 씨. 시안을 처음 보았을 때 감동해서 스마트폰으로 찍어 저장하고 매일 바라보았지요.

그밖에도 교열해주신 분들과 영업에 힘써주신 분, 그리고 이 작품에 관여해주신 모든 분에게 진심으로 감사의 말씀을 올립니다.

제가 너무도 좋아하는 만화 〈원피스〉의 아론(해적 어인(魚人)

의 이름) 편에서 주인공 루피는 '난 도움받지 않으면 살아갈 수 없어!!'라는 명대사를 남겼습니다.

저도 루피와 같습니다. 그러한 멋진 일러스트를 그릴 수도 없거니와 편집도 하지 못합니다. 제가 할 수 있는 일은 스토리를 쓰는 것뿐입니다. 그것밖에 할 수 없습니다.

이런 미숙한 작가를 지원해주신 많은 분들의 도움을 받아 이 작품이 완성되었습니다. 이 데뷔작은 그런 뛰어난 분들 덕분에 제게 둘도 없이 소중한 작품이 되었습니다.

독자 여러분에게도 소중한 한 권이 되길 바랍니다.

_모리타 아오

봄이 사라진 세계

초판 1쇄 인쇄 2023년 4월 13일
초판 1쇄 발행 2023년 4월 20일

지은이 모리타 아오
옮긴이 김윤경

편집인 이기웅
책임편집 이원지
편집 안희주, 주소림, 김혜영, 양수인, 한의진, 오윤나, 이현지
디자인 TOMCAT
책임마케팅 정재훈, 김서연, 김예진, 박시온, 김지원, 류지현, 김찬빈, 김소희, 배성원
마케팅 이주하, 유인철
경영지원 김희애, 박혜정, 최성민
제작 제이오

펴낸이 유귀선
펴낸곳 ㈜ 바이포엠 스튜디오
출판등록 제2020—000145호(2020년 6월 10일)
주소 서울시 강남구 테헤란로 332, 에이치제이타워 20층
이메일 odr@studioodr.com